Elena MacKenzie – Highland Secrets 1

Linda hat gerade ihr Studium beendet, doch leider bekommt sie die erhoffte Anstellung in einem Londoner Museum nicht. Da erreicht sie ein Brief ihres ehemaligen Professors, der sie bittet, einige Gemälde auf seinem Anwesen auf der Isle of Skye zu restaurieren. Da Linda dringend Geld braucht, nimmt sie die Reise auf sich. Auf dem Anwesen trifft sie auf Adam, dem Sohn des Professors, der gar nicht begeistert von Lindas Aufenthalt auf Glenoak Hall ist. Denn sein Vater hat Linda nicht kommen lassen, um die Gemälde in der Galerie zu restaurieren, sondern damit sein Sohn sich in sie verliebt. Adam nämlich kann mit festen Beziehungen überhaupt nichts anfangen, dafür aber mit den vielen Touristinnen, die er regelmäßig abschleppt. Linda wiederum hat für Männer wie Adam nichts übrig, wenn er nur nicht so verdammt anziehend wäre. Und da sind ja auch noch die bestialischen Morde an Frauen, die frisch aus dem Bett des Highlanders gehüpft sind ...

Ein spannender Liebesroman, der seine Leser von London auf die Isle of Skye und nach Edinburgh führt.

Elena MacKenzie

Highland Secrets 1

Roman

Latos-Verlag
Calbe/Saale

Lektorat: Ulf Winterfeld, Magdeburg
Coverfoto: © closeupimages - Fotolia.com
Umschlaggestaltung: Nicole Döhling, Plauen
Satz: Latos-Verlag, Calbe/Saale
Druck und Bindung: PRESSEL Digitaldruck, Remshalden

1. Auflage 03/2014
(Überarbeitete Neuauflage)

ISBN: 978-3-943308-49-5

www.latos-verlag.de

Für Daniela White, die den Männern im Kilt mindestens genauso verfallen ist wie ich.

1. Kapitel

Schon eine halbe Stunde über der Zeit. Ich konnte nur hoffen, dass dieser Anwalt Mr Ferguson nach mir nicht noch andere Termine hatte. Es war aber auch wie verhext. Heute war einer dieser grauenhaften Tage, an denen alles schiefging. Erst hatte das Museum in letzter Minute eine andere Restauratorin eingestellt, eine mit mehr Erfahrung. (Wie konnte eine frisch von der Universität kommende Restauratorin bitte Erfahrungen sammeln, wenn keiner ihr eine Chance gab?) Und dann hatte ich auch noch den Bus zurück in mein kleines Zwei-Zimmer-Apartment verpasst und musste laufen. Ein Taxi konnte ich mir einfach nicht leisten. Nicht von den wenigen Reserven, die sich noch auf meinem Bankkonto befanden.

Die letzten Überbleibsel aus dem Erbe meiner Eltern. Wenn ich nicht bald eine Arbeit fand, dann würde ich auf der Straße sitzen – oder ich musste wieder bei meiner Großmutter einziehen, was ich absolut nicht in Betracht ziehen wollte. Alice Kent war einer dieser kontrollsüchtigen Menschen, die immer und zu jedem Zeitpunkt über das Leben anderer informiert sein wollten, gleichzeitig aber mit Ignoranz und Gefühlskälte bestraften. Ich war bei ihr aufgewachsen, nachdem meine Eltern bei einem

Zugunglück in der Nähe von London gestorben waren. Damals war ich vierzehn, und vielleicht war ich auch nicht besonders umgänglich. Trotzdem war das Zusammenleben mit meiner Großmutter alles andere als angenehm.

Ich lief die lange Villenstraße hinunter und suchte mit den Augen nach der Hausnummer 143. In diesem Gebäude hatte der Anwalt, der mir eine Einladung geschickt hatte, sein Büro. Ich hatte keine Ahnung, was er von mir wollte. Auf meine Nachfrage am Telefon hatte er nur geäußert, dass es um eine wichtige Angelegenheit ginge, über die er nur sprechen dürfe, wenn ich persönlich vor ihm erscheinen würde.

Ich hatte also zähneknirschend den Bus bis ans andere Ende von London genommen und war hergefahren und lief jetzt auf der Suche nach dem richtigen Haus durch den Regen. Die Absätze meiner Kaufhausschuhe klackerten auf den Steinplatten, Pfützenwasser spritzte mir an die Waden und drang durch meine Seidenstrumpfhosen. Ich hätte mir gerne etwas anderes angezogen, aber dafür war nicht mehr genug Zeit geblieben, obwohl ich vom Museum aus noch einmal nach Hause musste, um das Schreiben des Anwalts zu holen, weil ich es liegen gelassen hatte und die Adresse nicht im Kopf hatte.

Ich konnte nicht sagen, dass es mich sonderlich interessierte, warum Mr Ferguson mich unbedingt persönlich sehen wollte. Bei meinem

Glück hatte ich irgendwann irgendwo eine rote Ampel überfahren und die Strafe nicht bezahlt. Trotzdem befand ich mich jetzt auf dem Weg in die Kanzlei, weil ich, wenn auch nicht zuverlässig, zumindest pflichtbewusst war. Und wenn ich tatsächlich eine Rechnung übersehen hatte, dann würde ich diese zahlen, solange ich noch dazu in der Lage war.

Endlich stand ich vor dem Haus Nummer 143. Wie alle anderen Gebäude hier, stammte es aus der Viktorianischen Ära und war sehr gut in Schuss. Dunkelrot verputzte Wände, weiße Rahmen um die Fenster, ein niedriger schwarzer gusseiserner Zaun und Blumenkästen, in denen Stiefmütterchen blühten, vor den hohen Fenstern. Ich ging die Stufen zur Eingangstür hoch, betätigte die Klingel und während ich wartete, verschloss ich meinen Regenschirm mit den süßen Pudeln, richtete meinen anthrazitfarbenen Bleistiftrock und die dazugehörige Kostümjacke, die ich extra für die Vertragsunterzeichnung im Museum angezogen hatte.

Eine Dame mittleren Alters öffnete mir, lächelte mich leicht verschnupft an und musterte mich mit hochgezogener Stirn.

»Sie sind Ms Sands?«

Ich nickte unsicher und unterdrückte ein Schnauben, weil mir ein Regentropfen an der Nasenspitze hing.

»Kommen Sie rein, bitte. Mein Mann wartet in seinem Büro auf Sie. Sie sind spät dran«, sagte die Dame, unter deren perfekten kastanienbraun gefärbten Haaren sich sicher schon graue verbargen. Sie trug ein hellblaues Kostüm von der Art, wie sie die Queen gerne trug. Dieses war mit Sicherheit auch in einer ähnlichen Preisklasse wie die der Queen.

Sie trat beiseite und ließ mich in einen geräumigen Eingangsbereich treten. »Stellen Sie Ihren Regenschirm bitte dort hinein.« Sie wies auf einen Schirmständer, ich kam ihrer Bitte mit einem unechten Lächeln nach. Es kam selten vor, dass mir jemand vom ersten Augenblick an unsympathisch war, doch diese Frau war es. Ihr arroganter Blick, der mich immer wieder taxierte, das aufgesetzte Lächeln, das nur gerade so um ihre Lippen spielte und ihre stolze Haltung aus der sprach, dass sie sich als etwas Besseres fühlte. Zumindest sah ihre Hochsteckfrisur besser aus als meine, was nicht daran lag, dass ich eben noch durch die Straßen von London gehetzt war, sondern weil meinen Kopf nur ein einfacher Dutt zierte, während ihre Frisur aussah wie die eines Profis, mit vielen Haarnadeln, einem kunstvoll verzierten Kamm am Hinterkopf und einer dunkelgrünen Seidenblüte über ihrem Ohr.

Ein kurzer Kontrollblick in den Garderobenspiegel offenbarte mir, dass sich zahllose hellrote Strähnen aus meinem Dutt gelöst hatten und wirr um mein Gesicht herumstanden. Zudem war der Kajal um meine moosgrünen Augen herum verlaufen und ich sah aus wie ein Waschbär, was nicht am Regen lag, sondern an der Tatsache, dass ich irgendwann zwischen meiner Wohnung und hier im Bus angefangen hatte zu heulen, weil es mit der Anstellung im Museum nicht geklappt hatte.

Gemälde zu restaurieren war schon mein Traum, seit ich als kleines Mädchen einmal meiner Mutter bei der Arbeit zugesehen hatte. Wie sie eingetaucht war in ihre Aufgabe, in das Antlitz einer Frau, die schon Jahrhunderte zuvor gestorben war. Es hatte auf mich gewirkt, als holte meine Mutter mit ihrer Arbeit diese Frau aus einem langen Dornröschenschlaf in unsere Zeit. Ganz so, als würde sie eine Zeitreise in die Zukunft machen und uns von ihrem Leben in der Vergangenheit erzählen. Noch heute sah ich die dunklen Augen und die schwarzen Haare der jungen Lady of Chamberlain vor mir und meine Mutter, die diesem Gesicht Stück für Stück wieder Leben einhauchte.

Ich strich schnell mit meinen Händen über mein Haar und steckte ein paar der Strähnen hinter meine Ohren. Zumindest fülle ich meinen Rock besser aus als die etwas zu dünne Mrs Ferguson, dachte ich zufrieden mit meiner Sanduhrenfigur.

Mögen dünne Frauen gut in engen Hosen aussehen, aber ein paar Kilo mehr schaden nicht, wenn man einen eng anliegenden Rock trägt, fand ich schon immer. Andere lassen sich einen Hintern wie J.Lo. ihn hat viel Geld kosten, ich hatte ihn von Natur aus. Mrs Ferguson sollte ruhig sehen, dass ich zufrieden mit mir war, also straffte ich meine Schultern, drückte meine üppige Brust etwas heraus und schritt an der älteren Dame vorbei auf die Tür am Ende des Ganges zu, an der ein goldenes Schild angebracht war, auf dem in schwarzen Buchstaben Kanzlei Mr Ferguson stand. An der Tür angekommen klopfte ich an. Ohne auf Mrs Ferguson zu warten, trat ich ein, als von innen ein »Herein« ertönte, und schloss mit einem Lächeln auf den Lippen die Tür direkt vor der Nase der unfreundlichen Dame.

»Ms Sands«, begrüßte mich ein kahlköpfiger Herr in den Fünfzigern. Er stand von seinem großen Ohrensessel auf, der sich perfekt in das dunkel gehaltene Büro einfügte. Alle Regale, Schränke und auch der Schreibtisch waren aus dunkelbraunem massivem Holz gefertigt und hatten bestimmt ein Vermögen gekostet. So wie wohl auch der Rest des Hauses. Vielleicht hatte ich einfach den falschen Beruf gewählt. Aber bei der Vorstellung an die vielen trockenen Paragrafen, die man als Anwalt zu lernen hatte, schüttelte es mich innerlich.

»Guten Tag«, entgegnete ich und trat weiter in den Raum, mir dessen unangenehm bewusst, dass meine dreckigen Schuhe nasse Flecken auf dem glänzenden Parkett hinterließen. Es war angenehm warm im Raum, was mich freute, weil ich etwas durchgefroren war. Eine leise Stimme in mir hoffte, dass mein Aufenthalt hier lange genug dauern würde, um mich aufwärmen zu können. Der Sommer war dieses Jahr eher ein Spätherbst, was nicht nur mich, sondern auch sämtliche Schulkinder Englands enttäuschte. Die Sommerferien waren eine Katastrophe.

»Setzen Sie sich!«, forderte Mr Ferguson freundlich lächelnd und wies mir einen von zwei Sesseln in der Nähe des Kamins.

Ich nahm Platz und sah verlegen in die zuckenden Flammen, meine Hände im Schoß gefaltet. Jetzt fühlte ich mich doch etwas nervös mit leichten bis mittelstarken Krämpfen im Magen. Was konnte ein so gut betuchter Anwalt von mir wollen? Eigentlich war ich mir sicher, dass ich mir nichts zuschulden kommen lassen hatte. Verwandte, die mir irgendwelche Reichtümer vererben könnten, hatte ich auch keine mehr.

Meine Eltern waren vor acht Jahren ums Leben gekommen und hatten mir das wenige hinterlassen, mit dem ich mein Studium finanziert hatte. Meine Großmutter, meine einzige noch lebende Verwandte, war, soweit ich wusste, in den letzten Stunden nicht verstorben – ich hatte sie heute Vormittag erst telefonisch gesprochen. Und Geld hatte sie ohnehin kaum. Auch hier galt: soweit ich wusste. Somit war ich ziemlich einsam auf der Welt.

Mr Ferguson beugte sich über das Sprechgerät auf seinem Schreibtisch. »Alie, bring uns doch bitte etwas Tee! Unser Gast sieht mir ein wenig unterkühlt aus.« Dann griff er nach einem großen Umschlag, trat um den Tisch herum und setzte sich auf den anderen Ledersessel.

»Gut, dass ich vorhin noch das Feuer gemacht habe. Ich mag es gern gemütlich hier drin.« Er lächelte freundlich, hielt mir seine Hand hin, ich ergriff sie. »Leonard Ferguson, und Sie dürften also Linda Sands sein«, stellte er fest und musterte mich aufmerksam, ohne den abschätzigen Blick, den seine Frau vorhin hatte. »Sie sind vierundzwanzig?«

Ich nickte.

Mr Ferguson war leicht untersetzt, seine Augen grau und er trug einen schwarzen Anzug. Auf dem weißen Hemd, dessen oberster Knopf offenstand, prangte ein rostfarbener Fleck in Höhe seiner Brust. Er musste sich beim Essen bekleckert haben. Ich unterdrückte ein Grinsen. Zumindest wirkte er auf mich viel sympathischer als seine Frau, die gerade zur Tür hereinkam und einen Servierwagen vor sich herschob, auf dem das Porzellan leise klirrte. Sie schob den Wagen zwischen unsere Sessel, warf ihrem Mann ein kurzes Lächeln zu und ging wieder, ohne mich eines Blickes zu würdigen.

Mr Ferguson goss Schwarztee in unsere Tassen. »Milch? Zucker?«

»Ja, bitte.«

Er reichte mir meine Tasse nachdem er fertig war, ich nahm sie nickend und pustete in den dampfenden Tee.

»Dann wollen wir mal.« Er zog Papiere aus dem Umschlag, musterte mich kurz, dann die Papiere und lächelte ein weiteres Mal zufrieden. »Das sind dann wohl Sie?«

Er hielt mir ein Foto von mir hin, von dem ich nicht die leiseste Ahnung hatte, wann das gemacht wurde, aber es zeigte mich auf dem Campus der Universität unter dem Baum, unter dem ich bei gutem Wetter gerne saß und las. Es musste kurz vor Beginn des letzten Semesters gemacht worden sein. Ich trug auf dem Bild nur eine Bluse und einen dünnen Sommerrock.

»Ja, das bin ich«, sagte ich und sah Mr Ferguson verwirrt an.

Er legte das Foto beiseite. »Dann können wir weitermachen.« Er blickte ernst auf das cremefarbene Papier in seinen Händen. »Sie wissen, wer Mr Robert MacLeod ist?«

Ich war noch verwirrter. »Sie meinen Professor MacLeod?«

»Genau.«

»Er war für zwei Semester mein Professor an der Universität.« Professor MacLeod war nur Gastdozent gewesen. Aber ich hatte ihn als sehr netten, aufgeschlossenen und um seine Schüler bemühten Mann kennen gelernt. Er war schon älter gewesen. Ende sechzig vielleicht? Er hatte etwas von einem Adligen an sich. Er war immer sehr vornehm gewesen, hatte sich sehr gewählt ausgedrückt, war dabei aber nie arrogant rübergekommen.

»Mr MacLeod hat mir dies hier zukommen lassen, bevor er von uns gegangen ist.«

»Er ist …?« Ich schluckte den Kloß in meiner Kehle herunter. Obwohl ich ihn nur kurz gekannt hatte, versetzte mir diese Nachricht einen Stich.

»Ja, bedauerlich. Ich bin schon seit vielen Jahren Anwalt der Familie. Es ist … nun ja, ein etwas außergewöhnliches Schreiben. Ich lese Ihnen am besten vor, was da steht.« Er machte eine kurze Pause, musterte mich, wohl um sich zu vergewissern, dass ich ihm zuhörte. Dann rückte er seine Brille auf der Nase zurecht und schielte mich über die kleinen runden Gläser hinweg abwartend an.

»Lesen Sie!«, forderte ich ihn auf und nippte an meinem Tee.

»Liebe Ms Sands, es wird Sie überraschen, dass ich mich gerade an Sie wende, aber glauben Sie mir bitte, wenn ich Ihnen sage, dass ich wichtige Gründe habe. Es wäre vielleicht leichter gewesen, Sie einfach wegen einer Arbeit nach Glenoak Hall zu bitten, aber das wäre nicht der wirkliche Grund. Ich hoffe, Sie verzeihen es mir, wenn ich es trotzdem so angehe und Sie bitte, nach Glenoak Hall zu kommen, wo Sie einige Gemälde restaurieren sollen, die von großer Wichtigkeit für meine Familie sind. Und wenn ich es bemerken darf, auch für Sie, Ms Sands.

Als Dank für Ihre Mühen werden Sie gut bezahlt. Mein Anwalt wird alles in die Wege leiten. Aber ich möchte noch einmal betonen, dass diese Gemälde, wenn es auch die wertvollsten Besitztümer auf Glenoak Hall sind, nicht der eigentliche Grund für Ihre unbedingte Anwesenheit auf dem Familienbesitz sind.

Bitte richten Sie sich auf einen längeren Aufenthalt ein und machen Sie sich keine Sorgen wegen eventueller Verpflichtungen in London! Mr Ferguson wird sich um alles kümmern, auch um sämtliche finanzielle Belange.

Mit ergebensten Grüßen, Ihr Professor MacLeod.«

Hatte ich Mr Ferguson mit offenem Mund angestarrt? Ich kann es nicht sagen, aber einige Augenblicke lang, war ich unfähig zu sprechen oder zu denken. Dann setzte ich mich auf und sah den Anwalt zweifelnd an. »Ich soll nach Glenoak Hall kommen? Wieso soll ich die Gemälde restaurieren? Er wird nie erfahren, ob sie restauriert worden sind. Ich verstehe nicht ganz.«

»Ich kann Ihnen leider nicht viel mehr sagen. Er betont in seinem Brief an mich nur noch einmal, wie äußerst wichtig es ist, dass Sie seiner Bitte nachkommen.«

»Und Sie sollen für alles aufkommen? Verstehen Sie mich nicht falsch, aber ich bin so gut wie pleite.«

»Na dann kommt das hier doch gerade recht«, sagte er und zwinkerte mir zu. »Wir reden hier von einer Bezahlung für Sie in Höhe von fünfhunderttausend Pfund.«

Schockiert riss ich die Augen auf. »Fünfhunderttausend Pfund? Aber das kann ich nicht annehmen! Das geht nicht!« Mein Herz schlug so schnell, dass es mir aus der Brust zu springen drohte.

»Warum nicht? Sagten Sie nicht gerade Sie wären pleite?«

»Ja, aber das Geld würde für die Restaurierung einer ganzen Galerie reichen.«

»Es handelt sich um eine ganze Galerie. Sie sollten wirklich annehmen, Professor MacLeod war das sehr wichtig. Er hat auf Ihr Können vertraut. Und das ist wirklich viel Geld.« Er zog die Stirn kraus und sah mich ernst und aufmunternd an.

Ich dachte darüber nach. So genommen hatte der Anwalt recht. Es sah nicht danach aus, als würde ich in den nächsten Wochen Arbeit finden. Dieser Auftrag würde mich einige Zeit über Wasser halten. Und, wenn diese Gemälde auf dem Anwesen der MacLeods waren, einer sehr alten Familie, dann mussten es wirklich großartige Gemälde sein. Solche Kunstwerke zu restaurieren, würde mir nicht nur einiges an

Erfahrung einbringen, vielleicht auch einen Namen machen. Und mal ehrlich, welche andere Option hatte ich schon?

»Wo befindet sich Glenoak Hall?«

»Auf der Isle of Skye, in der Nähe von Dunvegan. Etwa zwölf Stunden von London.«

Zwölf Stunden. Das war nicht gerade nebenan. Aber andere Pläne hatte ich nun mal nicht. Und ich wollte schon immer mal Schottland sehen, überlegte ich mir. Und was hatte ich schon zu verlieren? Eigentlich konnte ich nur gewinnen, auch wenn ich nicht wirklich wusste, was ich von all dem halten sollte. Aber Professor MacLeod war immer ein Mann gewesen, dem ich vertraut hatte. Ich hatte keinen Grund, damit jetzt aufzuhören. Trotzdem musste ich noch einen Punkt klären.

»Im Brief steht, die Gemälde wären nicht der wahre Grund, was dann?«

»Dazu darf ich leider nichts sagen. Der Professor möchte sie in der Angelegenheit nicht beeinflussen, aber glauben Sie mir, wenn ich Ihnen sage, dass es weder kriminell noch gefährlich ist.«

Ich dachte darüber nach und versuchte dabei, das ungute Gefühl in meiner Brust zu ignorieren. Mich reizte dieses Angebot sehr, wen nicht? Hier ging es um eine enorme Summe Geld. Ich knabberte auf dem Nagel meines kleinen Fingers, eine nervige Angewohnheit, aber das half mir beim Nachdenken. »Wann soll es losgehen?«

»Morgen wird Sie ein Fahrer abholen. Können Sie bis dahin all Ihre Angelegenheiten geklärt haben?«

So viel gab es da nicht zu klären. »Ja.«

2. Kapitel

Der Wagen, der mich abholte, war überraschenderweise kein Taxi. Nein, ich durfte nobel in einem Mercedes Benz mit Extraausstattung reisen. In der Bar befanden sich gekühlter Saft und Champagner und einen DVD-Spieler gab es auch. In meiner unscheinbaren Kleidung fühlte ich mich dem Chauffeur gegenüber im Nachteil und auch in dem Auto fühlte ich mich fehl am Platz. Aber all dieser Luxus – und zwei Gläser des köstlichen Champagners – ließen mich meine Fehlplatzierung schnell vergessen.

In meinen zwei Koffern befand sich dann auch nicht wirklich viel, nur die wenigen Kleidungsstücke, die ich als tragbar erachtet hatte. Den restlichen Raum vereinnahmten meine Arbeitsutensilien. Die Fahrt verbrachten der Fahrer und ich in einvernehmlichem Schweigen. Das bot mir die Gelegenheit, die wundervolle ländliche Gegend, die Skye ausmachte, in mich aufzunehmen. Wälder wurden von Weiden abgelöst, auf denen Schafe vor sich hindösten. Kleine Ortschaften lagen ruhig und verträumt zwischen Hügeln und Bergen. Unser Weg führte uns an der Küste vorbei und an mehreren Lochs; Loch na Cairidh, Loch Ainort, Loch Sligachan und Loch Harport, um nur die größeren zu nennen. Der Himmel war hier genauso grau wie der über London, aber das Wetter konnte mir egal sein, da ich die meiste Zeit sowieso im Haus mit meiner Arbeit verbringen würde. Schließlich war ich nicht zur Erholung hier, sondern um die so oft erwünschten Erfahrungen zu sammeln.

Dunvegan war die Art Kleinstadt, die ich mir immer vorgestellt hatte, wenn ich an die Highlands dachte. »Lange Zeit war die Stadt eine wichtige Hafenstadt, mittlerweile ist sie eher Touristenmagnet. Fast alle Touristen kommen hier her, um Dunvegan Castle zu besuchen«, klärte mich mein Chauffeur auf. »Sie sollten sich die Burg auch anschauen, solange sie hier sind! Viel mehr gibt es hier auch nicht. Ein oder zwei nette Restaurants, ein paar Andenkenläden und Hotels. Oh, vielleicht noch eine Bootstour zu einer der Robbeninseln.«

Im Großen und Ganzen wirkte Dunvegan romantisch und verträumt. Es gab ältere Häuser, aber die meisten schienen mir keine hundert Jahre alt. Eine gewöhnliche Kleinstadt ohne Besonderheiten, fast schon ein wenig enttäuschend, denn eigentlich hatte ich viel mehr historische Gebäude erwartet. Das Leben steppte definitiv woanders. Nach nur fünf Minuten, einem Bäcker, einem Fleischer und einem Pub, hatten wir Dunvegan durchquert und befanden uns wieder auf freiem Gelände. Hier und da stand noch ein einsames Haus.

Es ging eine recht angenehme Straße entlang, die manchen Motorradfahrer dazu veranlasste an uns vorbeizupreschen. Nach wenigen Minuten nahm unser Auto eine Abzweigung auf eine unbefestigte Straße, die sich einen recht steilen Hügel hinaufschlängelte auf dessen Spitze ein großes Anwesen thronte, das umgeben war von grünen Hecken, so dass man erst nur das dunkelgraue Dach sah und zwei eckige Zinnen bewehrte Türme, die zu beiden Seiten des Gebäudes aufragten. Das eigentliche Haus, ein großer, rechteckiger Kasten mit hohen Fenstern, unzähligen Erkern und einem von Säulen eingefassten Eingang, konnte man erst erblicken, nachdem wir das hohe gusseiserne Tor durchquert hatten. Eine lange Auffahrt führte an einem alten, bemoosten Springbrunnen vorbei, in dessen Mitte ein wenig bekleideter Held einen Drachen erlegte.

Grundstück und Haus machten einen gepflegten Eindruck, aber etwas anderes hatte ich auch nicht von Professor MacLeod erwartet. Das Auto hielt vor dem Haus und ich war gespannt, wer und was mich in Glenoak Hall erwarten würde.

Der Fahrer öffnete den Kofferraum und nahm mein Gepäck. Mit einem Nicken wies er mich an, ihm zu folgen, was ich tat. Wir hatten die drei Stufen, die zur prachtvoll mit

Schnitzereien verzierten Eingangstür führten, noch nicht ganz erreicht, als ein älterer Herr in Smoking und mit runder Nickelbrille auf der Nase die Tür öffnete.

Nach kurzer Musterung lächelte er freundlich, und dieses Mal hatte ich den Eindruck, dass dieses Lächeln ernst gemeint war. »Ms Sands, schön Sie begrüßen zu dürfen.« In seinen Augen funkelte etwas, das, wenn ich es nicht besser wüsste, mich an sexuelle Bewunderung erinnerte, was natürlich eine Täuschung meinerseits war, denn nachdem ich geblinzelt hatte und den Herrn unter zusammengekniffenen Lidern hervor ansah, musste ich feststellen, dass er eher kühl wirkte.

»Mein Name ist Alfred, ich bin der Butler im Haus. Treten Sie ein!« Er nahm dem Fahrer die Koffer ab, bedankte sich knapp bei ihm und schickte ihn zurück nach London.

Ich folgte Alfred eine breite Treppe hinauf in das Obergeschoss. Das Klacken meiner Absätze wurde von einem dunkelroten Teppich geschluckt, der jede einzelne Stufe umhüllte und auch den langen Flur oben zierte, auf dessen einer Seite mehrere Türen abgingen. Der Flur wurde von gedimmten Lampen erhellt, die über Kommoden oder Gemälden an den Wänden angebracht waren.

»Das Badezimmer befindet sich am Ende des Ganges. Das ist das einzige im Haus, sonst gibt es nur noch eins im Schlafzimmer des Herrn.

Aber das dürfte kaum ein Problem darstellen.« Schwang da Sarkasmus mit in der heiseren Stimme des Butlers? »Im Erdgeschoss gibt es noch zwei Toiletten; das Gäste-WC und das für die Angestellten. Sie können das Gäste-WC gerne benutzen, wenn Sie sich unten aufhalten. Dann müssen Sie nicht immer nach oben.«

Da ich annahm, dass er keine Antwort von mir erwartete, entgegnete ich nichts. Ein kalter Luftzug streifte meine Wange und meinen Nacken. Irgendwo zog es. Ich hoffte, dass es in meinem Zimmer wärmer war als hier im Korridor. Ich mochte es nicht, wenn es kalt war. Meine Muskeln fühlten sich dann ganz steif an und ich konnte nicht gut arbeiten.

Alfred öffnete eine dunkle Holztür und ließ mich vor sich eintreten. »Ihr Zimmer. Ich hoffe, Sie werden sich wohlfühlen. Scheuen Sie sich nicht zu bitten, wenn Sie noch etwas benötigen.«

Bemüht, meine Begeisterung über das atemberaubende Zimmer nicht nach außen dringen zu lassen, sah ich mich um. Ein großes, breites Holzbett dominierte das Zimmer, das passend zum altmodischen Stil des gesamten Hauses mit Blumentapeten verziert war. Ein riesiger Kleiderschrank stand hinter mir direkt neben der Tür. Mir tat derjenige leid, der dieses Monstrum vielleicht einmal aus dem Haus tragen musste, wenn der Schrank nicht mehr der Zeit trotzte. Er wirkte wie aus einem Stück geschaffen, so massiv war er. Das Holz an einigen Stellen schon rissig, die aufgemalten Blumen verblasst, aber er war noch immer schön. Damals wurden Möbel noch für die Ewigkeit gebaut. Wenn ich so gut erhaltene alte Dinge sah, musste ich oft den Kopf über unsere schnelllebige Zeit heute schütteln, in der nichts mehr lange hielt. Dieser Kleiderschrank hier hielt schon gut zweihundert Jahre.

An der Wand über dem Bett hing ein Landschaftsgemälde, das, wenn ich mich nicht täuschte, den Wald zeigte, der hinter dem Anwesen anschloss. Ein Waschtisch mit einer Metallschüssel und einem Keramikkrug stand zwischen zwei Rundbogenfenstern. Dem Bett gegenüber befand sich ein Sekretär, der mich vor Neid erblassen ließ. Vielleicht sollte ich fragen, ob ich dieses Schmuckstück mitnehmen durfte, wenn ich wieder abreiste. So einen wundervollen Schreibtisch wollte ich schon immer besitzen.

In einem kleinen schwarzen gusseisernen Ofen brannte ein Feuer, ich konnte die Flammen durch eine Scheibe hindurch tanzen sehen. Jemand hatte das Zimmer für mich geheizt. Wahrscheinlich Alfred. Sehr umsichtig von ihm.

Alfred stellte meine beiden Koffer in der Mitte des Zimmers ab. »Ich werde sie sofort ausräumen. Ich möchte nur Molly, meine Frau, schnell fragen, wann das Essen bereit ist. Sicher sind Sie hungrig nach der langen Fahrt.«

Jetzt, wo Alfred es ansprach, verspürte ich tatsächlich ein flaues Gefühl im Magen. »Sie müssen die Koffer nicht auspacken. In dem sind ohnehin nur Arbeitsmittel. Ich schaffe das alleine, danke.« Er war es vielleicht gewohnt, sämtliche Arbeiten für seine Arbeitgeber zu erledigen, aber ich wiederum war es nicht gewohnt, bedient zu werden. Es war mir unangenehm. Er würde sich daran gewöhnen müssen, dass ich einige Dinge lieber selber machen wollte.

»Dann werde ich nach Molly sehen. Dort gibt es eine Sprechanlage, mit der können Sie mich rufen, sollten Sie etwas wünschen. Früher gab es einen Klingelzug, aber der wurde schon vor Jahren abgeschafft. Drücken Sie einfach den Knopf. Es gibt in jedem Zimmer ein Gegenstück, ich werde Sie also hören.« Ich nickte, wusste aber, dass ich das bestimmt nicht tun würde. Schon die Vorstellung, meine Stimme würde durch jedes Zimmer im Haus tönen, jagte mir Schauer den Rücken hinunter.

»Oh und Ms Sands, die Maske dort auf dem Bett«, er deutete auf eine Karnevalsmaske, wie ich sie aus Venedig kannte, wenn ich den historischen Filmen und Dokumentationen trauen durfte, die ich gesehen hatte, »ist für den Maskenball, den der Herr heute Abend gibt. Er möchte, dass sie daran teilnehmen. Sie haben doch ein Kleid mitgebracht?« Alfred sah mich unter hochgezogenen Augenbrauen fragend an.

Eigentlich wollte ich alles andere als an einem Maskenball teilnehmen, ich war nicht gerne unter vielen Menschen, aber abzulehnen erschien mir als unhöflich, zumal der Butler mich so eindringlich anblickte, dass ich gar nicht wagte, abzusagen. Ich nickte überrumpelt und zugleich nicht in der Lage, meine gute Erziehung zu vergessen. Das einzige Kleid, das ich eingepackt hatte, wäre zwar denkbar schlecht für eine solche Veranstaltung, aber es musste ausreichen. Mehr als ein schlichtes Kleid für eventuelle Restaurantbesuche konnte man von mir nicht erwarten, schließlich war ich nicht zum Vergnügen hier.

Nachdem Alfred das Zimmer verlassen hatte, das in der nächsten Zeit meines sein würde, untersuchte ich alles genauer. Der dunkelbraune Kleiderschrank war leer und roch leicht muffig, was wohl am Alter lag. Über dem Bett lag eine weiße geblümte Tagesdecke aus glattem Stoff ausgebreitet, unter der Decke befand sich die wohl fülligste Daunendecke, die ich je gesehen hatte. Unter der würde ich sicher nicht frieren. Im weißen Sekretär lagen Briefpapier und Stifte bereit und warteten darauf, von mir benutzt zu werden. Ich legte ein paar meiner eigenen Notizblöcke und Stifte dazu. Als ich meine Erkundung beendet hatte, beschloss ich, die lange Autofahrt von meinem

Körper zu duschen und mich für diesen Maskenball einigermaßen vorzeigbar herzurichten.

Das Badezimmer am Ende des Ganges war ganz im Gegensatz zum Rest des Hauses modern, aber schlicht eingerichtet. Den Boden zierten schwarze Fliesen und die Wände weiße mit kaum sichtbaren grünen Marmorierungen. Es gab eine Dusche mit breitem Kopf, der das Wasser über mich rieseln ließ wie sanften Regen, und eine Eckbadewanne. Alles schien noch nicht allzu alt zu sein.

Frisch geduscht fühlte ich mich gleich viel besser und zu allem bereit. Ich ging, nur mit meinem schlichten schwarzen Kleid bekleidet, in mein Zimmer zurück, um meine Haare zu machen. Nachdem ich eine Weile probiert hatte, entschied ich mich für locker aufgestecktes Haar. Ein Blick auf die Uhr meines Handys zeigte, dass es bereits acht Uhr am Abend war. Ich lauschte auf Geräusche von unten, konnte aber nichts hören, was darauf hinwies, dass die Gäste schon eingetroffen waren.

Mit der Maske in der Hand wand ich mich vor dem Spiegel, der über dem Waschtisch angebracht war und strich zufrieden über meine Rundungen. Das schwarze, eng anliegende Kleid betonte gut, worauf ich ohnehin schon stolz war. Das ausgeschnittene Dekolleté gab nicht zu viel preis, betonte aber trotzdem meine Körbchengröße C genau richtig. Die

Länge des Kleides war gerade so lang, dass es meine Oberschenkel verdeckte, die mein einziger Makel waren. Sie waren etwas zu dick.

Ich betrachtete aufgeregt aber auch mit einem leicht mulmigen Gefühl die Maske. Sie war mit schwarzem Samt bezogen, der Rand war mit Pailletten besetzt, die silbern im Licht der Deckenbeleuchtung funkelten. Am oberen Rand waren weiße weiche Daunenfedern befestigt, die sanft wogten, wenn man die Maske bewegte oder darauf atmete.

Ich setzte die Karnevalsmaske zögernd auf und sah in den Spiegel. Mir stockte der Atem. Sie verdeckte mein Gesicht und hob zugleich meine grünen Augen auf eine geheimnisvolle Weise hervor. Sie ließ sie regelrecht leuchten und verlieh ihnen einen wundervoll anziehenden Glanz. Und sie betonte meine dezent rot geschminkten Lippen. Diese Maske verlieh mir eine Schönheit, die mir fremd war, mich aber faszinierte. Und sie machte mich anonym.

Ich konnte mich unter den Gästen bewegen, ohne dass sich danach jemand an mich erinnern oder mich wiedererkennen würde, wenn er mir mal begegnete. Das Wissen um diese Anonymität verlieh mir Mut, den ich sonst nicht hatte, wenn ich mich unter Menschen bewegte. Eine mir unbekannte Selbstsicherheit breitete sich in mir aus.

Ich war vielleicht stolz auf meine Figur, die ich immer gerne betonte, aber das tat ich nur, um von meinem offensichtlichen Makel abzulenken; der Unsicherheit im Umgang mit Menschen. Irgendwann hatte ich mitbekommen, dass die Menschen dir Fehler verziehen oder sie gar nicht erst bemerkten, wenn du hübsch warst. Sie ließen dir mehr durchgehen, wenn du in ihren Augen schön warst. Nur bei der Person, bei der dieser Trick am allermeisten hätte funktionieren sollen, funktionierte er gar nicht – bei meiner Großmutter.

Versagen war für sie undenkbar. Wenn ich versagte, wurde ich mit Missachtung bestraft. Missachtung, die je nach Schweregrad meines Versagens über Tage hinweg reichte. Das hieß: keine Worte, die sie an mich richtete. Kein Essen, das sie für mich kochte. Keine Wäsche, die sie für mich wusch. Sie tat einfach so, als gäbe es mich nicht. Dieses Verhalten meiner Großmutter hatte mich dazu gebracht, mir immer alles abzuverlangen. Ich war nie zufrieden, aber immer darauf bedacht, alles perfekt zu machen. Es hatte mich zu jemandem gemacht, der sich von allen zurückzog, um immer noch besser zu werden. Ich besaß keine Freunde und kannte nur mein Fortkommen. Mein Leben bestand aus Arbeit und dem Versuch, in allem fehlerfrei zu sein. Dieser Lebensstil in der selbstauferlegten Einsamkeit wiederum war schuld daran, dass ich mich unter Menschen unwohl fühlte. Ich war dann immer leicht nervös, was sich in aufgeregtem Plappern niederschlug.

Ich sah die Maske in meinem Spiegelbild an und lächelte. Zeit einmal auszubrechen, einmal jemand anders zu sein. Mich bis zu dem Punkt treiben zu lassen, wo mein Mut mich verließ.

Mein Herz klopfte aufgeregt, als ich die Tür öffnete und nun doch leises Stimmengewirr von unten heraufdrang. Ich ignorierte das ängstliche Ziehen in meinem Magen, atmete tief ein und trat in den Flur hinaus. Eine kichernde Frau in einem sehr kurzen grünen Kleid mit blonden Haaren bis zur Taille kam die Treppen hinaufgerannt, wandte sich laut kreischend zu einem Mann in weißem Hemd, dunkler Anzugjacke und Kilt um, der hinter ihr herkam und unter seiner Maske hervor grinste. Sie liefen eilig an mir vorbei, ohne mich zu bemerken. Die Frau verschwand im Bad, warf dem Mann die Tür vor der Nase zu und dieser blieb seufzend vor der Tür stehen.

Ich lachte leise vor mich hin, weil ich die Szene romantisch fand. Vielleicht waren sie ein Paar. Dann wandte ich mich ab und steuerte in meinen silbernen Riemchensandalen die Treppe an. Von unten kam noch mehr Gekicher nach oben. Zwei Männer in Kilts standen unten an der Treppe und unterhielten sich. Einer von ihnen sah zu mir hoch, sein Blick verweilte etwas länger auf meinem Körper als auf meinem Gesicht, aber ich nahm es ihm nicht übel. Die

Maske verbarg alles, was wichtig wäre. Als ich an den Männern vorbeiging, wandte ich mein erhitztes Gesicht ab. Ich wollte nicht schon jetzt zeigen, dass ich nicht halb so sicher war, wie ich versuchte, zu erscheinen.

Den anderen Stimmen folgend betrat ich eine große Halle, die fast so wirkte, wie der Ballsaal eines Schlosses oder die »Halle« einer Burg, in der die Krieger vor Jahrhunderten saßen und sich mit Wein, Weib und Gesang vergnügt hatten. Ungefähr fünfzig maskierte Menschen standen in Gruppen beieinander und schwatzten, tanzten oder flirteten. Keiner sah zu mir her, also konnte ich sie alle in Ruhe einer Musterung unterziehen. Die Frauen schienen fast alle schlank, deutlich weniger rund als ich es war. Hätte ich ein Problem mit meinem Körper gehabt, wäre meine geborgte Selbstsicherheit wohl spätestens jetzt verloren, aber da ich noch immer der Meinung war, dass nur Rundungen eine Frau weiblich aussehen ließen, störten mich die dünnen Mädchen nicht. Die Männer waren bunter gewürfelt, dünn und schlaksig, dick oder muskulös und breitschultrig. Einige trugen Kilts und andere Anzughosen oder Jeans.

Ich blieb weiter in der Tür stehen und spielte mit mir selbst das Spiel: Wer ist dein Gastgeber? Ich schloss die Frauen aus, denn aus dem Brief des Professors wusste ich, dass er einen Sohn hatte. Ich schloss auch die Männer aus, die grauhaarig waren. Mein Blick blieb an einem Mann in dunklen Jeans hängen, der seine Hose wirklich perfekt ausfüllte. Er stand mit seinem breiten Rücken zu mir und hielt ein Tablett mit Gläsern in der Hand. Da ich sonst niemanden außer Alfred sah, der bediente, nahm ich an, dass er der Sohn des Professors sein musste. Ich beobachtete ihn eine Weile, er flirtete lautstark mit mehreren Frauen, die sich wie verliebte Hennen um einen Hahn gescharrt hatten.

Und verlieben musste man sich in ihn. Als er sich umwandte und zur Tür sah, umspielte ein Lächeln seine Lippen, das jede Frau erzittern lassen würde. Und diese hellen eisblauen Augen, die mich aus der Maske heraus ansahen ... Solche Augen hatte ich noch nie gesehen. Sie wirkten wie poliertes Eis auf einem Wintersee oder wie die eines Huskys und standen damit in so starkem Kontrast zu seinem schwarzen Haar, dass mir der Atem stockte und mein Herz einen Satz machte, als dieser Mann mich ansah. Eine seiner Hennen klopfte ihm auf die Schulter und verlangte seine Aufmerksamkeit zurück.

Ich riss mich von ihm los, nur um gerade rechtzeitig zu bemerken, dass der Zwilling dieses Mannes gerade auf mich zukam. Er hatte das gleiche Lächeln aufgesetzt, das sofort ein Ziehen zwischen meinen Schenkeln auslöste und mich nervös werden ließ, und diese markanten Augen sahen mir fest ins Gesicht. Das einzige, was die beiden unterschied, war der Kilt in den grün-blauen Farben der MacLeods, den dieser Mann trug. Einen winzigen Moment lang wünschte ich, er würde auch enge Jeans tragen, damit ich das Spiel seiner Oberschenkelmuskeln sehen konnte, während er immer näher kam.

»Ich habe gesehen, wie du meinen Cousin gemustert hast«, stellte er breit grinsend fest und entblößte weiße gerade Zähne.

Soweit ich das trotz der Maske beurteilen konnte, war er nicht im klassischen Sinne attraktiv, aber diese vollen Lippen, diese unfassbaren Augen und die breiten Schultern machten ihn interessant. Ihr kennt das doch, wenn man einen Mann sieht und denkt, der ist nicht hübsch im Sinne von hübsch, aber er hat etwas, das macht aus ihm Sex auf zwei Beinen. Lag es an der Maske oder dem dunklen Bartschatten auf seinen Wangen? Jedenfalls war es genau so bei diesem überaus maskulin wirkenden Exemplar der Gattung Mann. Man sah ihn an und konnte nicht anders als Verlangen zu empfinden. Und ich war niemand, der so empfand, nur weil ich einen Mann vor mir hatte.

Wer konnte sich dieser ungewöhnlichen Augenfarbe schon entziehen? Man musste einfach hinsehen. Genau wie auf alles andere, was diesen Mann ausmachte; eine gerade schlanke Nase, der Bartschatten, den die Frauen dieser Welt auch lechzend Dreitagebart nannten, der scharfkantige Unterkiefer und das breite Kinn, das sich just in dem Moment anspannte. Ich hob das Gesicht hin zu diesen funkelnden Diamanten und bemerkte nur nebenbei das wissende Grinsen, das seine Lippen umspielte.

Sein Anblick und die Art, wie seine Augen über meine Rundungen wanderten, zauberten dieses Prickeln in meinen Körper, von dem meine Großmutter behauptete, dass es selbst intelligenten Frauen das Denken raubt. Und ja, meine Denkfähigkeit schien deutlich eingeschränkt, denn ich wurde mir meiner offensichtlichen Musterung dieses Prachtstücks erst bewusst, als er vernehmlich hüstelte. Hatte er nicht etwas gesagt, das mich verärgert hatte?

»Ich habe ihn nicht gemustert, ich habe in die Runde geblickt«, verteidigte ich mich bissig. Etwas zu bissig, denn ich entlockte diesem Schotten nur ein lautes Lachen, das alle Anwesenden zu uns schauen ließ.

»Eine Engländerin«, sagte er schließlich mit seiner tief tönenden Stimme. Ich unterdrückte den Drang, mir über meine Arme streichen zu wollen, denn diese Stimme legte sich wie Seide auf meine Haut. Sie jagte mir ein Kribbeln durch meinen Unterleib und ich musste das Verlangen unterdrücken, mir genüsslich über die Unterlippe zu lecken.

Als mir auffiel, dass ich ihn fast sabbernd anstarrte, spürte ich die Hitze auch schon in mein Gesicht schießen. Sofort nahm ich Verteidigungshaltung an und warf dem Typen einen giftigen Blick zu. Ich hoffte nur, dass meine Augen genug Funken sprühten, damit er das auch sehen konnte, denn mit einer Maske auf dem Gesicht zornig auszusehen, war bestimmt nicht einfach.

»Und nicht die Einzige hier«, entgegnete ich schroff. Irgendwie störte es mich, dass er Engländerinnen vielleicht nicht mochte. Obwohl ich nicht sagen konnte, warum mich das interessieren sollte. Und überhaupt, lag es an der Maske, dem Ball, der neuen Umgebung, dass ich mich wegen des Anblicks eines Mannes in ein sabberndes Häufchen verwandelte? Männer ließen mich nicht grundlos kalt. Ich hatte gelernt, sie nicht zu registrieren, aber bei diesem hier schienen sich meine Blockaden in Luft aufzulösen.

»Nein, aber die Einzige mit solchen Hüften.« Seine Augen glitten abermals über meinen Körper und der Ausdruck in seinen Augen ließ mich meinen Zorn vergessen, stattdessen entfachte er ein Verlangen in mir, das ich für einen Fremden nicht empfinden sollte. Aber dieser abtastende Blick fühlte sich an, als würde er mich wirklich berühren. Als er wieder zu mir aufsah, hatten sich seine Iris verdunkelt und er sah mich mit unverhohlener sexueller Begierde an. »Nicht zu verachten.«

Ich schluckte und konnte die verräterische Hitze, die in meine Wangen schoss, nicht unterdrücken. Aber der Gedanke, dass diese Anziehung auf Gegenseitigkeit beruhte, beruhigte mich wieder. Wie konnte man bei so einer Aussage noch sauer auf einen Mann sein? Ganz einfach, indem Frau diese Anziehung nicht wollte. Ich wollte nicht so empfinden. Ich wollte nicht, dass ein Fremder mit einem winzigen Lächeln solche Dinge in meinem Körper auslösen konnte. Und er löste einiges in meinem Körper aus.

Jetzt schwieg er und dieses Schweigen zwischen uns war unangenehm. Ich verhakte meine Hände vor meinem Schoß, weil ich nicht wusste, wohin mit ihnen. Meine letzte Party war ... Ich weiß nicht wie lange meine letzte Party her war.

Ich sah hinter ihn, alle lachten, tanzten und redeten miteinander und ich wünschte, unsere Gesprächsrunde bestünde nicht nur aus ihm und mir. Noch ein oder zwei andere und seine Konzentration galt nicht nur mir.

»Und sie sind Schotte«, sprach ich das Offensichtliche aus, nur um etwas zu sagen. Als ich zu ihm aufsah, konnte ich gerade noch registrieren, dass er auf meine Brüste gestarrt hatte, diese beantworteten seine Aufmerksamkeit mit einem von mir ungewollten Zusammenziehen der Brustwarzen, was von ihm nicht unbemerkt blieb, denn der dünne Stoff des Kleides und der noch dünnere Seidenstoff meines BHs konnten diese Reaktion vor ihm nicht verbergen.

Er zog wissend eine Augenbraue hoch und das Feuer in seinen Augen ließ die Hitze, die sich die ganze Zeit über schon in meinem Unterleib gesammelt hatte, jetzt zwischen meine Beine schießen. Verärgert runzelte ich die Stirn. So etwas hatte ich noch nicht erlebt. Das musste an dieser Maske liegen. Man musste schon zugeben, dass diese Dinger etwas Erotisches an sich hatten. Anders konnte ich mir nicht erklären, warum mein Körper so einfach ohne mein Zutun handelte und Dinge tat, die er bisher noch nie getan hatte. Außerdem schien der ganze Raum irgendwie sexuell aufgeladen zu sein. Es lag also wirklich nicht an mir oder an ihm.

Der Schotte schnippte mit den Fingern, ohne seine Augen auch nur eine Sekunde von meinem Gesicht zu nehmen. Sofort kam Alfred mit einem Tablett voll Gläsern angelaufen und nickte mir kurz zu, bevor er um Mr Sexy Kilt herumging und halb vor ihm stehenblieb. Der Butler musste mich erkannt haben, was nicht allzu schwer gewesen sein sollte, außer mir gab es nur noch eine Frau mit kupferfarbenem Haar im Raum. Ich nahm mir ein Glas Sekt und bestellte mir gleich noch einen Martini mit Eis, um die Hitze herunterspülen zu können, die mich durchflutete, seit dieser Kiltträger mich entdeckt hatte.

»Nachdem nun klar ist, dass du Engländerin bist und ich Schotte, wie heißt du?«, wollte er wissen und nahm einen großen Schluck von einer goldbraunen Flüssigkeit, die wie ich annahm, Whisky war.

»Linda«, sagte ich knapp und wich seinem Blick aus.

»Adam«, entgegnete er und hielt mir seine Hand hin. Ich nahm sie zögernd. Sie war warm und stark. Und die Berührung durchfuhr mich und ließ meinen Magen flattern. Er ließ meine Hand nicht wieder los, sondern hielt sie lachend fest und zog mich näher. Dann machte er einen Schritt auf mich zu und drängte mich rückwärts gegen den Türrahmen. Sein Blick bohrte sich in meinen und ich musste heftig schlucken, was er mit einem rauen Lachen kommentierte.

»Keine Sorge, auch wenn ich diesen Körper zu schätzen weiß, aber wir stehen Alfred im Weg.“

Trotz meines stark beschleunigten Pulses brachte ich es fertig, Alfred zu entdecken, der sich mit einem Servierwagen an uns vorbeischob und mich dabei auf eine Art taxierte, die mir ein Frösteln über den Rücken jagte.

Adam trat wieder einen Schritt zurück, aber das änderte nichts an der Wärme, die er in meinem Körper entfacht hatte. »Du bist also Linda aus England. Wo genau her?«, fragte er. Ich nahm an, er wollte irgendwie ein Gespräch zwischen uns zustandebringen, das nicht allein unsere Körper führten.

»London«, sagte ich mit heiserer Stimme. Ich trank mein Glas Sekt auf einmal. Und als Alfred wieder an uns vorbeikam, angelte ich nach dem Glas, das er mir hinhielt. Das Eis darin klapperte leise und ich nahm einen wirklich großen Schluck. Der köstliche Martini lief meine Speiseröhre herunter und fühlte sich an, wie ein eiskaltes Glas Wasser an einem sehr heißen Sommertag.

»London, aha. Und was machst du da?«

Was sollte ich darauf antworten? Ich wollte nicht zu langweilig klingen. Schon peinlich genug, dass ich keine der Frauen war, die locker mit jedem Mann drauflosplaudern konnten. »Was machst du denn hier so, außer auf Maskenbälle gehen?«

»Whisky.«

»Whisky?«, hakte ich erstaunt nach?

»Ja, nur eine kleine Brennerei, aber unser Whisky ist sehr begehrt.« Er hielt mir sein Glas an die Lippen. »Koste!«, forderte er mich auf. Und ich tat es, auch wenn ich keine Ahnung hatte, wie guter Whisky schmecken musste, ich wusste ja nicht einmal, wie schlechter schmeckte. Vielleicht würde ich das auch nie erfahren, denn alles, was ich spürte, war das

Brennen in meiner Kehle, das sich in meinen Magen ausbreitete. Ich hustete und er klopfte mir lachend auf den Rücken. »Ist nicht jedermanns Sache.«

Ich spülte den scharfen, rauchigen Geschmack mit Martini runter und bemerkte nicht, wie ich seufzend auf seine nackten Knie starrte, die unter seinem Kilt hervorschauten.

Adam grinste mich lasziv an, als ich wieder aufsah, wahrscheinlich noch immer rot im Gesicht von dem Whisky.

»Bild dir mal bloß nicht so viel ein!«, keifte ich leicht beschwipst vom Sekt und Martini, denn ich trank eigentlich nie. Wenn man immer nur arbeitete, dann blieb wenig Zeit für Anlässe, auf denen man trank. Und gegessen hatte ich in den letzten Stunden auch nicht viel. »Ich habe wegen des Martinis geseufzt.«

»Aber natürlich«, sagte er und grinste noch breiter.

Wütend kniff ich die Augen zusammen, denn ich war mir sicher – oder redete es mir nur ein -, wirklich wegen des Martinis geseufzt zu haben. Er stand vor mir und seine breite Brust bebte vor lachen. Dann kam er näher und senkte seine Lippen an mein Ohr und brachte den Duft von würzigem Aftershave und Whisky mit. »Ich finde dich mindestens genauso zum Seufzen, weswegen wir beide es wohl heute nicht mehr zu einem normalen Gespräch unter Erwachsenen bringen werden.«

War das eben ein eindeutiges Angebot? Mein Körper zumindest schien sich da sehr sicher. Wie auf Befehl zog sich mein Inneres zusammen. Die Verzweiflung darüber ließ mich wütend auf meinen Körper werden und nicht nur auf den.

»Ich finde dich kein bisschen zum Seufzen.«

»Nicht mal ein kleines bisschen?«, flüsterte er rau und sein Atem strich über mein Gesicht. Er nahm mir mein leeres Glas ab, dabei strichen seine Finger nicht ganz unabsichtlich, wie ich dem Glühen seiner Augen entnehmen konnte, über meine. Sie sind nicht ganz und gar eisblau, dachte ich hypnotisiert. Ein dunkelblauer Ring umgab die Iris.

»Hast du doch etwas gefunden, das dich anzieht, Engländerin?«, wollte er wissen.

»Nein, ich habe nur gerade gedacht: nicht nur, dass er sich aufführt wie ein Rüde, der Witterung von einem Weibchen aufgenommen hat, nein, er hat auch noch die Augen eines Schlittenhundes.«

Er lachte kehlig auf, dann sah er mich ernst an. »Zumindest kann ich zugeben, dass du mich scharf machst.«

Mein Magen zog sich vor Nervosität zusammen. Hatte er das gerade wirklich gesagt? Er kniff die Augen zusammen und versuchte wohl meine Reaktion darauf abzuschätzen, aber ich gab mir Mühe, gar nicht zu reagieren. »Ich muss nichts zugeben, was nicht der Wahrheit entspricht«, gab ich ihm verschnupft zur Antwort.

»Du fühlst also nichts, wenn ich das tue?« Mit seinen Fingerknöcheln fuhr er die nackte Haut meines Armes hinauf.

Ein Frösteln durchlief mich. Keines, das man auf Kälte hätte schieben können. Ich musste schon gestehen, dass er genau wusste, was er tun musste, um die entsprechenden Reaktionen in meinem Körper hervorzurufen. Und ich war so unerfahren im Flirten wie er erfahren und wusste nicht, wie ich damit umgehen sollte, wenn er tat, was er eben getan hatte.

»Nein«, log ich und hasste das Zittern in meiner Stimme, das ihm verriet, dass ich nicht die Wahrheit gesagt hatte.

»Da auch nicht?« Er legte seine Finger in meinen Nacken und strich mit seinem Daumen über meine Unterlippe.

Erschrocken über das Brennen in meinem Körper, das diese zärtliche Berührung in mir auslöste, wich ich zurück und prallte gegen den Türrahmen. »Nein nichts«, sagte ich kaum hörbar. Warum nur ging er so forsch vor? Wäre es nicht angebracht gewesen, sich erst einmal kennenzulernen, bevor man sich auf diese Art annäherte?

Ein anderer Mann in einem Kilt trat zu uns und lachte lallend. »Schon wieder auf der Jagd, mein Freund? Man könnte fast denken, diese Partys finden nur statt, damit wir Männer uns an den Frauen bedienen können, dumme Touristinnen«, sagte er und torkelte gefährlich in meine Richtung. Dieser blonde Wuschelkopf mit untersetztem Bauch hatte eindeutig zu viel getrunken. Es war zu bezweifeln, dass er noch dazu in der Lage war, mit einer »dummen Touristin« irgendwas zu machen.

Trotzdem sah ich Adam unter zusammengekniffenen Lidern an. War das der Grund für diesen Maskenball? Machten die Schotten so was des Öfteren? Und gab mein Gastgeber diese Partys immer in seinem Haus oder war er diesmal nur einfach an der Reihe? Adams Blick wirkte nervös, eindeutig ertappt.

Ich sah mich abermals um. Ein paar Frauen tanzten mit Männern. Hier und dort standen Paare, die heftig aneinander herumfummelten und sich scheinbar ineinander verbissen hatten. Ich bekam den Eindruck, dass der Trunkenbold recht hatte und dieser Maskenball wirklich nur einem Zweck diente.

Das hatten sich die Herren Schottenröcke aber schön ausgedacht. Immer neue Frauen, immer Frischfleisch. Keine der Touristinnen würde länger als ein paar Tage bleiben. Die Männer hatten also ständig neuen Nachschub. Ein nie enden wollender Strom an arglosen Touristinnen. Aber waren sie wirklich so arglos? Zumindest schienen sie sich nicht zu wehren. Sie alle lachten und hatten ihren Spaß. Vielleicht war es auch für die Frauen nichts weiter als ein nettes kurzes Abenteuer?

Als Adam damit beschäftigt war, den betrunkenen Highlander wieder auf die eigenen Füße zu stellen, stahl ich mich davon. Für mich endete dieser Maskenball hier, denn sexuelle Abenteuer standen nicht auf meiner To-do-Liste. Ich lief auf mein Zimmer und schloss von innen ab. Nicht, weil mich die Vorstellung abschreckte, dass alle dort unten nur gekommen waren, um ihren Spaß zu haben, sondern weil mich die Vorstellung ängstigte, ich könnte Teil dieses Spaßes werden. Nicht einmal die Maske konnte mir diese Unsicherheit nehmen. Für mich war schon lange klar gewesen, dass ich nur Sex mit einem Mann haben würde, der mir nicht fremd war und dem ich vertrauen konnte, der mehr von mir wollte als nur Sex und der ehrlich zu mir war. Den Lügner kannte ich schon.

3. Kapitel

Erschöpft und mit einem kribbelnden Gefühl, das mich durchströmte, wenn ich an die blauen Augen von Adam dachte, die sich mit eindeutigem Verlangen in meine gebohrt hatten, ließ ich mich auf mein Bett fallen.

Was zur Hölle war das gewesen? Und warum hatte dieser kurze Flirt mit Adam mich so sehr erregt, wie kein anderer zuvor? Noch nie hatte mein Körper mit einer solchen Heftigkeit auf die Nähe eines Mannes reagiert. Und von diesem hier wusste ich nicht einmal, wie er wirklich aussah. Ich kannte nur diese Augen, die Muskeln, die sich unter seinem T-Shirt bewegt hatten, den herben Duft seines Aftershaves und den Klang seiner dunklen Stimme, die in meinem Unterleib vibrierte, sobald er etwas sagte.

Ich schloss verzweifelt die Augen und zog an meinen Haaren. »Aus meinem Kopf mit dir!«, fluchte ich leise. Wäre ich wirklich nur ein Spielzeug für eine Nacht für ihn gewesen? Kam daher sein Verlangen? Der Kick des Neuen? Sex ohne jegliche Verpflichtung? Aber was mich so sehr verwirrte, war das Wissen, dass ich mich fast darauf eingelassen hätte. Um ein Haar wäre ich seiner Anziehung erlegen und hätte mich ihm hingegeben, obwohl ich es besser wissen müsste. Aber so war ich nicht. Ich wollte nicht benutzt und dann entsorgt werden. Nie wieder.

Die Angst, noch einmal zu zerbrechen, hatte mich bisher vor genau solchen Situationen bewahrt. Doch dieser Mann hatte etwas Unerwartetes in mir erweckt. Es hatte sich gefährlich angefühlt. Er hatte sich gefährlich angefühlt. Und diese Gefahr hatte mich für einen Moment vergessen lassen, dass ich mich niemals auf Männer wie ihn einließ. Was ich brauchte, war die Sicherheit zu wissen, dass ich nicht benutzt wurde, und die fand man nicht bei Playboys.

Warum machte ich mir überhaupt Gedanken darüber? Ich würde ihn ohnehin nie wiedersehen, also konnte es doch egal sein. Es war nur ein Flirt, eigentlich nicht einmal das, und es hatte keinerlei Bedeutung. Trotzdem versetzte mir das Wissen, dass ich ihm nie wieder begegnen würde, einen Stich. Ein Teil von mir hätte gerne gewusst, wie es zwischen uns gewesen wäre. Das erotische Knistern, die Anspannung zwischen uns, nach der man hatte greifen können. In ihm hatte das gleiche Verlangen getobt wie in mir. Das hatte ich in seinen Augen gesehen. Ein wenig hatte mich das Spiel mit dem Feuer gereizt, ja sogar angetörnt.

Ein Geräusch ließ mich aus dem Schlaf aufschrecken. War das der Schrei einer Frau?

Verwundert blinzelte ich den Schlaf aus meinen Augen und merkte erst jetzt, dass ich noch immer mein Kleid anhatte. Ich musste eingeschlafen sein, während ich über Adam und diese Partys mit eindeutigem Zweck nachgedacht hatte. Jetzt nachdem ich eine Weile darüber geschlafen hatte, kamen mir diese Veranstaltungen sogar noch abstoßender vor. Diese Männer benutzten diese Frauen zum eigenen Vergnügen. Ich schluckte die Enttäuschung über den Sohn meines Professors herunter. Auch wenn ich ihn gerne dafür verurteilt hätte, ich kannte ihn ja nicht einmal. Ich tröstete mich mit dem Gedanken, dass Robert MacLeod nicht so gewesen war. Er hatte immer voll Liebe von seiner Frau gesprochen, die, soweit ich wusste, vor einigen Jahren an Krebs gestorben war.

Ich erinnerte mich wieder an den Schrei, der mich geweckt hatte, und lauschte in die Dunkelheit, die nur von einem schmalen Silberstreifen, den der Mond auf den Boden warf, unterbrochen wurde. Alles war ruhig. Nicht das kleinste Geräusch drang in mein Zimmer. Hatte ich nur geträumt?

Ich angelte nach meinem Handy, das ich am Nachmittag auf dem Nachttischschränkchen neben meinem Bett abgelegt hatte. Es war 2:34 Uhr. Träge rieb ich mir über die Schläfen und rutschte bis an den Rand des Bettes. Mein Hals fühlte sich ganz kratzig an. Ich wollte nur schnell in das Bad am Ende des Ganges schleichen und einen Schluck Wasser trinken. Und dann wollte ich – möglichst ohne mein Kleid – noch ein paar Stunden schlafen. Frustriert strich ich über den zerknitterten Stoff und hoffte, dass ich das wieder hinbekam. Der Stoff war leider sehr empfindlich und ein anderes Kleid hatte ich nicht dabei. Ich hatte dieses schon nur aus einem Gefühl heraus eingepackt.

Leise öffnete ich die Tür und lauschte abermals. Die Party schien eindeutig beendet. Das Haus strahlte eine herrliche Ruhe aus und schien wie seine Bewohner auch, im Schlaf versunken zu sein. Ich trat auf den Korridor hinaus und war dankbar für die dunklen Lampen an den Wänden, die den langen Gang ausleuchteten.

Als ich gerade das Nachbarzimmer passierte, hörte ich etwas poltern, dann den Schrei einer Frau auf den ein klägliches Stöhnen folgte. Konnte es sein, dass sich da jemand verletzt hatte? Vielleicht hatte ich doch nicht geträumt? Die Tür stand etwa zwanzig Zentimeter offen. Ich überlegte, ob ich besser mal nachsehen sollte. Vielleicht hatte sie zu viel getrunken und war gestürzt? Langsam ging ich auf die Tür zu, konnte aber nicht verhindern, dass sich ein ungutes Gefühl in meinem Magen ausbreitete. Keine Furcht, eher das Gefühl, etwas zu tun, was ich nicht durfte. Vielleicht wusste mein

Unterbewusstsein einfach schon vorher, was meine Augen erst jetzt sahen und was mein Gehirn erst jetzt begriff.

Die Frau hatte eindeutig keine Schmerzen. Und ich hätte nicht einmal sagen können, welche der beiden Frauen, die sich da gemeinsam mit einem Mann auf einem breiten Bett rekelten, überhaupt geschrien hatte. Erschrocken presste ich mir eine Hand auf den Mund. In diesem Bett lagen wahrhaftig drei Personen. Alle drei trugen noch immer ihre Masken. Eine der Frauen war mit den Händen an das Kopfteil des Bettes gefesselt. Sie warf stöhnend ihren Kopf hin und her, sodass ihr langes blondes Haar wie ein goldener Wasserfall herumwirbelte.

Die zweite Frau, sie war ebenfalls blond, aber ihr Haar war ganz kurz geschnitten und stand strubblig um ihren Kopf herum ab, kniete zwischen den Schenkeln der ersten. Sie tauchte ihre Zunge in das Geschlecht der langhaarigen. Einen Augenblick saugte ich diesen Anblick fasziniert in mich auf. Mein Unterleib zog sich schmerzhaft zusammen und mein Herz klopfte heftig gegen meine Brust. Ich konnte mich von dem, was die Frau mit ihrer Zunge tat kaum losreißen. Nicht, weil sie zwei Frauen waren, sondern, weil die eine die andere mit ihrem Mund befriedigte.

Ich hatte schon oft andere Frauen darüber reden gehört und es mir dann heimlich vorgestellt, aber mein bisher einziger fester Freund und Sexualpartner hat das nie bei mir getan. Er hatte sich davor geekelt. Ich wusste also nicht, wie sich das anfühlte, ob meine Vorstellungskraft überhaupt ausreichte, um dem gerecht zu werden, was diese Frau so ekstatisch mit ihrem Unterleib zucken ließ.

Ich konnte gerade noch ein erregtes Seufzen unterdrücken. Und in dem Moment, wo der dunkelhaarige Mann, der am Fußende gelegen hatte und den Frauen zugesehen hatte in Bewegung kam, fiel mir erst auf, was ich hier eigentlich tat. Ich drang ungefragt in die Privatsphäre dreier Menschen ein. Ich wollte von der Tür zurückweichen, konnte mich aber nicht dazu durchringen. Mein Atem stockte, als sich der Mann hinter die Frau kniete, die es der anderen gerade mit ihrer Zunge machte. Ich konnte nur sein breites Kreuz sehen, trotzdem erregte und faszinierte mich der Anblick seiner Rückseite und das Spiel seiner Muskeln, als er mit kräftigen Stößen in die Frau vor sich eindrang, weit mehr, als der der beiden Frauen.

Verzweifelt biss ich mir auf die Unterlippe, als Hitze meinen Körper durchflutete. Feuchtigkeit schoss zwischen meine Beine und durchtränkte mein Höschen. Ich war erregt und gleichzeitig war es mir peinlich, dass ich noch immer hier stand und zusah, wie sie sich ihrer Lust hingaben.

Gerade wollte ich mich losreißen, als der Mann die Taille der Frau, die vor ihm kniete, fester umfasste. Die Muskeln seiner Oberarme traten hervor, dann fing er an noch ekstatischer in die Frau zu pumpen. Die andere Frau schrie auf und krallte ihre Hände in die Haare der Kurzhaarigen, die gerade aufgehört hatte sie mit ihrer Zunge zu befriedigen, um die kräftigen Stöße des Mannes besser abfangen zu können. Der Mann lachte rau auf und griff um die Kurzhaarige vor sich herum, um der Gefesselten seine Finger in ihr Geschlecht zu treiben. Im selben Rhythmus wie er die eine mit seinem Schaft nahm, nahm er die andere mit seinen Fingern.

Schweiß brach mir auf der Stirn aus, aber ich konnte nicht anders, als mir über die Lippen zu lecken und den Anblick seiner Muskeln zu genießen, die sich im Einklang mit seinen Stößen bewegten. Sein Hintern spannte sich bei jedem Stoß an. Er warf seinen Kopf in den Nacken und stöhnte in dem Moment auf, in dem auch beide Frauen anfingen laut zu schreien und sich unter ihm zu winden. Diese Schreie rissen mich endlich von der Szene los. Schockiert über mich selbst, wich ich von der Tür zurück und flüchtete in mein Zimmer.

Zitternd zog ich mein Kleid aus und warf es über das Fußende meines Bettes. Wie hatte ich nur zusehen können? Ich war von mir selbst abgestoßen, aber das Pulsieren zwischen meinen Schenkeln ließ mich nicht lange schlecht von mir denken. Ich kroch unter meine Decke und wunderte mich über die Reaktion meines Körpers auf das, was ich eben gesehen hatte. Ich hatte schon Sex, aber nie war ich so erregt gewesen. Nie hatte ich mir so sehr Erleichterung herbeigesehnt. Dieses Pulsieren zwischen meinen Beinen und die Hitze, die meinen Körper durchflutete, waren ganz neue Gefühle für mich. Sex hatte mich bisher nie erregt. Ich hatte nie das empfunden, was Sex so schön machen soll; pures ekstatisches Verlangen und sexuelle Begierde.

Natürlich kannte ich Erregung, ich war früher schon erregt gewesen, aber nicht so. Dieses Verlangen, das meinen Körper beben ließ, die Hitze und die Blitze in meinem Unterleib ... Erregte mich Zusehen mehr als selbst Sex zu haben? Meine Beziehung zu meinem Studienkollegen Steven war meine bisher einzige. Ich hatte mich auf Steven eingelassen, um mir selbst zu beweisen, dass nicht alle Männer waren wie Aidan. Doch letztendlich war das, was wir hatten, an meiner Unfähigkeit, wahre Gefühle für ihn zu empfinden, nach einem Jahr zerbrochen. Die Angst vor dem Verlassenwerden, hatte verhindert, dass ich Steven nahe genug an mich heranließ. Mit Steven Sex zu haben, war wie ein Arrangement, mehr nicht. Es hatte mich nicht mitgerissen und auch nicht befriedigt.

Der Drang nach Erleichterung war zu groß, ich ließ meine Hand in mein Höschen gleiten, drückte mit den Fingern auf den schmerzenden, klopfenden Punkt, der das Zentrum all dieser Begierden war, die die drei im Nachbarzimmer in mir ausgelöst hatten. Beim Sex hatte ich noch nie einen Orgasmus, aber wenn ich es mir selbst machte, dann erlebte ich immer meinen Höhepunkt. Ich schloss die Augen und sah den dunkelhaarigen Mann vor mir. Ich stellte mir vor, er würde hinter mir knien und seinen harten Schaft in mir versenken. Meine Finger umkreisten meine Lustperle nur wenige Male bis ich in einem so heftigen Höhepunkt explodierte, dass ich ermattet und zufrieden in mein Bett sank.

4. Kapitel

Nach einer ausgiebigen Dusche und einem zügigen Sprint an der noch immer offen stehenden Tür des Nachbarzimmers vorbei, schlüpfte ich am nächsten Morgen in eine ausgewaschene Jeans und ein weißes unbedrucktes T-Shirt. Ich sah keinen Grund für vornehme Businesskleidung. Ich befand mich zwar offensichtlich in einem sehr vornehmen Haus – die Sexpartys mal außer Acht gelassen -, aber dieses Haus würde für die nächste Zeit mein Zuhause sein und zu Hause bevorzugte ich bequeme Kleidung. Auch mit meinen Haaren gab ich mir nicht viel Mühe, ich band sie einfach zu einem Zopf zusammen. Wen wollte ich denn hier beeindrucken? Einen Hausherrn, der Maskenbälle veranstaltete, um seine Freunde mit Betthäschen zu versorgen?

Ich folgte dem Kaffeeduft in die Küche, die unten gleich neben der Eingangstür war. Schockiert und zugleich peinlich berührt blieb ich im Eingang stehen. Scham schoss mir ins Gesicht und mein Atem stockte, als ich die zwei blonden Frauen am großen Esstisch sitzen sah, der das Zentrum der modern eingerichteten weißen Küche war. Die Blondinen sahen mich verwundert an, als ich sie weder begrüßte noch näher kam. Sie wussten ja auch nicht, was ich gesehen hatte. Wenn sie es wüssten, dann würden sie sicher genauso rot anlaufen wie ich es gerade tat.

»Ms Sands, setzen Sie sich bitte!«, forderte mich die Haushälterin auf. Sie sah mich kurz an, lächelte mütterlich, aber irgendwie hatte ich das Gefühl, dass ihre Freundlichkeit nur aufgesetzt war. Als sie sich wegdrehte bemerkte ich, wie sie die Stirn runzelte und die Lippen fest aufeinanderpresste. Ich zog einen der sechs Stühle vom Tisch und setzte mich den beiden Frauen gegenüber. Sie musterten mich kurz und verfielen dann wieder in aufgeregtes Schwatzen.

Dem Gespräch konnte ich entnehmen, dass sie ihren Aufenthalt hier in Dunvegan um ein paar Tage verlängern wollten, bevor sie ihre Rundreise auf der Isle of Skye beendeten und nach Glasgow weiterreisen würden.

»Du hast dich doch nicht in ihn verliebt, oder?«, meinte die mit den kurzen Haaren und sah ihre Freundin ernst an. Die schüttelte den Kopf, aber der unsichere Blick zeigte deutlich, dass sie davon selbst nicht überzeugt war.

Ich verdrehte in Gedanken die Augen. Genau aus dem Grund würde ich mich nie auf solche Sexabenteuer einlassen. Ich hätte viel zu viel Furcht, ich könnte Gefühle investieren, die nicht erwidert werden würden. Das würde ich mir nicht noch einmal antun wollen. Auch nach über sechs Jahren kämpfte ich noch immer gegen die Schmach und das tiefe Loch der Leere, das Aidans Verrat in mir zurückgelassen hatte. Der Mann, für den ich mich nicht nur körperlich, sondern auch emotional entblättert hatte und dessen Aufgabe es eigentlich gewesen wäre, für mich da zu sein und nicht, mich so sehr zu verletzen, dass ich noch Jahre später unfähig war, Vertrauen zu einem Mann zu fassen.

»Bist du sicher, Kathrin? Wenn du doch etwas fühlst, dann sollten wir lieber sofort abreisen«, warf die Kurzhaarige ein.

Die Haushälterin stellte murrend einen Teller mit pochierten Eiern vor jeder von uns ab und goss Kaffee aus einer Glaskanne in unsere Tassen. Ich tat so, als würde ich das Gespräch überhören, war aber gespannt auf die Antwort von Kathrin.

»Ich bin sicher, Mel«, antwortete sie gedehnt und betonte den Namen der Freundin warnend. Sie warf mir einen abschätzenden Blick zu und ich tat, als gäbe es nichts Wichtigeres als das Frühstück vor mir.

Genüsslich kaute ich und nickte der Haushälterin dankbar zu. »Sehr gut«, lobte ich die Eier und gab Milch in meinen Kaffee. Tee wäre mir lieber gewesen, schließlich war ich Britin, aber vielleicht war Kaffee das Getränk der Wahl in Schottland, also nahm ich die Tasse und nippte daran.

»Also gut, noch zwei Tage«, gab Mel nach und musterte mich abermals. »Bist du auch auf Urlaub hier?«, wollte sie jetzt von mir wissen.

»Nein, beruflich.«

Beide Frauen zogen erstaunt die Augenbrauen hoch. »Beruflich?«

»Ja, ich soll Gemälde restaurieren«, erwähnte ich mit etwas Stolz.

»Nicht jeder ist zum Vergnügen hier«, mischte sich die Haushälterin ein und legte eine Zeitung in die Mitte des Tisches. Demonstrativ tippte sie auf einen Artikel auf der Startseite der Dunvegan Morgenpost.

Kathrin keuchte laut auf. »Dunvegan Ripper hat sein zweites Opfer gefunden«, las sie mit zittriger Stimme.

»Zeig mal her!«, forderte Mel sie auf und zog die Zeitung vor sich. »Der Dunvegan Ripper hat zum zweiten Mal zugeschlagen. Am vergangenen Abend fanden Wanderer die verstümmelte Leiche einer jungen Frau. Wie schon das frühere Opfer, war auch sie eine Touristin. Die Leiche wurde im Wald unweit von Dunvegan gefunden. Sie zeigte ähnliche Verletzungen wie das erste Opfer. Auch ihr wurde die Kehle durchgeschnitten, das Gesicht und auch die Geschlechtsteile verstümmelt. Die ermittelnden Behörden hüllen sich weiterhin in Schweigen.«

»Wie grauenvoll«, stöhnte Kathrin und Mel nickte bestätigend.

Auch ich konnte ein erschrockenes Aufkeuchen nicht unterdrücken. Dunvegan war ein malerisches Örtchen, so etwas unfassbar Böses passte einfach nicht hierher. Auch wenn ich den Artikel direkt vor mir liegen sah, konnte ich nicht glauben, dass etwas so Grauenvolles hier geschah.

Mels Gesichtsausdruck konnte ich entnehmen, dass sie ihre Entscheidung, länger hierzubleiben, gerne noch einmal überdenken würde. Mir ging es ganz ähnlich. Ich fühlte mich etwas mulmig und wusste gar nicht so recht, wie ich mit dem Wissen um einen Mörder in direkter Nachbarschaft umgehen sollte.

»Hat man denn noch gar keine Hinweise?«, hakte ich nach und sah Molly, die Haushälterin fragend an.

Die zog einen Mundwinkel nach oben und schüttelte den Kopf. »In der Nachbarschaft erzählt man sich, dass die Opfer vor ihrem Tod längere Zeit gefoltert worden wären.«

Ich rieb mir über die Oberarme, um die Gänsehaut, die sich dort gebildet hatte, zu vertreiben und schluckte schwer.

»Wie gruselig«, warf Kathrin ein.

»Gefoltert. Ich mag mir das gar nicht vorstellen, wie schlimm das für diese Frauen gewesen sein muss.«

»Hmm, alle Frauen waren junge Dinger wie Sie. Am Ende haben sie sich bestimmt gewünscht, dass es endlich vorbei ist«, fügte Molly an und sah bedeutungsschwer in die Runde. An den betretenen Gesichtern konnte ich erkennen, dass nicht nur ich einen Stein im Magen liegen hatte.

»Ob er noch lange schläft?«, fragte Kathrin Minuten später und in ihre Augen war ein verträumter Glanz getreten, der so gar nicht zu dem schockierenden Zeitungsartikel passte. Wie konnte sie diesen Artikel so schnell verdrängt haben? Ich für meinen Teil beschloss, das Anwesen vorerst nicht allein zu verlassen.

»Der Herr hat das Haus vor etwa dreißig Minuten verlassen«, sagte die rundliche Haushälterin und diesmal schien ihr Lächeln echt zu sein. Nur war es kein freundliches Lächeln, sondern eher ein zufriedenes.

Ihr Mann kam in die Küche, warf seiner Frau unter zusammengekniffenen Lidern einen warnenden Blick zu und dann sah er mich an. »Ms Sands, wie wäre es, wenn ich Sie etwas herumführe und Ihnen dann die Gemälde zeige, die Sie restaurieren sollen?«

Erleichtert, aus der Küche zu kommen und damit weg von den Frauen, deren Nacktheit mir immer wieder vor Augen stieg, nickte ich glücklich und bedankte mich im Hinausgehen bei der Haushälterin für das Frühstück.

Ich folgte Alfred in die große Halle, in der er stehenblieb und sich zu mir umwandte. Etwas blitzte in seinen Augen auf, als er mich kurz musterte und lächelte. Dann winkte er mich an sich vorbei, damit ich vor ihm die Treppen hinaufsteigen konnte. Als ich über die Schulter zurücksah, konnte ich nicht umhin, zu bemerken, dass der alte hagere Butler seinen Blick auf meinen Hintern gerichtet hatte. Er zwinkerte verlegen, als er bemerkte, dass ich ihn ertappt hatte.

So ein Lustmolch, dachte ich mir und lächelte in mich hinein. Böse konnte ich ihm aber nicht sein, immerhin war es ein Kompliment, wenn ein Mann, auch wenn er alt genug war mein Vater zu sein, mich attraktiv fand.

Als wir an der Tür zu dem Zimmer vorbeikamen, in dem ich in der vergangenen Nacht Kathrin und Mel mit, wie ich jetzt wusste, dem Hausherrn beobachtet hatte, spürte ich, wie Hitze in mein Gesicht schoss. Verschämt wandte ich mich ab. Keiner wusste, dass ich hier gestanden hatte und alles gesehen hatte, trotzdem schämte ich mich dafür, denn ich wusste es. Ich hätte nicht stehenbleiben dürfen. Und obwohl ich bereute, dass ich zugesehen hatte und es eindeutig als falsch empfand, kam mit den Erinnerungen auch die Erregung wieder.

Ich lenkte mich ab, indem ich darüber nachgrübelte, was der Butler mir hier oben zeigen wollte. Ich war davon ausgegangen, dass es in der oberen Etage nur Schlafzimmer gab.

Alfred öffnete die Tür rechts des Bades und ließ mir wieder den Vortritt. »Das ist der

Lieblingsraum des Professors gewesen«, sagte er ernst und ich erfasste sofort warum.

Überall an den Wänden befanden sich Gemälde: Porträts, Stillleben, Landschaften. Staunend und mit klopfendem Herz betrachtete ich die Kunstwerke. Wenn ich irgendwo auf Gemälde traf, dann ergriff mich immer so eine innere Aufregung und Freude. Besonders alte Bilder hatten es mir angetan. Eigentlich liebte ich alles, was alt war; Schränke, Häuser, Bücher ... All diese Gegenstände waren Fenster in eine Vergangenheit, die wir Menschen von heute nie voll und ganz begreifen würden. Sie erzählten Geschichten von Menschen, die längst nicht mehr existierten. Sie zu betrachten, war, als würde man trotz der Jahrhunderte, die zwischen uns lagen, einen Teil ihres Lebens mit ihnen teilen.

»Die meisten dieser Gemälde hat Mr MacLeod auf Flohmärkten erstanden, ein paar sind schon lange im Besitz der Familie und ein paar hat er selbst gemalt.«

Alfred blieb vor dem Gemälde einer Frau in mittleren Jahren stehen und deutete darauf. Die Frau hatte dunkles wallendes Haar, das bis auf ihren Rücken reichte. Sie war seitlich porträtiert worden und blickte verträumt aber auch traurig in die Ferne. Sie saß in einem geblümten Sommerkleid auf einer Parkbank, im Hintergrund das Anwesen der Familie. Obwohl sie auf dem Gemälde lächelte, wirkte sie wehmütig.

Das ganze Bild hatte eine schwermütige Atmosphäre, so als wäre der Künstler in trauriger Stimmung gewesen, als er es gemalt hatte.

»Mr MacLeod hat es gefertigt, als seine Frau schon von uns gegangen war. Sie hat oft auf dieser Bank gesessen und dem Springbrunnen zugesehen. Er wollte sie wohl so in Erinnerung behalten«, erklärte Alfred und wirkte selbst etwas bedrückt.

Ich betrachtete das Bild genauer und musste Alfred recht geben, auch wenn die Frau auf dem Gemälde wehmütig wirkte, wirkte sie auch lebendig und voll Liebe. Es schien, als hätte der Künstler sie aus ihrem Leben herausgeschnitten, um sie für alle Zeiten in diesem Kunstwerk festhalten zu können, damit sie niemals in Vergessenheit geraten konnte.

»Dies ist das Gemälde, mit dem Sie wohl die meiste Arbeit haben werden«, sagte Alfred und deutete auf das Porträt daneben. Ich riss mich von der Frau auf der Parkbank los und als mein Blick auf das Nachbarbild fiel, verflog auch der letzte Funke Wehmütigkeit. Ich stöhnte erschrocken auf.

»Was ist denn damit passiert?«, entfuhr es mir, weil es mich so wütend machte, dass jemand auf so unfassbare Weise mit dem Werk eines Künstlers umgegangen war.

Das Porträt zeigte den Professor. Er war jünger, als ich ihn gekannt hatte. Etwa im Alter der Frau auf der Parkbank, vielleicht Ende

Fünfzig. Obwohl das Gemälde also noch nicht so alt sein konnte, dass es eine Restaurierung benötigt hätte, war es in keiner guten Verfassung. Es befand sich ziemlich eindeutig nicht mehr im Originalzustand. Ein hässlicher schwarzer Fleck verdeckte die rechte Gesichtshälfte des Professors. Es sah so aus, als hätte jemand mit Schmutzwasser danach geworfen. Die Farbe hatte sich in langen und kurzen Nasen über das halbe Werk verteilt. Ich war entrüstet über diese offensichtliche Misshandlung.

»Wer war das?«, hakte ich zornig nach.

»Der Professor selbst. Am Tag, als seine Frau die Diagnose Brustkrebs erhielt.«

Plötzlich verstand ich die Frustration und Wut, die zu dieser Zerstörung geführt hatte. Er musste sich vollkommen hilflos gefühlt haben. Man fühlt sich verlassen und verloren, wenn man erfährt, dass man einen Menschen verliert, den man liebt. Vielleicht hat er sich sogar selbst die Schuld gegeben. Mich wunderte diese Reaktion nicht einmal. Ich hatte selbst auch mit Dingen um mich geworfen, weil ich es nicht wahrhaben wollte, als man mir sagte, dass meine Eltern beide das Zugunglück nicht überlebt hatten. Ein Teil von mir hatte gehofft, dass sie dann zurückkommen würden, wenn ich sauer genug auf sie sein würde und genug zerstören würde, um sie wütend zu machen. Aber sie kamen nicht zurück. Niemals. Alleingelassen zu werden, war ein großer Bestandteil meines Lebens.

Tränen brannten in meinen Augen, als die Erinnerungen mich einholten. Ich wischte sie fort und dachte an den Professor. Ich kannte ihn nur als einen ruhigen, besonnenen und zurückhaltenden Menschen, aber er war oft auch ernst und nachdenklich gewesen. Und er hatte ein großes Herz gehabt. Es würde mir helfen, dass ich ihn gekannt hatte, wenn ich sein Gesicht rekonstruieren würde.

Alfred führte mich noch in die Bibliothek, das Wohnzimmer und ein Arbeitszimmer. Danach überließ er mich mir selbst. Ich ging auf mein Zimmer und holte den Koffer mit meinen Arbeitsmaterialien.

Nachdem ich erleichtert festgestellt hatte, dass der Professor keine Farbe nach seinem Gemälde geworfen hatte, sondern nur Schmutzwasser, das wohl aus einem Becher stammte, den er zum Ausspülen seiner Pinsel benutzt hatte, machte ich mich an die Arbeit. Zuerst richtete ich alles auf der kleinen Kommode her, das ich brauchen würde, um den Schaden zu beheben, den das Wasser angerichtet hatte. Ich war gerade fertig geworden, als hinter mir die Tür geöffnet wurde. Neugierig wandte ich mich um und blickte in eisblaue Augen. Mein Herz begann zu klopfen und in meinen Magen trat ein Flattern.

»Wie unerwartet dich hier wiederzusehen, nachdem du gestern so schnell von meinem Maskenball verschwunden warst. Und ich muss gestehen, dass ich nicht erwartet hätte, dass du die Studentin meines Vaters sein könntest.«

Mein aufgeregtes Herzklopfen verwandelte sich in ein verängstigtes, bei dem verhassten Blick und Tonfall, die mir Adam zuwarf. Für einen Augenblick hatte ich gehofft, dass diese blauen Augen die des Jeanshosenträgers waren, aber an der dunklen rauchigen Stimme erkannte ich Adam wieder. Er war also der Sohn meines Professors. Nur warum war er so abweisend? Gestern erschien er mir viel freundlicher. Hatte mich die Maske in seinen Augen so viel begehrenswerter gemacht? Oder hatte er mich bemerkt, als ich ihn mit den Frauen beobachtet hatte?

Ich runzelte missmutig die Stirn. Nicht, weil ich befürchtete, dass er mich wirklich entdeckt hatte, sondern, weil mir gerade einfiel, wie abscheulich ich fand, dass er Frauen auf so widerwärtige Weise missbrauchte. Außerdem ärgerte es mich, dass ich ihn trotz dieser Tatsache so unglaublich attraktiv fand.

Und er war attraktiv. Er hatte gestern schon interessant und anziehend auf mich gewirkt, aber jetzt ohne diese Maske, stockte mir der Atem. Er war noch immer nicht übermäßig schön, aber er war eindeutig sexy mit diesen winzigen Falten um seine Augen herum und dem Schmerz im Blick, der ihn umgab, wie ein Schutzschild. Seine Lippen verzogen sich zu einem trotzigen Lächeln, als er mich ansah. Ich blinzelte und kniff demonstrativ die Augen zusammen. Was zur Hölle war mit mir los? Ich schwelgte hier in seinem anziehenden Äußeren, während er auf mich abfeuerte, ohne dass ich ihm etwas getan hatte.

»Und ich muss gestehen, dass ich nicht geglaubt hätte, dass Professor MacLeod einen so oberflächlichen Sohn haben könnte.«

Adam lachte heiser auf und zeigte seine perfekt aneinandergereihten Zähne. Bestimmt hatte er als Teenager eine Spange. Er lehnte sich mit verschränkten Armen gegen den Türrahmen und unterzog mich einer Musterung, die in mir an einer Stelle ein Kribbeln auslöste, wo es definitiv nicht kribbeln sollte. Sein Blick verweilte wie auch schon gestern an meinen Brüsten und wie schon gestern reagierten diese sofort. Meine Nippel stellten sich ungefragt auf und streckten sich Adam entgegen. Wütend verschränkte auch ich meine Arme vor meinem Oberkörper. Adam zog die rechte Augenbraue hoch und zuckte lässig mit den Schultern.

»Vielleicht beruhigt es dich ja, wenn ich dir sage, dass ich auch sonst keine Ähnlichkeit mit meinem alten Herrn habe.«

Ich wollte ihm sagen, dass es mich nicht beruhigte, aber ich verkniff es mir und konzentrierte mich lieber darauf, nicht zu bemerken, dass Adams Augen sich auf eine sehr erregende Weise verdunkelt hatten. Obwohl er mich so finster ansah, lag da das gleiche erotische Versprechen in seinem Gesicht, das er mir gestern schon hatte zuteilwerden lassen. Machte er das mit allen Frauen? Sie so ansehen, als wollte er sie jeden Moment verschlingen? Dann brauchte ich mich nicht wundern, dass so viele Frauen sich ihm ergaben. Aber ich würde nicht auf diesen Blick hereinfallen. Mich würde er nicht einfangen und in seine Höhle verschleppen. So war ich nicht. Und mein Interesse an ihm war in dem Moment verflogen, da ich begriff, dass er der Mann war, der hinter dem Ball steckte. Jetzt musste ich das nur noch meinem Körper begreiflich machen, der sich Adams Nähe nur allzu bewusst war und sich von ihm angezogen fühlte, wie von einem Stück Devil´s Food Cake, dem leckersten und schokoladigsten Kuchen, den dieser Planet kennt.

»Ja, denn es hätte meiner Erinnerung an den Professor wirklich geschadet, wenn es anders gewesen wäre. Der Professor ist ein zuvorkommender und sehr liebenswerter Mann gewesen.«

Adam schüttelte sich vor Lachen. »Das habe ich anders in Erinnerung.« Er richtete sich auf und trat an den massiven Schreibtisch heran, der in der Mitte des Raumes stand. »Auch, wenn ich nicht vorhabe, deine falsche Vorstellung von meinem Vater zu zerstören, aber ich denke, ich muss hier was klarstellen.« Er deutete auf das Porträt hinter mir. »Das hier ist nur ein Vorwand. Mein Vater hat nichts mehr davon, dass du dieses Ding wieder herrichtest. Und mich interessiert es nicht.«

Er warf mir einen stechenden Blick zu, der mir einen Schauder über den Rücken jagte. »Es gibt nur einen Grund, weswegen du hier bist. Mein Vater hat geglaubt, wenn er mich für einige Tage mit einem netten Mädchen zusammen in dieses Haus sperrt, dass ich mich dann in sie verlieben könnte.« Adam grinste breit und stützte sich auf die Tischplatte. Dadurch traten die Muskeln in seinen Oberarmen hervor, die – das musste ich zugeben – wirklich ziemlich ausgeprägt waren. Ich schluckte gegen das trockene Gefühl in meiner Kehle an.

»Das ist nicht wahr«, protestierte ich, nachdem ich mich wieder auf Adams Gesicht konzentrierte. Oder doch? War das der wahre Grund für meinen Aufenthalt hier, den der Professor in seinem Brief erwähnt hatte? Nein, er hätte mich niemals so für seine Zwecke eingespannt. »Er hat meine Arbeit immer sehr geschätzt.«

Adam zuckte mit den Schultern und ein verwegenes Lächeln umspielte seine Mundwinkel. Mir stockte der Atem, weil der Anblick mir durch und durch ging und ein leichtes Ziehen in meinem Magen verursachte. Ich kniff die Lippen zusammen und erinnerte mich selbst dran, dass Adam kein Mann war, mit dem ich nähere Bekanntschaft machen wollte. Mein Kopf hatte das verstanden, nur mein Körper weigerte sich noch. Der reagierte genauso auf Adam wie schon gestern auf dem Ball.

»Bestimmt war er sicher, du könntest dieses Problem bewältigen, aber es ging ihm nie um das Bild. Er hat gehofft, dass ich, wenn er mir nur die richtige Frau vor die Nase setzt, doch noch »anständig« werden würde. Aber da irrt er sich.« Adam seufzte. »Seit Jahren versucht er, mich an eine Frau zu binden, selbst noch aus dem Grab heraus.«

Die letzten Worte Adams schockierten mich regelrecht. Wie konnte er so über seinen Vater sprechen, der gerade erst vor vier Monaten an Tuberkulose gestorben war?

»Ganz bestimmt hat er nicht angenommen, ich wäre die richtige Frau für dich.« Soweit es den Professor betraf, war ich vergeben. Er hatte mich öfters mit Steven gesehen. Und bestimmt war ich nicht die perfekte Frau für seinen Sohn, nicht mit meiner Vorgeschichte. Was Verluste betraf, waren wir beide vorgeschädigt.

Adam stöhnte genervt auf. »Genau das ist es, was er sich gedacht hat, als er dieses verdammte Testament aufgesetzt hat, in dem er mich verpflichtet hat, dich hier aufzunehmen und dich diese Gemälde restaurieren zu lassen. Er tut seit Jahren nichts anderes, als zu versuchen, mich davon zu überzeugen, dass Frauen nicht das sind, was ich in ihnen sehe. Es tut mir leid, dir das sagen zu müssen, aber daraus wird nichts. Selbst wenn du ehrlich, freundlich und uneigennützig bist, wie er dich gesehen hat, dann ändert das nichts an meiner Meinung zum weiblichen Geschlecht. Bis jetzt hat mich noch keine davon überzeugen können, dass sie nicht selbstsüchtig und falsch ist.«

Als er das sagte, schaute er das Porträt seines Vaters an, weswegen ich sicher war, dass er ihn meinte. Dann richtete er sich wieder an mich. »Nur damit das klar ist, ich lasse dich das hier erledigen, aber aus uns wird nie etwas werden.« Er trat um den Schreibtisch herum und in seinen Augen blitzte es kalt und hasserfüllt. Ich war wie gelähmt. Hatte ich mich verhört? Dachte er wirklich so schlecht von allen Frauen? Und warum dachte er so?

Ich wich rückwärts aus, als er auf mich zutrat und mich fast mit seiner breiten Brust berührte. Er blieb einen Schritt vor mir stehen und starrte auf mich herunter. »Eigentlich schade, dass die Sache zwischen uns so schnell ein Ende findet.« Dann wandte er sich von mir ab und verschwand.

Wütend starrte ich Adam nach. Mein Puls raste vor Entrüstung. Ich konnte einfach nicht glauben, was Adam eben von sich gegeben hatte. Und ich hatte das Bedürfnis, von innen heraus zu explodieren, so zugeschnürt fühlte ich mich. Wie konnte ein Mann, der ständig Frauen in sein Bett holte, nur um mit ihnen zu schlafen, so etwas über sie sagen? Wenn ich bisher noch Zweifel hatte, dass er seine Bettgenossinnen nur zur eigenen Befriedigung ausnutzte, jetzt war ich überzeugt.

Und was seine Meinung über seinen Vater betraf, hatte Adam eindeutig ein tieferliegendes Vater-Sohn-Problem. Nur deswegen glaubte er, sein Vater hätte mich kommen lassen, damit wir ein Paar werden würden. So musste es sein. Zumindest sprach das für den Groll, den Adam gegen seinen Vater hegte. Und in dem Punkt konnte ich Professor MacLeod verstehen, wenn er wirklich zu Lebzeiten versucht hatte, einen anderen Mann aus Adam zu machen, einen, der nicht jede Frau in sein Bett holte. Sein Sohn war oberflächlich und täte besser daran, Frauen mit mehr Respekt zu behandeln.

Was hatte er gesagt? »Das, was er in Frauen sah?« Ich war mir sicher, dass ich keine Lust dazu hatte, das herauszufinden. Und es machte mich wütend, dass er ganz offensichtlich eine so schlechte Meinung vom weiblichen Geschlecht hatte, uns aber mit Freude zur Befriedigung seiner männlichen Triebe benutzte.

5. Kapitel

»Ms Sands, das Abendessen ist fertig.« Nicht glücklich über die Störung wandte ich mich von meiner Arbeit ab und Alfred zu, der hinter mir stand und mir neugierig über die Schulter schaute. Sein Gesicht war reglos, was mich nicht wunderte, denn bisher war kaum etwas zu sehen von meiner Restaurierung, aber so schnell ging so etwas nun mal nicht. Es würde einige Tage dauern, bis das Gemälde wieder hergestellt war.

»Kann ich nicht später noch etwas essen?« Wenn ich einmal in meiner Arbeit versunken war, dann hatte ich es nicht gern, wenn ich sie unterbrechen musste.

»Nein, Mr MacLeod wünscht, mit Ihnen gemeinsam zu essen. Er wartet im Speisezimmer auf Sie.«

Ich kniff missbilligend die Lippen zusammen. Wenn er wirklich glaubte, dass ich nur hier wäre, damit wir ein Paar werden würden, warum vermied er dann nicht den Kontakt zu mir und begrenzte unsere Aufeinandertreffen auf das Geschäftliche? Mir zumindest wäre das viel lieber. Ich wollte mich, wenn möglich, weit weg von Adam aufhalten, solange mein Körper noch nicht begriff, was mein Kopf verstanden hatte. Und noch hat er es definitiv nicht begriffen. Denn allein die Aussicht, ihn gleich wiederzusehen, ließ meinen Magen vor lauter Vorfreude flattern.

Ich wollte wirklich nicht mit ihm zusammen essen, geschweige denn in seiner überwältigenden Nähe sein, aber ablehnen war unhöflich, also musste ich mich wohl ergeben, immerhin war ich Gast in diesem Haus.

Das Speisezimmer war kleiner als ich es von meiner morgendlichen Führung in Erinnerung hatte, aber das lag nicht daran, dass es zwischenzeitlich geschrumpft war. Vielmehr sorgte Adams Anwesenheit dafür, dass es mir beengender vorkam, als es in Wirklichkeit war.

Wir saßen uns an den Stirnseiten des Tisches gegenüber. Die sechs Stühle links und rechts waren leer. Alfred servierte uns Kräuterkartoffeln mit Lammbraten und Buttergemüse, während wir uns schweigend anstarrten. Mir war so unwohl zumute, dass ich nervös auf meinem Stuhl herumrutschte und das Rotweinglas an seinem Stil mit den Fingern drehte. Adam schien mich mit Blicken regelrecht zu erdolchen. Unbehaglich biss ich auf meine Unterlippe und verzog das Gesicht. Ich schaute zur Glasfront, die hinaus auf eine Terrasse führte. Die Sonne war gerade im Begriff unterzugehen und tauchte den kleinen Teich in der Mitte des Gartens in flammendes Rot.

Als ich mich meinem Essen zuwandte, musste ich zähneknirschend feststellen, dass

Adam mich noch immer anstarrte. Ich zwang mich, mich auf meinen Braten zu konzentrieren, auch wenn ich wirklich hungrig war, es war mir nicht möglich, nicht zu bemerken, dass Adam noch immer alle Aufmerksamkeit auf mich gerichtet hatte.

Vielleicht sollte ich ihm klar machen, dass er nichts von mir zu befürchten hatte. Ich sah auf und blickte ihm fest ins Gesicht. Auch wenn mir nicht so zumute war, ich wollte ihm selbstsicher entgegentreten. »Du musst dir keine Sorgen machen! Es ist nicht meine Absicht, dich zu zähmen oder einzufangen oder wie auch immer ihr Männer das gerne bezeichnen mögt. Selbst wenn der Professor solche Pläne gehabt haben sollte, dient meine Anwesenheit ausschließlich dem Zweck, meine Arbeit zu machen. Von Männern wie dir halte ich ohnehin nichts.«

Zugegebenermaßen klang das etwas schnippisch, aber das war nicht meine Absicht. Ich wollte nur, dass unsere Beziehung nicht von dem beeinflusst wurde, was Adams Vater angeblich bezweckt hatte, sonst würden die nächsten Wochen hier zur Qual für mich. Wenn Menschen in meiner Umgebung mich hassten, verunsicherte mich das nur noch mehr und dann konnte ich nicht gut arbeiten.

»Männer wie mir?«, fragte er und ein interessierter Ausdruck trat auf sein Gesicht.

Ich schluckte nervös. »Männer, die Frauen als Spielzeug betrachten.«

»Seid ihr das nicht? Hat Gott euch nicht als unser Spielzeug geschaffen? Zumindest habt ihr bestimmte körperliche Attribute, die dem Mann erheblichen Spaß bereiten können.«

»Dann hat Gott euch wohl auch als Spielzeug geschaffen, ihr habt auch die Fähigkeit Spaß zu bereiten. Außerdem muss er euch wohl als Arbeitstier für die Frau geschaffen haben, denn ihr seid deutlich stärker und belastungsfähiger.« Sagte ich und konnte die Heiserkeit, die seine sexuelle Anspielung in mir ausgelöst hatte, nicht unterdrücken.

Er zog belustigt die Augenbrauen hoch und beugte sich mit seinem Oberkörper über den Tisch. Seine Augen bohrten sich in meine, als er ernst sagte: »Du kannst also mit Männern wie mir nichts anfangen? Du meinst, jemand wie ich würde dich kalt lassen?« Er lächelte auf eine Art, die mich an ein Raubtier erinnerte und die sofort ein Ziehen in meinem Unterleib auslöste. Gedanklich fluchte ich über meinen Körper, der sich vehement gegen meinen Verstand zu wehren versuchte.

»Ja«, sagte ich mit so viel Selbstbewusstsein in der Stimme, wie ich aufbringen konnte. »Ich mag es nicht, dass ihr Frauen wie Wegwerfprodukte behandelt. Wie alt bist du? Fünfunddreißig?« Adam nickte. »Und der Durchschnitt deiner Betthäschen ist in meinem Alter, also gut zehn Jahre jünger als du«, merkte ich an, denn

Kathrin und Mel waren beide in etwa so alt gewesen wie ich.

Er seufzte. »Das tue ich nicht, sie wie Abfall behandeln. Ich kann natürlich nicht für andere Männer reden, aber ich mache kein Geheimnis aus dem, was ich von ihnen will. Die Frauen kommen nur aus einem Grund zu mir, sie wollen Sex. Und sie wissen, mehr als das werden sie bei mir auch nicht finden.«

Ich dachte an das verliebte Leuchten in Kathrins Augen heute Morgen und den Schmerz, den sie mit Sicherheit erleben würde, wenn ihre Gefühle unerwidert bleiben würden. Wie vielen Frauen würde es dank Adam schon so ergangen sein? Andererseits schien er offen zu ihnen zu sein und ihnen von Anfang an klarzumachen, was er ihnen geben konnte und was nicht. Waren sie dann nicht selbst schuld, wenn sie sich trotzdem auf ihn einließen?

»Dann ist es ja gut, dass ich schlauer bin. Ich muss einem Mann vertrauen können, bevor ich mit ihm schlafe. Da ich jetzt weiß, wie du tickst, musst du keine Angst mehr haben, dass ich dir zu Nahe kommen könnte.«

»Wie alt bist du?«

»Vierundzwanzig.«

»Schade, dass du schlauer bist. Du hast das richtige Alter, um zum Durchschnitt meiner Eroberungen zu passen.« Adam zwinkerte mir zu und mir wurde ganz heiß. Blinzelnd wich ich seinem Blick aus.

Adam lachte laut auf. Dieses dunkle Lachen ließ mich erzittern. »Dann sollte es ja kein Problem für dich sein, wenn wir ein kleines Spiel spielen. Nur ein harmloses Experiment.«

Da war wieder dieses Raubtierlachen und seine Augen hatten sich auch verdunkelt. Ja, ich konnte die Vorfreude auf dieses Spiel in seinem Gesicht sehen. Und den Jagdtrieb. »Ich spiele nicht.«

»Wenn du mir wirklich widerstehen kannst, musst du keine Angst haben. Lass es uns versuchen. Ich will wissen, ob du es wirklich schaffst.«

Dieser Mann war sich seiner Sache wohl ziemlich sicher. Natürlich war er anziehend und ich konnte nicht leugnen, dass er etwas mit meinem Körper anstellte, dem ich mich nicht entziehen konnte. Aber solange mein Gehirn noch funktionierte, hatte ich wirklich nichts zu befürchten.

»Ich bin sicher, dass ich dir widerstehen kann«, sagte ich deshalb. Warum auch nicht, ich musste mich nur von ihm fernhalten. Das sollte kein Problem sein. Mein Körper hatte noch nie über meinen Geist gesiegt. »Ganz bestimmt wirst du mich nicht auf die Liste deiner Eroberungen setzen können.«

Adam grinste breit und in seinen Augen funkelte die Kampfeslust. »So eine Liste habe ich nicht. Wenn ich aber eine hätte, dann mit Frauen, die ich unbedingt noch erobern möchte. Und dann würdest du ganz oben auf dieser Liste stehen.«

Die Art wie er das sagte, verursachte ein erwartungsvolles Pulsieren zwischen meinen Schenkeln und mein Mund war plötzlich ganz trocken. »Solltest du so eine Liste haben, wirst du mich nie davon streichen können.«

»Glaubst du?«

»Ja. Da du keine feste Beziehung möchtest und ich nicht mit Männern schlafe, die nur mit mir spielen wollen, hast du schon verloren.« Nach dem, was mit Aidan passiert war, hatte ich mir geschworen, dass ich mich nie wieder auf einen Mann wie ihn einlassen würde. Und Adam war so ein Mann: attraktiv, gefährlich, dunkel und geheimnisvoll. Diese Männer wussten genau, welche Knöpfe sie bei einer Frau betätigen mussten, damit sie an ihr Ziel kamen.

Adam stand vom Tisch auf, kam zu mir und beugte sich herunter, um seine Lippen an mein Ohr zu legen. Sein Atem wehte warm über meine Wange und jagte kleine Flammen über meine Haut. »Wenn du dich auf dieses Spiel einlässt, wirst du verlieren. Aber sei gewarnt, du wirst mich nur ein einziges Mal bekommen. Ich schlafe niemals ein zweites Mal mit der gleichen Frau.«

»Angst, Gefühle zu investieren«, gab ich schnippisch zurück und lächelte ihn süß an, weil ich wusste, dass ich es auf den Punkt gebracht hatte.

Er richtete sich auf und kniff die Augen zusammen. »Vielleicht.«

»Dann musst du dir keine Sorgen wegen mir machen, du bekommst mich auch kein erstes Mal.« Ich stand ebenfalls auf und ging auf die Terrassentür zu, weil ich unbedingt etwas kühle Luft brauchte.

Ich öffnete die Tür und wollte gerade hinaustreten, da sagte Adam tonlos: »Doch, das werde ich.«

Mir stockte der Atem, denn ich wusste, er würde alles daran setzen, sein Versprechen wahr zu machen. Und bei der Art, wie er das gesagt hatte, war ich mir plötzlich gar nicht mehr so sicher, wer aus diesem kleinen Wettkampf als Sieger hervorgehen würde.

»Dann hoffe ich für dich, dass du dir nicht die Finger verbrennst und am Ende feststellen musst, dass du doch nicht sicher vor der Liebe bist.«

Ich verließ das Haus und atmete tief die kühle Abendluft ein. Die Luft war sauber, würzig und roch nach frischem Gras. Das Zirpen der kleinen Grasbewohner hallte durch die Dämmerung. Die Sonne war mittlerweile untergegangen und alles wirkte grau. Weit konnte ich nicht mehr sehen, aber ich hielt auf die dunklen Schatten einer Baumgruppe zu, zwischen denen ein Licht flackerte.

Ich wusste, dass dort der kleine Teich war. Als ich näher kam, staunte ich über die beleuchtete Wasserfontäne, die in der Mitte des Teichs das einzige Licht war und allem einen herrlich romantischen Anblick verlieh. Durch die Beleuchtung glitzerten die Wassertropfen, die die Fontäne durch die Luft wirbelte. Sie war nicht hoch, genau richtig, um nicht zu überladen im kleinen Teich zu wirken, aber hoch genug um feuchte Tröpfchen in mein Gesicht zu blasen, als ich mich auf die Parkbank setzte, die ich von dem Gemälde mit der Frau des Professors kannte.

Ich hatte gezögert, bevor ich mich gesetzt hatte, weil ich das Gefühl hatte, hier eigentlich nicht sitzen zu dürfen. Das war ihr Platz gewesen und ich kam mir ein wenig wie ein Eindringling vor. Aber dann wollte ich sehen, was sie gesehen hatte, was diesen Ort zu ihrem Lieblingsplatz gemacht hatte. Und obwohl es dunkel war, begriff ich, was Adams Mutter an diesem Ort so wundervoll gefunden hatte.

Ich blickte auf das glitzernde Wasser, lauschte dem Rauschen des Wasserspiels, das fast wie eine Melodie war, wenn das Wasser in die Höhe spritzte, dann komplett versank, um anschließend in kurzen platschenden Stößen wieder ausgestoßen zu werden. Vögel und Zikaden stimmten in dieses Lied ein und alles wirkte unglaublich beruhigend und wunderschön. Ich hatte es noch nicht bei Tag gesehen, aber ich war mir sicher, der Anblick bei Nacht war durch nichts zu überbieten.

Ich hörte den Zikaden beim Musizieren zu und dachte über Adam nach. Dieser Mann verwirrte mich. Ich hatte erwartet, dass ich ihn abstoßender finden würde, weil ich so wenig mit dem leben konnte, was er mit den Touristinnen tat. Andererseits hatte ich Zweifel, dass diese Frauen nicht wussten, worauf sie sich mit ihm einließen. Trotzdem konnte ich mir gut vorstellen, dass er genau wusste, wie er auf das andere Geschlecht wirkte und das zu seinem Vorteil ausnutzte. Ihnen musste klar sein, dass, wenn sie sich mehr von ihm erträumten, sie umsonst hofften.

Zumindest Mel und Kathrin hatten heute Morgen keinen Hehl daraus gemacht, zu wissen, dass er sich nur mit ihnen vergnügt hatte. Und trotzdem hatte Kathrin Gefühle zugelassen. Das bewies nur, was ich schon immer wusste, dass man das Eine unmöglich von dem Anderen trennen konnte.

Ich hatte Steven nie geliebt, am Anfang war mir das nicht klar. Das, wovon ich glaubte, es wäre Liebe gewesen, war nur meine Sehnsucht nach körperlicher Nähe gewesen. Ich hatte ihn gern gehabt und eine Zeit lang war er auch zufrieden mit dem, was ich ihm geben konnte. Und erst als er mehr wollte, ist mir klar geworden, dass ich ihn nicht viel anders behandelte, als Aidan es mit mir getan hatte. Ich hatte seine Gefühle zu mir ausgenutzt, um von ihm etwas Wärme zu bekommen. Das schlechte Gewissen belastet mich noch heute. Vielleicht war ich doch nicht so anders als Adam.

Dank Aidan hatte ich mir verboten, Liebe zu empfinden, damit ich nicht noch ein weiteres Mal verletzt und verlassen werden konnte. Und genau das hatte mich in jemanden verwandelt, der Menschen benutzte. Als mir das klar geworden war, hatte ich Steven verlassen. Aber bei Adam war es anders als bei Steven. Er löste Emotionen in mir aus, die mir Angst machten. Ich konnte schon jetzt spüren, dass er mir unter die Haut ging. Und deswegen würde ich nie zulassen, dass Adam gewann, weil ich nicht im Stich gelassen und benutzt werden wollte. Das würde mir kein zweites Mal passieren.

Ich wünschte, mein Magen würde nicht jedes Mal flattern, wenn ich auch nur daran dachte, dass er jeden Moment hinter mir auftauchen könnte. Ich wünschte, ich würde nicht vor Nervosität zerfließen, wenn er mich anlächelte. Und ich wünschte, mein Körper würde nicht mit Erregung auf das Feuer in seinen Augen reagieren, wenn er mich ansah. Sah er wirklich jede Frau so an? Natürlich tat er das. Er spielte mit ihnen allen.

War auch ich nur ein Spiel für ihn? Erregte ihn die Aussicht auf eine gute Jagd? Ich würde es ihm nicht einfach machen.

Und doch, wenn ich an Adam dachte, dann entfachte er etwas in mir, das mich wünschen ließ, nur einmal von meinen Regeln abzuweichen. Plötzlich wollte ich ein klein wenig mehr abenteuerlustig und weniger vernünftig sein. Aber ich hatte Angst vor dem, was passieren könnte, wenn ich das tat. Nein, ich wusste längst, was passierte, wenn ich das tat. Aber Adam war definitiv vom Weg abgekommen. Mein Exfreund Steven war genauso, wie meine Oma sich den richtigen Mann für mich vorgestellt hatte; gewissenhaft, ordentlich, karriereorientiert, fleißig. Aber im Vergleich mit Adam war er stinklangweilig und gewöhnlich gewesen. In unserer Beziehung gab es kein Flattern im Bauch, kein Feuer im Blick. Alles war vorhersehbar, durchgeplant und durchdacht. Manchmal war ich mir sicher, dass auch Steven keine echten Gefühle in uns investiert hatte.

Ja, überlegte ich, Adam konnte mir gefährlich werden. Er war ganz anders als alles in meinem bisherigen Leben. Er war gefährlich. So gefährlich wie der Mann, der mir meine Jungfräulichkeit genommen hatte, Aidan Lance, mein Oberstufenlehrer. Der Mann, der mir mehr wehgetan hatte, als jeder andere Mensch auf dieser Welt.

Ich konnte nicht einmal vor mir selbst abstreiten, dass ich Adam attraktiv fand, trotz oder gerade wegen der kleinen Narbe, die seine rechte Augenbraue teilte. Wie sollte ich es dann vor ihm verbergen? Er zog mich an wie die

Dunkelheit das Licht. Und ich war nicht die Dunkelheit.

Trotzdem durfte er nicht gewinnen. Auch wenn da plötzlich Dinge mit mir passierten, die neu waren und mich verwirrten. Die Gefahr, dass ich mich an seinem Feuer verbrannte war zu groß. Wenn ich ihm zu nahe kam, dann würde ich wieder verletzt werden. Ich konnte keine Gefühle investieren. Wenn ich das tat, würde ich wieder zerbrechen. Aidan Lance hatte mich gelehrt, dass ich Gefühle nicht zulassen durfte. Die Konsequenz davon war unendliches Leid und Qualen und ein Herz, das einem aus der Brust gerissen wurde.

»Ist dir in meiner Gegenwart etwa heiß geworden?«

Aus meinen Gedanken gerissen zuckte ich zusammen und erstarrte sofort wieder, als Adam sich von hinten über meine Schulter beugte und mit seinen Fingern über die nackte Haut meines Oberarms strich. Ich erschauerte.

»Genau genommen habe ich versucht, deinem übergroßen Ego zu entkommen.«

»Hast du?«, flüsterte er und blies mir warmen Atem in die Beuge meines Halses.

Er gab sich wirklich Mühe, den Wettkampf für sich zu entscheiden. Ich rückte etwas ab und wandte mich zu ihm um. »Leider ist mir dein Ego gefolgt.«

Adam lachte, ging um die Bank herum und setzte sich neben mich. Sein Oberschenkel berührte meinen und die Hitze, die von ihm ausging, schien ein Loch in meine Jeans brennen zu wollen. Ich war mir sicher, er berührte mich mit Absicht. Aber jetzt auszuweichen, würde ihm nur bestätigen, dass ich mir dieser beabsichtigten Berührung überaus bewusst war.

»Es ist schön hier«, sagte ich bemüht beiläufig. »Auch, wenn es bis eben noch schöner gewesen war. Aber man kann nun mal nicht alles haben.« Ich betonte den letzten Satz, in der Hoffnung, er würde die Doppeldeutigkeit heraushören.

»Manchmal bekommt man sogar noch mehr«, entgegnete er und bestätigte mir somit, dass er verstanden hatte.

»Aber zu viel Süßes kann Bauchschmerzen verursachen«, gab ich zurück und feixte ihn an.

Adam nickte, weil er wusste, was ich meinte. Mancher war sich anfangs seiner Sache zu sicher und verbrannte sich dann trotzdem die Finger an einer Frau. Man kann sich nicht aussuchen, wohin die Liebe fällt. Irgendwann traf auch Adam auf eine Frau, der er verfallen würde, die er nicht mehr aus seinem Kopf bekam.

»Bauchschmerzen, ich glaube, mein Körper weiß nicht einmal, was das ist.«

Ich sah ihm tief in die Augen, was mir schon sehr viel Mut abverlangte, aber das nächste, was ich tat, ließ meinen Puls vor Aufregung hämmern und meine Stimme heiser werden.

Was in diesem Fall gar nicht so schlecht war. Ich legte meine Hand auf seinen Oberschenkel, lächelte leicht und sagte: »Bist du dir da ganz sicher?« Damit stand ich auf und ging, nicht ohne seinen erstaunten Gesichtsausdruck zu bemerken und das Verlangen, das in seinen Augen aufblitzte.

Langsam und kontrolliert schritt ich auf das Licht in den Fenstern des Hauses zu. Er sollte nicht merken, wie weich mir meine Knie geworden waren. Dieser Wettkampf zwischen uns gefiel mir, verursachte aber auch ein Kribbeln in sämtlichen Zellen meines Körpers. Und ein Schaudern, wenn ich daran dachte, wie schlimm der Schmerz mich bei Aidan eingeholt hatte.

Vielleicht war es trotzdem gut, Adam ein Stück weit entgegenzutreten, auch wenn das meiner Natur vollkommen widersprach.

Als ich die Terrassentür hinter mir geschlossen hatte, beeilte ich mich, auf mein Zimmer zu kommen. Ich musste mich Adams Nähe entziehen, denn was er in mir auslöste, hatte Aidan in diesem Ausmaß nie in mir ausgelöst. Und dass ich mich noch stärker zu ihm hingezogen fühlte, als zu dem Mann, der ein kilometertiefes Loch in mich gerissen hatte, das war es, was mich vor Panik geradezu lähmte.

Adam war für mich Verwirrung, Anziehung und Erregung zugleich. Es fühlte sich an, als stände ich unter Strom, wenn er mich nur ansah. Noch nie hatte ich mich körperlich so sehr zu einem Mann hingezogen gefühlt. Und irgendetwas sagte mir, dass er sich genauso zu mir hingezogen fühlte. Ich lief eilig die Stufen in die obere Etage hinauf, rannte in mein Zimmer und lehnte mich innen erleichtert gegen die Zimmertür. Mein Herz klopfte heftig gegen meine Rippen, aber mein Körper entspannte sich in dem Moment, da ich die Tür hinter mir schloss und Adam damit aussperrte.

Ich atmete mehrmals tief durch und runzelte die Stirn. Wer hatte das Fenster in meinem Zimmer geschlossen? Hatte ich es nicht geöffnet, als ich meinen Arbeitskoffer geholt hatte? Wahrscheinlich hatte es einer der Angestellten geschlossen, um Insekten aus dem Zimmer zu halten. Ich löste mich von der Tür und ging zu meinem Schreibtisch hinüber, um mein Handy zu überprüfen. Mein Handy lag nicht mehr in einem der kleinen Fächer des Sekretärs, sondern auf der Schreibplatte. Auch meine Notizen lagen nicht mehr durcheinander verteilt, sondern übereinander geschichtet. Ich runzelte missmutig die Stirn. Meine Unordnung hatte für mich System.

Ein Klopfen an der Tür lenkte mich ab und ich hoffte, dass es nicht Adam war. »Ja?« Mein Magen flatterte nervös, als sich die Tür öffnete und beruhigte sich sofort, als Alfred das Zimmer betrat.

»Haben Sie noch einen Wunsch, Ms?«

»Nein danke«, sagte ich, dann zögerte ich. »War jemand in meinem Zimmer? Meine Papiere sind durcheinandergeraten.«

Alfreds Augen weiteten sich für einen fast unmerklichen Moment. »Molly, meine Frau, hat vielleicht etwas aufgeräumt. Die Zimmer sauber zu halten, gehört zu ihren Aufgaben. Wenn Sie das nicht möchten, sage ich ihr, sie soll Ihr Zimmer aussparen.«

»Nein, schon in Ordnung«, sagte ich peinlich berührt. Daran hätte ich natürlich denken können. »Ich war nur verwirrt, das ist alles. Aber dann weiß ich jetzt Bescheid.«

Alfred nickte zufrieden. »Wenn Sie dann keinen Wunsch mehr haben ...«

»Nein, alles ist wundervoll.«

Alfred verabschiedete sich mit einem Lächeln und ging.

Als ich die Tagesdecke von meinem Bett nehmen wollte, erstarrte ich für einen Moment. Auf der Blümchendecke lag ein champagnerfarbenes Spitzenhöschen. Es sah frisch gewaschen aus. Und es war nicht meins. Verwundert schüttelte ich den Kopf, überlegte dann aber, dass es wohl einer von Adams Gespielinnen gehören musste. Vielleicht hatte Molly irrtümlich angenommen, es wäre meins. Ich legte es auf mein Nachttischschränkchen und beschloss, es morgen Molly zurückzugeben.

6. Kapitel

Es hatte eine Weile gedauert, bis ich endlich eingeschlafen war. Aber dann hatte mich die Müdigkeit doch noch ergriffen und die Geschehnisse des Tages und der vergangenen Nacht hatten mich in einen wirren Traum gerissen. Erst sah ich mich selbst, wie ich Adam mit den zwei blonden Frauen beobachtete, während sie sich vollkommen in ihrer Lust verloren.

Dann tauchte Adam hinter mir auf und während wir ihm und den jungen Blondinen zusahen, presste er sich an meinen Rücken. Seine Lippen strichen über meinen Hals, seine Finger über die empfindliche Haut meiner Unterarme. Sein warmer Atem wehte über meine Wange und sein Körper strahlte eine Hitze aus, die meinen Rücken verbrannte. Das Kribbeln, das seine Berührungen auslösten, verwandelte sich in ein verlangendes Ziehen zwischen meinen Beinen.

Ich legte meinen Kopf auf seine Schulter zurück und gab mich seinen Liebkosungen hin. Als seine Hände meine Brüste umschlossen und seine Daumen über meine harten Spitzen rieben, entfuhr mir ein Stöhnen. Ich wünschte mir, er würde mich ausziehen - ich trug noch immer das Kleid von der Party -, damit ich seine nackte Haut spüren konnte. Das Stöhnen einer der Frauen im Bett fiel in meines ein. Es war Kathrin, die sich unter den Zungenschlägen ihrer Freundin wand.

Meine Beine zitterten vor Erregung. Ich war Wachs in seinen Händen, die sich langsam einen Weg unter mein Kleid suchten. Ich zerfloss vor Verlangen, als er eine seiner Hände auf meinen Venushügel legte. Er drückte seine Härte in dem Moment gegen meinen Rücken, als der Adam auf dem Bett in Mel eindrang.

Irgendwie ließ das meinen Verstand wieder erwachen und ich versuchte mich von ihm zu lösen. Aber er hielt mich fest in seinen Armen und drückte mich gegen seine breite Brust. »Ich gewinne dieses Spiel«, flüsterte er rau in mein Ohr.

Ich wand mich, strampelte und schlug um mich, dann erwachte ich. Gleißendes Sonnenlicht fiel in mein Zimmer. Verschwitzt und mit einem viel zu feuchten Seidenhöschen bekleidet befreite ich mich aus meiner Decke, in die ich mich verwickelt hatte. Es brauchte eine ausgiebige Dusche um die erhitzten Nebenwirkungen dieses Traums loszuwerden. Molly musste ihren Irrtum bemerkt haben, denn das Spitzenhöschen lag nicht mehr auf dem Nachttisch, als ich aus dem Bad kam, um es zu holen.

»Haben Sie gut geschlafen?«, fragte mich Molly und lächelte mich unverbindlich an. Sie warf mir einen kurzen Blick zu und widmete sich wieder dem Frühstück. Heute Morgen waren wir allein in der Küche.

»Adam ist schon wieder unterwegs?«, wollte ich neugierig wissen.

»Er kümmert sich früh immer zuerst um die Brennerei. Sie sollten ihn fragen, ob er sie Ihnen mal zeigt!«

Mein Magen zog sich enttäuscht zusammen, aber ich ignorierte dieses Gefühl und redete mir ein, dass es doch ganz gut war, dass ich ihm nicht begegnen musste. »Vielleicht mache ich das«, sagte ich und nahm mir ein Brötchen aus dem Korb.

»Der Käse ist von einem Bauern aus der Gegend, Sie sollten ihn unbedingt probieren!«

Das tat ich und er war wirklich sehr lecker, würziger und nussiger als die Sorten, die es im Supermarkt gab. »Wirklich sehr gut«, erklärte ich Molly zufrieden, die sich ihre Hände an der Schürze abwischte, die sie um ihre Hüften geschlungen hatte. Aber auch diese Aussage entlockte der rundlichen Frau mit dem grau werdenden Haar kein echtes Lächeln.

Ich schätzte sie auf Ende fünfzig. Ihr Gesicht war füllig und zeigte deswegen kaum Falten, hatte aber etwas Sanftes und Mütterliches an sich. Sie war keine Schönheit, vielleicht hätte sie mit einer anderen Frisur als der krausen kurzen Dauerwelle im dunkelbraunen Haar besser ausgesehen. Diese Frisur versetzte sie in die achtziger Jahre zurück. Eine Zeit, in der sie noch jung gewesen war. Trotzdem wirkte sie sympathisch und das, obwohl sie andauernd mürrisch und knapp angebunden schien. Aber wenn ständig fremde junge Mädchen hier ein- und ausgingen, dann wäre ich wohl auch nicht bester Laune.

Ich wollte mich gerne mit ihr unterhalten, sonst hatte ich ja hier niemand, mit dem ich ein Gespräch führen konnte, deswegen versuchte ich ihre abweisende Art zu ignorieren und ihr doch ein paar Worte zu entlocken.

»Gibt es hier sonst noch etwas außer der Brennerei?«

Sie putzte weiter Gemüse und brummte. »Die meisten Touristen kommen wegen Dunvegan Castle her. Das Hafenfest am Wochenende könnte noch interessant sein. Wir haben auch ein paar wirklich gute Restaurants.«

Nach dem Frühstück machte ich mich etwas unglücklich an meine Arbeit. In Molly würde ich für die Zeit meines Aufenthaltes keine Freundin finden. Sie schien sehr in sich verschlossen zu sein. Dafür war ihr Mann freundlicher und offener. Wenn ich ihm begegnete, lächelte er immer, machte einen Scherz über Engländer oder schlug vor, mit mir auf ein Bier in einen Pub zu gehen, dabei wirkte er aber immer etwas vorsichtig und vermied es, dass seine Frau ihn beim Flirt mit mir erwischte.

»Du solltest ihn ernster aussehen lassen. Das freundliche Gesicht trifft meinen Vater nicht wirklich. Genau genommen war er ein unfreundlicher alter Mann.« Adam war gerade in den Raum gekommen und hatte sich hinter den Schreibtisch gesetzt.

»Ich kannte ihn nur als sehr netten und zuvorkommenden Menschen«, entgegnete ich und vermied, Adam anzusehen, aber mein Puls hatte sich mit seinem Auftauchen beschleunigt und ich musste mich anstrengen, mir nicht das Gefühl seiner Hände auf meinen Brüsten vorzustellen. »Bestimmt lag es an dir, dass er unfreundlich dir gegenüber war.«

»Dann haben wir zwei verschiedene Menschen gekannt.«

Jetzt wandte ich mich doch um und sah Adam mit hochgezogenen Augenbrauen an. Er wirkte ernst und grimmig und durchwühlte einen Stapel Papiere. »Das kann ich mir ehrlich gesagt nicht vorstellen. Er war zu all seinen Schülern freundlich.« Adams Haltung seinem Vater gegenüber machte mich zornig. Ich hatte das Gefühl, ihn verteidigen zu müssen.

Er sah erstaunt zu mir hoch, wahrscheinlich verwirrte es ihn, dass ich den Professor so vehement verteidigte. »Vielleicht waren seine Schüler eher so, wie er mich gerne gehabt hätte.«

»Das wird es sein«, sagte ich schnippisch. »Der Professor war ein Mann, der Frauen mit Achtung behandelte.«

Das bittere Lachen, das Adam ausstieß, ließ mich erschrocken zusammenfahren. »Ich bezweifle, dass dieser Mann überhaupt Achtung vor irgendjemand hatte. Wenn meine Mutter noch leben würde, könnte sie dir ein paar nette Anekdoten erzählen.«

Ich runzelte die Stirn und betrachtete das Gemälde von der Frau auf der Parkbank. »Das glaube ich nicht. Man sieht jedem einzelnen Pinselstrich an, wie sehr er deine Mutter geliebt hat.«

»Ja, vielleicht hat er das, aber auf seine eigene Weise. Er war immer in sich gekehrt, viel auf Reisen. Ich war als Kind oft mit meiner Mutter allein. Das ist erst anders geworden, als sie krank war. Aber selbst da, war er nicht in der Lage, seine Gefühlskälte abzulegen.« Adam kniff die Lippen zusammen und in seine Augen trat ein tiefer Schmerz, dann konzentrierte er sich wieder auf seine Arbeit. Von dem fröhlichen, anziehenden Adam war heute nichts zu sehen. Dieser Adam jagte mir Furcht ein. Er wirkte unnahbar, verärgert und aggressiv. Und seine beeindruckenden 1,85 Meter Körpergröße gepaart mit den breiten Schultern unterstrichen diesen Eindruck noch.

Ich wandte mich wieder dem Gemälde zu, aber solange Adam im Raum war, spürte ich diese Schauer im Rücken, die man spürt, wenn man glaubt, dass man beobachtet wird. Die Anspannung fiel erst von mir ab, als Adam ohne ein weiteres Wort ging.

»Alfred meinte, Sie kämen gut voran mit dem Gemälde?« Molly lächelte zum ersten Mal wirklich. Keins dieser gekünstelten Lächeln, sondern ein echtes.

Ich nickte und fragte mich, woher die Stimmungsschwankung kam. Da Adam nicht da war, hatte ich mich Molly und Alfred in der Küche angeschlossen. Molly hatte eine überaus leckere Gemüsesuppe mit frischen Kräutern gekocht.

»Hat Adam Ihnen erzählt, warum er sich auf den letzten Wunsch seines Vaters eingelassen hat? Warum er Sie hier wohnen lässt?«, wollte sie wissen und musterte mich aufmerksam. Ihr befüllter Löffel schwebte einen Augenblick vor ihrem Mund, bevor sie ihn zwischen ihre schmalen Lippen führte.

Das hatte ich mich auch schon gefragt. Nichts zwang ihn dazu, den Wunsch seines Vaters zu erfüllen. »Ich weiß nur, dass der Professor wollte, dass er mal längere Zeit mit einer Frau unter einem Dach verbringt. Er glaubte wohl, wenn Adam mehr Zeit mit mir verbringen würde, dass ihn das dazu bringen konnte eine emotionale Bindung zu einer Frau aufzubauen, die auf mehr als nur auf einmaligem Sex basierte«, analysierte ich nachdenklich.

»Wenn er sich nicht darauf eingelassen hätte, wäre die Brennerei an die Gemeinde gegangen.« Alfred lachte. »Der alte Mann hatte gehörig die Schnauze voll vom Leben seines Sohnes. Also hat er ihn da gepackt, wo es am meisten wehtat, bei der Brennerei.«

»Aber nur weil ich hier wohne, wird das doch nichts an Adams Einstellung festen Beziehungen gegenüber ändern«, sagte ich verdutzt. Ich verstand überhaupt nicht, was der Professor gedacht hatte, ich daran hätte ändern können. Adam würde nie auch nur das kleinste bisschen Interesse an mir haben. Er stand eindeutig auf einen ganz anderen Schlag Frau. So wie er heute zu mir gewesen war, hatte er unsere kleine Wette längst wieder verworfen. Und das konnte nur bedeuten, dass ich ihn nicht einmal sexuell reizte.

»Das nicht, aber sein Vater hatte die Hoffnung, dass er dank Ihnen sehen würde, dass nicht alle Frauen so sind, wie seine Exfrau.«

»Exfrau?« Ich horchte erstaunt auf.

»Ja, sie hat ihn betrogen. Das hat der arme Kerl bis heute nicht wegstecken können«, murmelte Alfred nachdenklich. »Sie hat ihn nur des Geldes wegen geheiratet. Und eines Tages kam er nach Hause, damals hat er mit seiner Frau noch unten im Ort gelebt, und hat sie in flagranti erwischt. Das hat ihm das Herz gebrochen. Seither lässt er keine Frau mehr an sich ran. Er holt sie in sein Bett, nur um sich selbst zu beweisen, dass alle Frauen so sind und mit dem Erstbesten ins Bett steigen, der nach Geld aussieht.«

»Und die flatterhaften Touristinnen, die hier ein- und ausgehen, bestätigen ihm seine Theorie nur all zu gern«, fügte Molly an und runzelte unwirsch die Stirn.

Deswegen die Nur-einmal-Sex-Regel. Wenn er ein zweites Mal zulassen würde, könnte ihm passieren, dass er oder seine Betthäschen doch Gefühle investieren würden. Er hatte Angst, noch einmal verletzt zu werden. Das war der Grund für sein Verhalten. Und solange er es nicht zuließ, eine Frau näher an sich heranzulassen, würde er niemals erfahren, dass er falsch lag und dass es Frauen gab, die ihn wirklich lieben könnten, dachte ich traurig. Dann hatten wir zumindest etwas gemeinsam, die Angst davor, verletzt zu werden. Zumindest verstand ich ihn jetzt besser. »Er muss sie sehr geliebt haben, wenn ihn das so schwer getroffen hat.«

»Ja, sie kannten sich schon von Kindesbeinen an. Für ihn war sie schon immer seine große Liebe. Daher hat es ihn besonders schwer getroffen, dass sie sein Vertrauen so missbraucht hat.« Alfred seufzte. Es schien auch ihm nahe zu gehen, wie Adam litt. »Sie hat sein Geld fast komplett verschleudert und als nichts mehr da war, hat sie sich den nächsten Mann in ihr Bett geholt.«

Hatte Molly ihm gerade einen verächtlichen Blick zugeworfen oder hatte ich mich getäuscht? »Die Ehe hielt nur zwei Jahre, aber in dieser Zeit hat sie ihn fast in den Ruin getrieben. Danach hat er sich in die Brennerei gestürzt. Er hat Tag und Nacht gearbeitet. Die Brennerei stand kurz vor der Pleite, aber Adam hat sie wieder aufgebaut. Er hängt sehr an ihr.«

Es nahm mich mit, das zu hören und mein Verständnis für ihn wuchs ein wenig. Er hatte wohl sämtliche Gefühle abgeschaltet. Deswegen wirkte er manchmal so verschlossen und kalt und dann wieder stand in seinen Augen ein tiefer Schmerz. Adam hatte viel erlitten, erst der Betrug seiner Frau, dann der Tod der Mutter und kurz darauf der seines Vaters. Auch wenn er sich selbst einredete, dass er seinen Vater hasste, es war nicht wahr. Vielleicht waren es diese Verluste, die wir beide erlitten hatten, die mich so zu ihm hinzogen? Plötzlich sah ich ihn mit anderen Augen. Er war nicht mehr der Mann, der mit Frauen einfach zu seinem Vergnügen spielte. Er war wie ich von Verlusten und Enttäuschungen und einer unerwiderten Liebe geprägt, die ihm das Vertrauen in das andere Geschlecht geraubt hatte.

»Der Professor hatte ein gutes Gefühl bei Ihnen. Sie sind wirklich anders als die jungen Hühner, die hier sonst ein- und ausgehen. Sie sind nicht so oberflächlich. Aber ich bezweifle, dass das helfen wird. Er wird Sie einfach nicht beachten.«

Ich zog missmutig die Augenbrauen hoch. »So soll es auch sein. Ich bin nur hier, um meinen Auftrag zu erfüllen. Die Gemälde, mehr nicht. Professor MacLeod hat sich geirrt, ich bin nicht interessiert. Und schon gar nicht lasse ich mich verkuppeln.«

Molly lächelte erstaunt. »Sie sind pflichtbewusst, das finde ich gut. Aber machen Sie doch heute Nachmittag eine Pause. In der Brennerei gibt es Führungen. Alfred kann sie hinfahren. Sie sollten nicht den ganzen Tag im Haus verbringen!«

7. Kapitel

Da ich Mollys Vorschlag interessant fand, hatte ich beschlossen, mir anzusehen, was Adam so sehr am Herzen lag. Vielleicht würde sich dann das Bild, das ich von Adam hatte noch ein Stück gerader rücken.

Die Brennerei lag auf halbem Weg zwischen dem Anwesen der MacLeods und Dunvegan. Es war ein längliches niedriges Steinhaus. Vor dem Eingang stand ein weißes Schild auf dem in dunkelbraunen Buchstaben »Glenoak Distillery« stand. Eine Gruppe von etwa fünfzehn Menschen wartete schon auf den Beginn der Führung. Ich betrat den kleinen Shop, in dem allerlei Souvenirs, aber auch Whisky in verschiedenen Färbungen und Sorten angeboten wurden und kaufte mir eine Karte für die nächste Führung.

Es dauerte auch nicht lange, da erschien Adam vor den Touristen. Mit gestrafften Schultern und ernstem Blick sah er sich um, blieb kurz auf meinem Gesicht hängen, dann begrüßte er die Interessenten. Er trug eine schwarze Anzugjacke, darunter ein blaues Hemd, das seine ungewöhnliche Augenfarbe betonte und einen Kilt in den MacLeod-Farben. Er sah sehr gut in diesem Aufzug aus. Die Anzugjacke verlieh ihm noch mehr Größe.

»Liebe Besucher, mein Name ist Adam MacLeod, ich werde Sie heute durch unsere Destillerie führen und Ihnen verraten, was den schottischen Whisky so besonders macht. Am Ende unserer Führung, werden wir wieder zusammenfinden und probieren, was ich Ihnen gleich zeigen werde.« Er sah mich direkt an, seine Augen verengten sich etwas, dann wandte er sich ab. »Bitte folgen Sie mir nun.«

Er öffnete eine doppelte Tür aus hellem Holz und die Gruppe folgte ihm. Gemurmel begleitete die ersten Schritte in einen langen Raum, in dem sich riesige Holzfässer befanden, die fest im Boden verankert waren. Adam wandte sich der Gruppe zu und wartete, bis das Gemurmel verstummt war.

»Die Glenoak Distillery wurde 1774 gegründet. Die damalige Zeit war eine Berg- und Talfahrt für Brennereien. Die Regierung versuchte die Mengen, die hier in Schottland an Whisky gebrannt wurden, einzuschränken und erließ Steuern und Abgaben ohne wirklich Erfolg zu haben. Selbst als die Einfuhr von schottischem Whisky nach England verboten wurde, fanden die Menschen noch immer Wege, das Wasser des Lebens, wie der Whisky hier genannt wird, nach England zu bringen. Das, was dem Whisky seinen rauchigen Geschmack gibt, ist der Torf, der während des Mälzungsprozesses verbrannt wird. Früher haben die Brennereien noch selbst gemälzt, heute machen das nur noch fünf Brennereien überhaupt allein. Als Glenoak 1894 wiedereröffnet wurde, entschied man sich, das Mälzen nicht hier zu machen. Der Aufwand ist einfach viel zu hoch, deswegen lassen wir, wie auch die meisten anderen Brennereien, außerhalb mälzen.« Adam ging näher an eins der riesigen Fässer heran und legte eine Hand dagegen. »Die fertiggemälzte Gerste trifft dann hier auf Wasser und Hefe. Im Grunde haben wir in diesen Behältern Bier, sehr starkes Bier.«

Ein paar der Besucher lachten über Adams Bemerkung und ich fragte mich, wie oft er es wohl schon erlebt hatte, dass seine Zuhörer genau an dieser Stelle ungläubig lachten. Er musste diese Reaktion gekannt haben, denn er hatte nach dem Wort Bier eine Pause eingelegt, die er dazu nutzte mir ein schiefes Grinsen zuzuwerfen, das mir wie ein heißer Blitz durch den Körper jagte. Verlegen wandte ich mich ab und betrachtete interessiert eins der sechs Holzfässer.

Adam führte uns in den nächsten Raum, in dem sich mehrere riesige Kupferkessel befanden. Er erklärte uns, dass der Whisky hier zwei mal destilliert würde. Am Ende käme dann eine Flüssigkeit heraus, die so klar wäre, wie das Quellwasser, das sie zum Brennen des Whiskys benutzten.

»Dies ist das Warehouse«, erklärte Adam und seine blauen Augen funkelten so hell, dass ich das Gefühl bekam, allein sie würden Licht in das etwas dämmrige Lager bringen, das bis unter die Decke mit Holzfässern gefüllt war. Er war stehen geblieben und hatte die Besucher an sich vorbei das Lager betreten lassen. Ich war als Letzte eingetreten und Adam platzierte sich direkt neben mich, so nahe, dass ich die Wärme seines Körpers spüren konnte. Seine Hemdsärmel waren aufgerollt und ich war mir sicher, das Krabbeln auf meinen Unterarmen stammte von den feinen Härchen auf seiner Haut. Als ich einen Schritt zur Seite machte, lachte er so leise, dass nur ich es hören konnte.

»Bevor in diese Fässer aus spanischer Eiche Whisky gefüllt wurde, enthielten sie Bourbon. Ein weiteres Puzzleteil, das wichtig für den Geschmack des Single Malt ist.«

Ein Mann betrat hinter uns das Lager und blieb neben Adam stehen. »Das ist unser Masterblender, der wichtigste Mann einer jeden Brennerei. Connor wird Ihnen erklären, warum er so wichtig ist.« Connor hatte rötliches Haar, soweit ich das in dem etwas dunklen Raum erkennen konnte. Er war ziemlich groß, aber sehr schlaksig und trat jetzt auf die Besucher zu. Ich wollte ihm folgen, aber Adam umfasste mein Handgelenk und schüttelte den Kopf.

»Was glaubst du, wo du hin willst?«, fragte er flüsternd und seine Augen brannten sich in meine. Ich wollte mich von seinem Griff befreien, doch Adam packte nur noch fester zu und zog mich in eine Nische zwischen den hoch gestapelten Fässern. Mit einem lakonischen Grinsen drängte er mich mithilfe seines Körpers gegen eine klamme Wand. Die Nische war gerade breit genug, dass Adams Schultern nicht gegen die Fässer stießen. »Hier kann uns niemand sehen. Und da sie alle gleich den besten Single Malt der ganzen Insel kosten dürfen, werden sie uns auch nicht vermissen.«

Ich atmete hastig und versuchte, Adam von mir wegzustoßen, doch er klemmte mich nur noch fester zwischen der Steinwand und seiner harten Brust ein. »Lass mich gehen!«, protestierte ich tonlos, weil meine Stimme versagte, als sein Atem auf mein Gesicht traf.

»Du interessierst dich also für Whisky?«, wollte er wissen und umschlang meine beiden Handgelenke mit einer Hand. Er hob meine Arme über meinen Kopf und drückte meine Hände gegen den kalten Stein, nur gerade so stark, dass sich der Stein gegen meine Knöchel drückte, es aber nicht schmerzhaft war.

Ich wollte ihm sagen, dass die Besichtigung Mollys Idee war, traute meiner Stimme aber nicht, deswegen nickte ich nur atemlos.

Seine andere Hand legte sich auf meine Taille und schob sich ganz langsam, Zentimeter für Zentimeter meine Rippen hinauf, bis sein Daumen gegen den unteren Rand meiner Brust stieß. Ich sog zitternd die Luft ein. Adams Augen waren schmale Schlitze und sein Atem ging ebenso heftig wie meiner. Nur bezweifelte ich, dass er auch Angst verspürte. Adam senkte seinen Mund an mein Ohr, seine Nase strich meine Ohrmuschel entlang. »Wenn du diesen Wettkampf gewinnen willst, solltest du dich fernhalten von mir!« Sein Daumen strich über meine erregte Brustwarze, was mir die Kontrolle über meine Knie entriss, sie knickten kurz ein. »Auch wenn du dich dagegen wehrst, du kannst mir genauso wenig widerstehen, wie jede andere Frau in diesem Raum.«

Ich schob meine Hände zwischen unsere Körper und stieß ihn mit aller Kraft von mir. Wenn ich eben noch von erregender Hitze durchflutet wurde und jede Zelle in meinem Körper sich nach mehr Berührungen von Adam gesehnt hatte, der letzte Satz war wie eine kalte Dusche gewesen.

»Das glaubst auch nur du!«, keifte ich ihn an und floh regelrecht aus der Nische. Mein Gesicht erhitzte sich noch mehr, als die verwunderten Blicke der Besucher auf mich fielen, während Adam hinter mir die Nische verließ und meine Bluse zurechtzupfte. Vor aller Augen! Ich wollte nur noch vor Scham im Boden versinken.

Stattdessen erhob ich stolz den Blick und ging auf die Gruppe zu. »Danke, dass Sie mir die Herstellung der Fässer genauer erklärt haben, Mr MacLeod«, sagte ich laut. Connor zog die Augenbrauen hoch und die meisten Touristen wandten ihre Gesichter beschämt von mir ab und waren plötzlich sehr beschäftigt mit der Verkostung des Whiskys.

Adam beugte sich von hinten über meine Schulter und flüsterte: »Nur noch zwei Sekunden länger und ich hätte dir meine Zunge zwischen diese unglaublich vollen Lippen geschoben.«

Ich schluckte schwer und schob mich an einer älteren Dame vorbei auf Connor zu, der mir mit einem wissenden Lächeln ein Glas dunklen Whisky reichte. Dankbar griff ich danach und nahm einen kräftigen Schluck. Prustend verfiel ich in Husten, weil die dunkelbraune Flüssigkeit mir die Kehle zu verbrennen drohte. »Meine Güte, was ist das denn?«, krächzte ich mit Tränen in den Augen nach Atem ringend.

»Unser ältester Malt.« Connor stand die Schadenfreude ins Gesicht geschrieben. Der Herr in den Vierzigern hatte offensichtlich seinen Spaß mit mir.

Nach der Besichtigung der Brennerei schwor ich mir, nie wieder Whisky zu trinken und Adams Rat zu befolgen. Ich würde ihm aus dem Weg gehen. Am besten, ich sperrte mich in der Galerie ein, denn ich war nicht immun gegen diesen gefährlichen, düsteren Mann und der Verletzlichkeit, die er ausstrahlte. Ich konnte mir vielleicht einreden, dass ich ihm widerstehen konnte, weil ich mich nie wieder auf einen Mann wie ihn einlassen wollte. Aber die Wahrheit sah anders aus. Er brauchte mich nicht einmal berühren. Es reichte nur ein Blick aus diesen Augen und mein Körper verwandelte sich in zitternden Brei. Warum, zur Hölle, war er nicht bei seiner Haltung von heute Morgen geblieben?

8. Kapitel

Das heutige Abendessen verbrachte ich wieder mit Molly und Alfred allein in der Küche. Adam schien viel und lange zu arbeiten. Seine Gewohnheit, Frauen zu benutzen und sie anschließend wegzuwerfen, schien sein einziger Makel zu sein. Er nahm seine Arbeit ernst und auch sein Verhältnis zu seinen Angestellten war offensichtlich mehr als nur eine Beziehung zwischen Arbeitgeber und Arbeitnehmer. Ich hatte ihn mit Alfred und Molly erlebt, die er sehr respektvoll behandelte. Wenn Professor Robert MacLeod wirklich ein so negatives Bild von seinem Sohn hatte, dann zu Unrecht. Natürlich sollte er Frauen nicht so behandeln, aber dass er ein unverantwortliches Leben führte, konnte ich nicht sagen. Heute verpasste er schon das zweite Abendessen in Folge.

»Arbeitet Adam immer so lange?«

»Hin und wieder«, sagte Alfred und schob sich einen Bissen gebratenen Fisch in den Mund.

Hin und wieder klang nicht wie regelmäßig. Vielleicht versuchte er ja doch nur, mir aus dem Weg zu gehen und das in der Brennerei heute war ein Ausrutscher. Als ich an die Szene heute Nachmittag in der Destillerie dachte, flatterte es in meinem Magen. »Noch zwei Sekunden länger und ich hätte dir meine Zunge zwischen diese vollen Lippen geschoben«, hatte er gesagt. Ich erschauderte bei der Vorstellung. Ich hätte nicht widerstehen können, das wusste ich genau. Es war mir unheimlich schwer gefallen, ihn von mir zu stoßen. Was stellte er nur mit mir an?

Wahrscheinlich war es gut, dass er nicht zuhause war. Ich hatte keine Ahnung, wie ich nach heute Nachmittag auf seine Nähe reagieren würde. Schon die Vorstellung, er wäre hier, ließ jede Zelle meines Körpers vor Nervosität vibrieren. Ich sollte die Gemälde schneller restaurieren. Je eher ich seiner Anziehung entkam, desto besser.

»Sie sollten wirklich gemeinsam auf das Hafenfest gehen!«, schlug Molly vor. »Sie sind doch beide noch jung. Unternehmen Sie was, solange Sie hier sind!«

»Nein, es ist besser, ich sehe zu, dass ich meinen Auftrag fertig bekomme.« Molly hatte es sich wohl in den Kopf gesetzt, Professor MacLeods letzten Wunsch, mich mit Adam zusammenzubringen, zu erfüllen. Das durfte nicht passieren. Ich war ohnehin schon genug in Bedrängnis wegen Adam und dieser unheimlichen Begierde, die er in mir weckte.

»Das finde ich sehr vernünftig«, sagte jemand hinter mir. Erschrocken wandte ich mich um. Adam lehnte am Kühlschrank und blickte ernst in die Runde. Dann sah er mich mit einer Mischung aus Bedauern und einer stummen Entschuldigung im Gesicht an, aber sicher war ich mir nicht, denn so schnell wie diese Gesichtsregung aufgetreten war, so schnell war sie auch verschwunden, als plötzlich das Klackern hoher Absätze näher kam. Eine Frau, etwa dreißig, mit rabenschwarzem Haar und olivfarbenem Teint tauchte neben Adam auf.

»Guten Abend«, begrüßte sie uns mit starkem italienischem Akzent. Sie schmiegte sich an Adams Seite und sah mich herausfordernd an. Adam legte ihr seinen Arm um die Taille und zog sie näher an seinen Körper. Zumindest ist sie älter als der von mir errechnete Durchschnitt, dachte ich zornig.

Ein eifersüchtiger Stich drang in meine Brust und ich ärgerte mich darüber. Wieso war ich eifersüchtig? Ich mochte ihn noch nicht einmal. Er war sexy, wirkte unglaublich anziehend auf mich, aber er stieß mich auch brutal von sich, wenn er diesen unnahbaren Ausdruck im Gesicht hatte, der mir zu verstehen gab, dass ich keine Chance bei ihm hatte. Ich sollte ihn hassen, aber nein, je mehr er mich wegstieß, desto mehr wollte ich ihn haben. Und ich wusste, dass ich ihm nicht gewachsen sein würde. Also sollte ich froh sein, dass er sich nicht für mich interessierte.

Und trotzdem wünschte ich, er hätte sein Versprechen, unser Spiel zu gewinnen, nicht so schnell vergessen. Ich wich seinem herausfordernden Blick aus. Legte er es darauf an, mich zu verletzen? Ja, er zog mich an wie ein Schokoladeneis. Und diese Gefahr, die er verströmte, machte das noch schlimmer, aber ich verstand nicht, warum er versuchte, mich wegzustoßen. Ich setzte eine ungerührte Miene auf und wandte mich meinem Essen zu. Er sollte nicht mitbekommen, dass es mich nicht kalt ließ, ihn mit einer anderen Frau zu sehen.

»Wir sind oben«, sagte er knapp und zog die Italienerin hinter sich her. Ein dumpfer Schmerz breitete sich in mir aus und ich schluckte schwer. Vielleicht wünschte ich mir doch mehr, als ich zugeben wollte, dass wir dieses Spiel wirklich spielen würden. Wahrscheinlich war es gut, dass er sich anders entschieden hatte, denn plötzlich wurde mir klar, dass ich ihm nicht lange widerstanden hätte. Er hätte seinen Sieg viel zu schnell erringen können.

Nach diesem Abend ging Adam mir tatsächlich aus dem Weg. Vielleicht wich aber auch ich ihm aus. Ich konzentrierte mich auf die Gemälde in der Galerie. Das Porträt des Professors war wiederhergestellt und die restlichen Bilder würden wenig Mühe machen. Vielleicht noch zwei Wochen, dann wäre ich hier fertig und könnte abreisen. Und dann könnte ich Adam vergessen. Ich sollte erleichtert darüber sein, aber der bevorstehende Abschied lastete auf mir.

Zwar wollte ich Adams Nähe so schnell es ging entkommen, aber ihn vielleicht nie wieder zu sehen, tat mir auch weh. Dabei hatte er mir keinen Grund gegeben, so zu empfinden. Die meiste Zeit, seit ich hier war, waren wir verschiedene Wege gegangen. Und von Beginn an wusste ich genau, dass Adam die Art Mann war, an der Frau sich verbrannte, wenn sie zuließ, dass er ihr zu nahe kam. Er sah gut aus und hatte diese gefährliche Ausstrahlung, die Frauenherzen dahinschmelzen ließ und sie zu zitternden, willenlosen, hoffenden Mädchen machte, die sich ohne zu zögern in seine Arme warfen.

Doch seit diesem Abend vor etwa einer Woche war keine Frau mehr hier gewesen. Vielleicht traf er sie außerhalb des Anwesens, vielleicht hatte er kurzzeitig die Lust auf sie verloren. Wenn wir uns im Haus begegneten, dann wirkte er grimmig, abwesend und durcheinander. Wir aßen sogar das ein oder andere Mal gemeinsam zu Abend, aber er sprach dann nicht viel und vermied es, mich direkt anzusehen. Dieser neue Adam verunsicherte mich noch mehr als der Alte. Ich wusste nicht, was in ihm vorging. Plötzlich wünschte ich mir den Macho zurück, weil dieser offener und nicht so unnahbar war. Wenn ich mich je wirklich unerwünscht in diesem Haus gefühlt hatte, dann jetzt.

»Du hast das Porträt gut hinbekommen«, sagte er, als er die Galerie hinter mir betrat. Ich ließ den Pinsel, den ich gerade auf eines der älteren Gemälde setzen wollte, um es von Verschmutzungen zu befreien, sinken und wandte mich um.

Adam setzte sich mit verkniffenem Gesichtsausdruck hinter den Schreibtisch, der seinem Vater gehört hatte, und verschränkte die Arme vor der Brust. Er sah nicht so aus, als wollte er heute das Haus verlassen. Er trug nur ein schwarzes, eng anliegendes T-Shirt und eine tief auf den Hüften sitzende Jeans, die an den Knien aufgerissen war. Wenn er in Kilt oder Anzug schon sexy aussah, dann war dieser Aufzug ein Geschenk an die Frau. Ich schluckte den Kloß, der sich in meinem Hals bildete, herunter und ignorierte das schmerzhafte Ziehen in meinem Unterleib.

»Ja, zwei Wochen noch, dann hast du das Haus wieder für dich und deine Sexpartys«, sagte ich kalt. Er sollte nicht glauben, dass sein Verhalten der letzten Tage unbemerkt an mir vorbeigezogen war.

»Das sind keine Sexpartys. Ich hab einfach gerne Leute um mich.«

»Insbesondere Frauen.«

Er zog eine Augenbraue hoch und wandte sich dann einem Blatt Papier zu, das er studierte. »Ich bin ein Mann und ich habe dir nie verschwiegen, was für einer. Ich mag Sex mit Frauen.«

»Ja, du kannst sie nur nicht an dich heranlassen.« Das konnte er wohl wirklich nicht. Verhielt er sich deshalb plötzlich so komisch mir gegenüber? Damit ich ihm nicht zu nahe käme? Oder war er die letzten Tage einfach nur schlecht gelaunt?

»Beschäftigen dich die Frauen, die man tot aufgefunden hat? Du kanntest sie.« Vielleicht traf ihn das mehr, als er zugeben mochte. Diese Morde konnten unmöglich einfach an ihm vorbeigezogen sein. Molly hatte mir erzählt, dass beide Opfer auf einer der Partys im Haus gewesen waren. Zu diesem Schluss waren auch die Behörden gekommen, denn sie waren am Morgen hier, um Adam dazu zu befragen. Seitdem war er noch grimmiger, als er die letzten Tage ohnehin schon gewesen war.

Er zuckte die Schultern und vertiefte sich wieder in das Schreiben. Offensichtlich wollte er darüber nicht reden. Es berührte ihn also doch. Alles andere hätte mir auch Sorgen gemacht. Traf er deswegen keine Frauen mehr?

»Du musst nicht darüber reden, aber wenn du es möchtest, ich kann gut zuhören.« Ich bot ihm das an, aber ich bezweifelte, dass er sich mir gegenüber öffnen würde. Adam war nicht der Typ Mann, der es zulassen würde, nach außen hin Schwäche zu zeigen.

»Bist du Therapeutin?«, fragte er harsch und presste die Zähne so fest aufeinander, dass seine Kiefermuskeln hervortraten.

Verstört wandte ich ihm den Rücken zu, doch dann überlegte ich es mir anders. »Weißt du was, ich bin vielleicht keine Therapeutin, aber ich biete dir Hilfe an. Man muss sich nicht schämen, welche anzunehmen, wenn man sie braucht. Deine Launen in den letzten Tagen sind kaum zu ertragen«, herrschte ich ihn an.

»Meine Launen? Was weißt du schon von meinen Launen? Vielleicht bin ich immer so?«

»Bist du nicht. Ich habe dich schon netter erlebt. Da ziehe ich dein übersteigertes Ego dem hier wirklich vor.«

»Vielleicht hatte ich da ausnahmsweise mal einen guten Tag.«

»Vielleicht. Dann hoffen wir, dass du bald wieder einen guten Tag hast. Mit dieser Grabesstimmung hier kann ich nichts anfangen.«

»Du kannst mit vielen Sachen nichts anfangen, oder?«, entgegnete er bissig und sah mich herausfordernd an.

Ich trat näher an den Schreibtisch heran.

»Zum Beispiel?«

»Männern wie mir?« Er stand auf und stützte sich auf dem Schreibtisch ab. Seine Augen bohrten sich in meine. Ich konnte ihn ruhig und kontrolliert atmen hören. Meine Atmung rannte vor Aufregung und Wut.

»Bild dir bloß nichts ein! Ich hatte wohl einen falschen Eindruck von dir. Du bist nichts weiter, als ein schlecht gelaunter Brummbär.«

Ein Mundwinkel zuckte und seine Augen hellten sich etwas auf. »Brummbär?«

Mein Herz machte einen Satz, bei dem Blick, den er mir zuwarf. Mir wurde ganz heiß und meine Handinnenflächen wurden feucht. Ich wollte etwas erwidern, aber ich hatte total den Faden verloren, denn Adam sah mich mit einem Verlangen in den Augen an, dass mich erschaudern ließ. Ich wich einen Schritt zurück. »Jedenfalls wollte ich dir nur helfen«, sagte ich leise.

»Verdammt noch mal, ich brauche deine Hilfe nicht. Ich brauche niemandes Hilfe. Mein Vater wollte mich therapieren, du willst es. Kapiert keiner, dass ich so leben will?«, donnerte er hinter mir.

»Du willst also jede Nacht eine andere Frau flachlegen?«, erwiderte ich jetzt auch zornig.

»Ja, warum nicht?«, sagte er und stellte sich neben mich. Er stützte sich gegen die Wand, direkt neben das Stillleben einer Obstschale, das ich gerade bearbeitete. Ich hatte mir den Pinsel genommen und angefangen zu arbeiten, um wieder zurück in den Modus zu wechseln, in dem wir uns anschwiegen und er böse starrte. Aber so wie es aussah, war er dazu noch nicht bereit.

»Weil jeder einen Menschen um sich herum braucht, dem er vertraut, dem er alles sagen kann.«

»Hast du so jemand?«, knurrte er.

Hatte ich so jemand? Meine Großmutter Alice. Aber nein, ihr konnte ich nicht alles sagen. Nicht Dinge, in denen es darum ging, dass ich versagt hatte, nicht so erfolgreich war, wie geplant. Ihr konnte ich nur die positiven Ereignisse meines Lebens erzählen. Als ich ihr damals von Aidan erzählt hatte, hatte sie sich ohne ein Wort abgewandt. Das hatte ich ihr bis heute nicht verzeihen können. Nein, ich hatte niemanden, aber das konnte ich Adam nicht sagen.

»War mir klar«, sagte Adam, weil er die Antwort in meinem Gesicht gelesen hatte.

»So ist das nicht«, verteidigte ich mich. »Meine Eltern starben bei einem Zugunglück, als ich vierzehn war. Da ist nur noch meine Oma. Bei ihr bin ich aufgewachsen.«

»Tut mir leid«, sein Blick wurde weich, dann kniff er die Augen zu, schüttelte den Kopf und verschwand. Adam schien jeglicher Konfrontation auszuweichen. Warum machte ich mir überhaupt die Mühe, ein Art von Beziehung zu ihm aufzubauen? Es war doch offensichtlich, dass er das nicht wollte. Nicht einmal eine rein platonische Beziehung. Er versperrte sich komplett. Ich war mir sicher, trotz seiner Partys und der Frauen, mit denen er sich umgab oder auch nicht, war er sehr einsam.

Hatte seine Ehefrau ihn wirklich so zerbrochen? Er musste unglaublich verletzt worden sein, wenn er niemandem mehr Vertrauen schenken konnte. Aber wenn er sie schon so lange gekannt hatte, dann hatte er ihr wohl mehr vertraut, als jedem anderen Menschen. Sie musste der Mensch gewesen sein, dem er alles von sich erzählte, den er so nahe an sich herangelassen hatte, wie niemanden sonst. Der Verrat hatte ihn zerstört. Was er brauchte, war jemand, der ihm bewies, dass Adam ihm vertrauen konnte. Aber ich war die Falsche dafür. Ich hatte selbst ein Vertrauensproblem.

9. Kapitel

»Sie sind ein alter Griesgram«, schimpfte Molly, als ich die Küche betrat, um mir eine Tasse sehr starken Kaffee zu holen. Nach diesem Streit brauchte ich etwas, das meine Nerven stärken würde. Ich fühlte mich zunehmend verwirrter. Da war die Art, wie er mich behandelte und von sich wies, und dann diese Anziehung, dich ich fühlte, wenn ich nur an ihn dachte. Ich verfluchte mich dafür, weil ich wusste, wohin so was führen würde. Anziehung hatte mich damals in Aidans Arme geführt.

Adam saß am Küchentisch und zog verärgert die Stirn kraus. »Hören Sie auf zu schimpfen, Molly«, entgegnete er.

»Nein, das werde ich nicht. Wachen Sie schon endlich auf.« Sie sah mich an, dann zu Adam und dann lächelte sie. »Gehen Sie heute Abend mit dem Mädchen auf das Hafenfest! Sie sitzt hier auch schon seit Tagen fest. Sie sollten beide mal aus dem Haus raus. Etwas Abwechslung würde Ihnen guttun. Lassen Sie sich doch um Himmels willen nicht so von den Morden herunterziehen! Außerdem machen Sie sich nur noch verdächtiger, wenn Sie plötzlich Ihr Leben ändern.«

Adam hob den Blick und sah mich ungerührt an. »Lust auszugehen?«

Ich legte den Kopf schief. »Soll das ein Date sein?«, fragte ich schnippisch.

»Nein, nur Mollys verordnete Therapie. Und du meintest ja, ich bräuchte eine Therapie.«

»Nun ja, wenn ich dir denn behilflich sein kann, werde ich gerne mit dir auf das Hafenfest gehen«, sagte ich trocken und freute mich, wirklich mal etwas mehr als nur das Anwesen der MacLeods zu sehen.

Um halb acht am Abend klopfte Adam an meine Zimmertür. Ich öffnete ihm in einer weißen Bluse und einem dunkelblauen, eng anliegenden Rock, der bis eine Hand breit über meine Knie reichte. Ich hatte mich für offenes Haar entschieden, weswegen meine hellrote Mähne mir in langen Wellen bis über die Schultern fiel.

Adam zog die Augenbrauen hoch und betrachtete mich aufmerksam. Seine Augen glitten von meinem Gesicht über meinen Oberkörper hinab zu meinen Beinen und dann wieder nach oben, wo sie auf meinem Haar verweilten. Es fühlte sich an, als würde sich sein Blick wie ein Laser über meinen Körper bewegen und jeden Zentimeter Haut entflammen. Mein Puls beschleunigte und meine Brüste wurden schwer und heiß. Eine seiner Hände wanderte zu meinen Locken und zupfte an einer Strähne.

»Weich. Und sexy.« Er ließ meine Haare wieder fallen und trat von der Tür weg, damit ich hinaustreten konnte. Adam war heute wieder mit seinem Kilt bekleidet. Um seine Hüften war ein Sporran gebunden, eine kleine Tasche, in der die Schotten Kleinigkeiten wie Tabak oder Geld aufbewahrten. Sein dunkles Haar war hinter seine Ohren zurückgekämmt. Ich wollte ihm auch gerne in diese wundervollen Locken greifen, die fast bis auf seine Schultern reichten, aber ihn einfach zu berühren, das wagte ich nicht.

»Wir gehen durch den Keller. Ich muss noch etwas holen, das ich jemanden versprochen habe.«

Ich nickte, aber eigentlich hätte ich das lassen können, denn Adam ging vor mir und konnte sowieso nicht sehen, was ich hinter ihm tat. Also streckte ich ihm die Zunge heraus, weil er noch immer nicht besser gelaunt schien.

Der Keller versetzte mich dann in Erstaunen. Dieser schien nämlich aus einer anderen Zeit zu sein. Er war dunkel und roch muffig, wie jeder andere Keller auch. Aber er sah genau so aus, wie Kerker in Filmen aussahen, die im Mittelalter spielten. Es gab einen langen Gang, dessen Decke gewölbt war. Rechts und links gingen schwere Holztüren ab. Es gab auch ein paar Gittertüren, wie im Gefängnis.

»Was ist das denn für ein Keller?«, fragte ich erstaunt und betrachtete alles ganz genau.

»Früher war das ein Kerker. Das Haus wurde 1642 gebaut. Es gehörte dem damaligen Chieftain der MacLeods. Manchmal war es nötig, hier Gefangene unterzubringen. Damals waren es wilde Zeiten in den Highlands«, sagte Adam und sah sich grinsend zu mir um. Er wies auf eine Wand in einer der Zellen, an der noch immer rostige dicke Ketten angebracht waren. »Heute kann man diese Ketten für viel schönere Sachen benutzen.«

Ich kniff die Augen zusammen und funkelte ihn an. »Ich kann mir vorstellen, du hast das schon ausprobiert.«

Adam lachte rau und ging weiter. »Noch nicht hier unten. Aber wer weiß …«

Er öffnete eine der Türen, knipste Licht an und betrat einen Raum, der ein Gewölbe war. Und ein Lager. Vom Boden bis zur Decke lagerten hier Fässer in verschiedenen Größen. Als ich die Fässer sah, musste ich unwillkürlich an mein Zusammentreffen mit Adam in der Brennerei denken und fühlte die Hitze gleichzeitig in mein Gesicht und zwischen meine Schenkel schießen.

Adam nahm eins der kleineren Fässer aus einem Regal. Es war nicht größer als die 5-Liter-Bierfässer, die es zur Grillsaison im Supermarkt gab. »Das ist ein Single Malt aus dem Jahre 1886. Ein ganz kostbarer Schatz. Ich soll ihn Pfarrer Jenkins mitbringen. Der Gute weiß einen wertvollen Schluck zu schätzen. Mein Vater und er waren enge Freunde. Er hat mich gefragt, ob ich ein Fässchen hiervon entbehren könne. Wie kann ich da Nein sagen, wenn seine Heiligkeit mich bittet.«

Wir verließen den Keller durch eine kleine unscheinbare Holztür, die seitlich aus dem Haus herausführte. Mit Adams Porsche 911 fuhren wir dann hinunter nach Dunvegan.

»Ich hätte dich nicht für einen Porschefahrer gehalten«, sagte ich, als wir das Anwesen verlassen hatten und auf die Landstraße fuhren. Dabei beobachtete ich ihn von der Seite. Er wirkte angespannt, wie schon die letzten Tage. Das bevorstehende Hafenfest konnte seine Stimmung also auch nicht heben. Warum war er dann überhaupt darauf eingegangen mit mir hinzugehen?

»Das ist nicht irgendein Porsche. Das ist ein Klassiker aus dem Jahre 1967.« Er klang ziemlich verschnupft, als er das sagte. Hatte ich ihn unabsichtlich beleidigt?

»1967, kein Wunder, dass alles so alt aussieht.« Eigentlich meinte ich das bewundernd, doch Adam bekam auch das in den falschen Hals. Entrüstet sah er zu mir rüber.

»Alt? Hast du gerade alt gesagt? Nichts an diesem Auto sieht alt aus. Alles ist in einem Top-Zustand.«

»So meinte ich das nicht«, murmelte ich und wich seinem Blick aus, indem ich aus dem Seitenfenster schaute. »Ich meinte das Design. Das ist so retro. Außerdem mag ich alte Sachen«, stammelte ich weiter entschuldigend und wollte mich am liebsten selbst ohrfeigen. Männer und ihre Autos. Ich hätte wissen müssen, dass man nie etwas Schlechtes über das Auto eines Mannes sagen durfte.

»Du magst also alte Sachen? Auch Männer, die elf Jahre älter sind als du?«

Verwirrt musterte ich ihn, aber er sah wieder auf die Straße. »Elf Jahre? Wie ...? Oh, du bist fünfunddreißig. Richtig.«

»Also?«

»Wenn du meinst, ob ich ein Problem mit älteren Männern hätte, dann nein.«

Ich sah eine Augenbraue hockzucken. »Interessant.«

»Eigentlich nicht. Du weißt ja, ich habe vielleicht kein Problem mit älteren Männern, aber eins mit Männern, die mit jeder Frau ins Bett steigen.«

Adam lachte leise. »Damit hat der Pfarrer auch ein Problem, aber das wirst du gleich sehen.«

Adam parkte das Auto in einer schmalen Gasse direkt neben einer Kirche. Er stieg aus, ging um den Porsche herum und öffnete mir die Tür.

»Danke, wie zuvorkommend«, sagte ich sarkastisch. Er kniff die Lippen aufeinander und ging um die Kirche herum zum Vordereingang, das kleine Fass wie ein Baby in der Armbeuge liegend. Ich schmunzelte bei dem Gedanken still in mich hinein.

Er hielt mir die Tür auf. »Darf ich Ihnen auch diese Tür aufhalten?«

Drinnen sah es wie in jeder anderen Kirche auch aus. Ich war nie gläubig gewesen, aber schon das ein oder andere Mal in einer Kirche und nie hatte ich ein gutes Gefühl dabei gehabt. Es roch immer so muffig, war düster und irgendwie unheimlich. Kaum hatte ich das Kirchenschiff betreten, schon flatterte es wieder in meinem Magen. Ich sah mich nervös um und hoffte, dass das hier nicht allzu lang dauern würde.

Adam ging ich wohl zu langsam, denn er nahm mich an der Hand und zog mich auf den Altar zu. Jetzt flatterte es aus einem anderen Grund in meinem Magen, weil Adam mich berührte. Sofort arbeitete sich ein Kribbeln von unseren ineinander verschränkten Händen meinen Arm hinauf in meine Brust, wo mein Herz heftiger schlug, hinunter in meinen Unterleib, der sich lustvoll zusammenzog. Frustriert stieß ich die Luft aus. Verräterischer Körper.

Adam machte riesige Schritte und ich hatte zu tun, mit ihm mitzuhalten. Ich war erleichtert, nicht meine hohen Schuhe angezogen zu haben. Von jeher lief ich nicht gerne in Absatzschuhen, daher vermied ich sie, wann immer es ging. Und da ich mir vorstellen konnte, dass so ein Hafenfest mit viel Fußmarsch verbunden war, hatte ich auch heute auf diese Folterinstrumente verzichtet. Mein Blick fiel auf Adams Kilt, dessen Stoff um seine Waden schwang und bei jedem Schritt leise Geräusche von sich gab. Ich seufzte. Das waren wirklich ein paar muskulöse sexy Waden. Erschrocken schlug ich mir auf den Mund. Wie konnte ich nur in einer Kirche solche Gedanken haben?

Wir gingen seitlich am Altar vorbei und ehe ich noch damit fertig war, mich selbst für meine schlimmen Gedanken zu schelten, zog Adam mich durch eine weitere Tür in ein Büro. Er legte eine Hand auf das untere Drittel meines Rückens und schob mich näher an den Schreibtisch heran, hinter dem der Pfarrer saß und uns beide aufmerksam musterte. Ich hoffte, dass er nichts von meinen anzüglichen Gedanken ahnte, die ich in seiner Kirche hatte.

Bis eben war ich mir ziemlich sicher gewesen, dass es keinen Gott gab. Wenn es einen gegeben hätte, hätte er dann wirklich zugelassen, dass ein vierzehnjähriges Mädchen beide Eltern verlor? Doch bei dem Blick, den der Pfarrer mir zuwarf, kamen mir plötzlich Zweifel. Bestimmt wusste er, dass ich mir eben vorgestellt hatte, mich Adams wundervolle Waden hinauf zu küssen, dann zwischen seinen Schenkeln halt zu machen, um einen genaueren Blick auf das zu werfen, was der Schotte darunter trug oder auch nicht. Verdammt. Hatte ich gerade geflucht? Verflucht. Linda, jetzt halt endlich die Klappe! Denke einfach gar nicht mehr!

»Aye, Adam. Heute mit Begleitung? Setzt euch!«

Adam stellte das Fass vor dem Pfarrer auf den Schreibtisch. »Ich hatte nicht vor, zu bleiben. Wir wollen auf das Fest.«

»Setzt euch trotzdem kurz!«, beharrte der grauhaarige hagere Mann in den Sechzigern. Er verschränkte seine Hände ineinander und stützte sich auf die Schreibtischplatte.

Verunsichert setzte ich mich auf einen der alten Ledersessel vor dem Schreibtisch. Adam nahm den zweiten und schnaufte. »Sie wollten den Malt. Ich hab ihn gebracht. Was gibt es denn noch?«

»Ungeduldig?« Der Pfarrer blickte zwischen uns hin und her. »Magst du mir nicht deine Begleitung vorstellen?«

»Pfarrer Jenkins, das ist Linda Sands. Linda, Pfarrer Jenkins«, brummte Adam und ich konnte deutlich spüren, dass er sich genauso wenig wohlfühlte wie ich.

»Linda, du bist eine wirkliche Schönheit. Sehr natürlich. Ganz anders, als die Frauen, mit denen sich Adam sonst so umgibt.«

»Danke«, sagte ich höflich. »Ich bin auch keine von den Frauen, mit denen Adam sich sonst so umgibt.«

Adam sah mich unter zusammengekniffenen Lidern zornig an, während der Pfarrer erstaunt die Augen aufriss. »Dann sind Sie die Restauratorin?«

»Ja, die ist sie«, sagte Adam fast knurrend.

»Aye, mein alter Freund hatte wirklich ein gutes Auge, als er sie ausgewählt hat.« Ich nahm an, mit dem alten Freund meinte er Adams Vater. Nervös rutschte ich auf meinen Sessel herum.

»Wollten Sie noch was?«, fragte Adam ungeduldig.

»Wie gefällt es Ihnen bei uns auf der Insel?« Der Pfarrer hatte wohl beschlossen, Adam zu ignorieren. Mich wunderte, dass Adam, obwohl er sich sichtlich unbehaglich fühlte, trotzdem sitzen blieb und nicht einfach aufstand und ging. Er musste doch Respekt vor dem Pfarrer haben.

Ich musterte den Pfarrer. Er wirkte so viel kleiner und schmächtiger, aber in seinem Blick lag etwas, das mich fühlen ließ, wie früher in der Schule bei einem besonders strengen Lehrer. »Bisher habe ich noch nicht viel gesehen. Nur das Anwesen der MacLeods und die Brennerei. Aber was ich gesehen habe, gefiel mir gut.«

»Benimmt sich Adam Ihnen gegenüber? Gott weiß, Adam kann ein ganz schöner Bengel sein, wenn es um Frauen geht.« Der Pfarrer lachte. Adam schnaubte.

»Ich denke, er gibt sich Mühe. Seine Launen sind wechselhaft«, sagte ich ehrlich, aber nur, um Adam zu ärgern, weil es mir gefiel, wie er sich wand.

»Aye, Adam ist selten bester Laune. Das war früher anders.« Der Pfarrer runzelte die Stirn, musterte Adam kurz und wandte sich wieder mir zu.

»Ich möchte euch nicht länger aufhalten, aber ich hätte da noch eine Kleinigkeit, bei der ich deine Hilfe bräuchte, Adam. Du weißt, so oft kommen hier keine starken Männer her.« Der Pfarrer stand auf und machte eine Handbewegung auf die Tür zu.

Adam und ich erhoben uns ebenfalls. Als wir das Büro verlassen hatten, griff Adam ganz automatisch wieder nach meiner Hand, was mir einen schmunzelnden Blick vom Pfarrer einbrachte. Pfarrer Jenkins führte uns durch die Kirche hindurch eine steile Treppe hinauf in den Glockenturm. Jeder andere hätte sich jetzt vielleicht gefreut, weil nur wenige den Turm jemals zu sehen bekamen, aber ich begann heftig zu schwitzen, denn ich litt unter Höhenangst. Und jede Stufe, die wir weiter nach oben nahmen, ließ meinen Puls noch schneller hämmern.

Adam bemerkte wohl meine Nervosität, oder er sah es meinen schreckgeweiteten Augen an, denn als wir alle oben neben der Glocke standen, legte er mir seinen Arm um die Taille, als könnte mich das beschützen. Auf eine gewisse Weise tat es das auch, zumindest beruhigte es mich etwas, Adams Körper so nahe an meinem zu spüren.

Der Pfarrer lächelte. »Haben sie Höhenangst, meine Liebe?«

»Ich muss gestehen, es macht mich etwas nervös, hier oben zu sein.«

»Sie müssen nicht nervös sein. Es gibt eigentlich keine Höhenangst. Höhenangst ist nur die Angst vor dem Fallen. Und solange sie dort stehen bleiben, und diesem Loch«, er deutete auf die Öffnung unter der Glocke, »nicht zu nahe kommen, können Sie nicht fallen. Und ich bin mir sicher, Adam würde nicht zulassen, dass Ihnen etwas zustößt.« Pfarrer Jenkins grinste breit. Adam versteifte sich neben mir etwas und ließ seinen Arm fallen.

»Was kann ich für Sie tun?«

»Siehst du dieses Seil? Es müsste ein neues angebracht werden.«

»Funktioniert das Läuten nicht schon lange automatisch?«, hakte Adam mit gerunzelter Stirn nach. Er sah aus, als könnte er nicht fassen, dass der Pfarrer uns deswegen hier hochgeholt hatte.

»Du hast recht. Aber nenn mich bitte nicht altmodisch, ich traue der neumodischen Technik nicht. Was, wenn die einmal ausfällt, dann kann ich nicht läuten.«

Ich sah auf den Strick, der an der Glocke befestigt war und dann auf den Abgrund darunter und sofort wurde mir übel bei der Vorstellung, Adam könnte dort runterstürzen.

»Wo ist das neue Seil?«

»Hinter dir.«

Adam wandte sich nach dem Seil um, das auf dem Boden lag, dann sah er mich besorgt an, schob mich weiter von dem Abgrund weg und streichelte mir beruhigend über den nackten Unterarm. Ich schloss kurz die Augen und atmete tief ein. Nur ein paar Minuten, machte ich mir selbst Mut, wollte aber am liebsten verzweifelt meine Finger in Adams Arm krallen, damit er mich hier nicht allein stehen ließ.

»Keine Sorge, das wird nicht lange dauern«, flüsterte Adam und legte eine Hand auf meine Wange. Ich nickte zaghaft und bemerkte gerade noch, dass der Pfarrer uns beobachtete.

Adam schnappte sich das marode Seil der Kirchturmglocke, während der Pfarrer auf mich zusteuerte. »Ich werde Sie in der Zwischenzeit beschützen«, sagte er leise.

Ich sah zu Adam, der gerade das alte Seil gegen das neue austauschte. »Danke.«

Der Pfarrer nahm meine Hand und strich darüber. »Ja, Sie sind besonders, das sehe ich Ihnen an. Und Adam ist das auch aufgefallen. Ich habe lange nicht erlebt, dass Adam eine Frau respektvoll behandelt hat. Oder versucht hat, sie zu beschützen.«

Mit gerunzelter Stirn sah ich den Pfarrer an. »Da irren Sie sich. Er kann mich nicht einmal ausstehen.«

Pfarrer Jenkins zuckte nur mit den Schultern und beobachtete Adam zufrieden dabei, wie er das neue Seil an die Glocke band. Als Adam von der Glocke abließ, gab sie einen leisen Gong von sich. Das Seil wackelte noch ein wenig, dann band Adam es an der dafür vorgesehenen Halterung fest.

»Dann sind wir jetzt fertig?« Er sah den Pfarrer herausfordernd an. Hatte er gehört, was er zu mir gesagt hatte. Mein Magen zog sich zusammen. Ich hoffte, er hatte es nicht gehört.

Auch die Stufen nach unten nahm Adam meine Hand und lief vor mir, um mir das Gefühl von Sicherheit zu geben. Dass er das tat, wärmte mein Herz. Ich hatte nicht geglaubt, dass er besorgt sein konnte. Vielleicht gehörte das aber auch nur zu einem richtigen Playboy dazu. Irgendwie musste er ja die Frauen erobern. Und nur sein gutes Aussehen allein konnte dabei unmöglich helfen. Zumindest schmeichelte es mir, dass er sich um mich sorgte.

10. Kapitel

Lampions, Lichterketten und ein Wirrwarr aus Stimmen, Musik und verschiedensten Gerüchen begrüßten uns am Hafen. Adam hatte das Auto in der kleinen Gasse neben der Kirche stehengelassen und wir waren zu Fuß zum Hafen gelaufen. Das gab mir die Gelegenheit, etwas mehr von Dunvegan zu sehen.

Große und kleine Fischerbote lagen vor Anker, auch eine Jacht hatte sich hierher verirrt und ein kleines Passagierschiff. Auf einem Schild wurden Hafenrundfahrten angeboten und Fahrten an einer der Robbeninseln vorbei. Auch ein Blick auf die vor der Küste lebenden Delfine wurde versprochen.

»Lass uns so eine Fahrt mitmachen!«, schlug ich aufgeregt vor. Delfine! Stellt euch das nur mal vor! Ich liebte Delfine schon als kleines Mädchen, aber welches Mädchen tat das nicht?

»Dann sollten wir gleich diese Rundfahrt nehmen, wenn es dunkel wird, wirst du nicht mehr viel sehen können.« Adam nickte in Richtung einer wartenden Fähre und griff nach meiner Hand. Ich war erstaunt über das Leuchten, das auf seinen Augen lag. Er wirkte fast fröhlich, und so hatte ich ihn noch nicht erlebt. Ich folgte ihm über den Steg, Adam löste Tickets für uns, dann nahmen wir an einem der

Tische auf dem Sonnendeck Platz. Die Fähre war wie ein Restaurant gestaltet. Noch bevor der Anker gelichtet wurde, kam ein Kellner und erkundigte sich nach unseren Wünschen. Wie es sich gehörte, wurden nur Meeresfrüchte angeboten. Ich war kein Gourmet, weswegen ich mich für Pasta mit Lachs entschied. Muscheln, wie sie Adam bestellte, waren mir dann doch zu ungewöhnlich.

»Wie lange wirst du noch bleiben?«, wollte Adam wissen, nachdem wir den belanglosen Plausch hinter uns gelassen hatten.

Ich sah ihn fragend an. Wollte er mich aus seinem Haus haben? »Noch etwa zwei Wochen, dann dürfte alles geschafft sein.« War da ein Anflug von Enttäuschung auf sein Gesicht getreten? »Willst du mich so dringend loswerden?«

Mein Herz klopfte und ich hatte Mühe, gegen den aufsteigenden Kloß in meinem Hals anzukämpfen. Ich hatte ja gewusst, dass er mich nicht hier haben wollte. Daraus hatte er von Anfang an kein Geheimnis gemacht, aber konnte er nicht wenigstens so tun, als könnte er mich leiden?

»Nein. Ich wollte es nur wissen«, antwortete er knapp und stocherte auf seinem Teller herum.

»Isst du oft Muscheln?« Ich wollte, dass die lockere Stimmung wieder zurückkam, also wechselte ich das Thema. »Hast du schon mal eine Perle in einer gefunden?«

Adam lachte leise und blickte auf. »Nein.« Er schob die Gabel in seinen Mund, schaute sich auf dem Deck um, dann sah er mich ernst an. »Tust du es nur wegen des Geldes?«

Ich keuchte erschrocken auf und ließ meine Gabel fast auf den Teller fallen. »Was?«, quiekte ich. Oh. Glaubte er, ich wäre wie seine Exfrau nur auf Geld aus? Ich atmete tief ein. »So ist das nicht. Du verstehst das falsch. Natürlich brauche ich Geld. Ich schwimme nicht gerade darin. Meine Eltern haben mir nur wenig hinterlassen. Das Studium hat alles verschlungen. Auf meinem Konto ist nicht einmal mehr genug, um die Kosten für den nächsten Monat zu tragen.«

Adam wirkte erstaunt uns sah mich mit weit hochgezogenen Augenbrauen an. Ich wollte nicht, dass er mich so sah. Ich war nicht wie seine Exfrau, aber in seinen Augen musste ich so wirken. Schließlich war ich hergekommen, um eine Arbeit zu verrichten, die vollkommen überbezahlt war und seiner Meinung nach nur ein Versuch seines Vaters, ihn an eine Frau zu binden.

»Ich weiß, du glaubst, ich bin wie sie, aber das stimmt nicht. Gut, ich hätte mir mein Studium finanzieren können, indem ich irgendwo als Kellnerin gearbeitet hätte. Aber ich bin anders erzogen. Erfolgsorientiert. Von meiner Großmutter, bei der ich aufgewachsen bin, wurde ich nur beachtet, wenn ich erfolgreich war. Nicht einmal, wenn ich mein Bestes gegeben habe, hat es ihr gereicht. Nur Erfolg hat gezählt. Meine Oma hat mich mein Leben lang mit Ignoranz gestraft, nur wenn ich in etwas gut war, hat sie mich bemerkt. Und auf diese winzigen Augenblicke ihrer Aufmerksamkeit, habe ich irgendwann angefangen hinzuarbeiten. Ich war völlig darauf konzentriert, meine und ihre Ziele immer zu erreichen«, sagte ich traurig.

Das musste für Adam ziemlich armselig klingen. So als wäre ich ein Mensch ohne viel Selbstbewusstsein. Wenn er das glaubte, hatte er recht. Ich war so ein Mensch.

»Neben dem Studium zu arbeiten, war undenkbar für mich. Mit den Jahren war dieses intensive Auf-ein-Ziel-hinarbeiten mir ins Blut übergegangen und ich wollte sie ja nicht enttäuschen. Und meine Arbeit ist mir wichtig, nicht nur wegen meiner Großmutter. Ich wollte schon immer Gemälde restaurieren. Meine Mutter hat das auch getan. Also ist all mein Geld für das Studium draufgegangen und jetzt stehe ich ohne eine Anstellung da.« Ich seufzte leise. »Ich bin kein bisschen geldgierig. Es würde mir auch reichen, wenn du mir nur das zahlen würdest, was meine Arbeit wirklich wert ist. Du kannst gerne den Rest behalten«, sagte ich aufrichtig.

Und nachdem ich einen Bissen von meiner Pasta genommen hatte, hielt ich erschrocken inne. Warum hatte ich ihm das alles gesagt?

Wieso hatte ich das Gefühl gehabt, mich vor ihm verteidigen zu müssen? War es mir so wichtig, dass er in mir jemand anderen als in seiner Frau sah?

Adam wirkte nachdenklich und musterte mich, so als wolle er abschätzen, was an dem, was ich gesagt hatte wahr war. »Ich kenne das Gefühl, wenn man so große Angst davor hat, zu versagen. Mein Vater hat mich auch immer angetrieben. Er hat mich auch vor Wendy gewarnt. Er wusste, dass sie nicht mehr das kleine unschuldige Mädchen war, in das ich mich in der Schule verliebt hatte. Aber ich wollte nicht auf ihn hören. Manchmal glaube ich, ich habe sie nur geheiratet, weil mein Vater mir abgeraten hat.«

Ich streckte eine Hand über den Tisch aus und legte sie auf Adams. »Das ist nicht wahr, du hast sie geliebt, sonst hätte sie dich nie so verletzen können. Und es war nicht dein Fehler, was passiert ist. Du hast ihr dein Vertrauen geschenkt und sie hat es ausgenutzt und mit Füßen darauf herumgetrampelt.«

Erstaunt sah er zu mir auf, ein Lächeln auf seinen Lippen, das mir bis in den Schoß schoss. Als er mich diesmal ansah, war da etwas anderes in seinem Blick. Nicht das Feuer, das mich sonst immer verbrannte, sondern etwas Warmes. Freundschaft? Vertrauen? Zumindest war es nicht sexuell orientiert.

»Ich mag deine offene und herzliche Art. Du scheinst ehrlich zu sein. Ich denke, das ist es, was mein Vater in dir gesehen hat und was ihn davon überzeugt hat, dass du die Richtige für mich sein könntest. Vielleicht hat er geglaubt, dass es jemanden wie dich braucht, um mich zu lehren, Frauen wieder zu vertrauen. Aber so einfach ist das nicht.«

Er verschränkte seine Finger mit meinen und beugte sich über den Tisch. Jetzt lag da wieder Begehren in seinem Gesicht und mein Körper reagierte sofort darauf. Ich konnte die Funken spüren, die plötzlich zwischen uns hin und her sprangen. Nervös biss ich auf meine Unterlippe. Ich wollte seinem Blick ausweichen, der so heiß war. Aber ich konnte es nicht.

»Ich kann dir vielleicht nie das schenken, was mein Vater sich erhofft hat. Aber da ist etwas zwischen uns. Und genau deswegen solltest du dich von mir fernhalten, denn ich kann es nicht länger. Linda, ich verzehre mich danach, diese weichen Lippen zu kosten. Du kannst dir nicht vorstellen wie sehr. Ich habe wirklich versucht, dir aus dem Weg zu gehen und als das nicht geholfen hat, habe ich versucht dich zu verletzen. Aber allein zu wissen, dass du im Nachbarzimmer liegst, diese vollen Brüste sich unter deinen Atemzügen heben und senken, treibt mich an die Grenzen meiner Widerstandskraft. Linda, ich will dich.«

Mein Puls wummerte in meiner Kehle. Ich schluckte trocken und zwischen meinen Schenkeln hämmerte das Echo meines Herzschlages. Noch nie hatten mich die Worte eines Mannes so sehr erregt. Unter schweren Lidern blickte ich zu Adam auf und entzog ihm meine Hand. »Ich kann nicht.«

Adam riss eine Augenbraue nach oben, lehnte sich dann aber lächelnd zurück. »Diese Schüchternheit musst du mir erklären. Und du solltest wissen, dass gerade das mich noch mehr erregt.«

Ich schluckte, atmete einmal tief ein und konzentrierte mich auf meinen Teller. »Ich bin nicht schüchtern. Nur vorsichtig. Du willst nur mit mir spielen, mit mir Sex haben und mich dann vergessen. Aber das geht nicht«, sagte ich ängstlich, weil ich wusste, dass er Fragen stellen würde.

»Warum?«

Verzweifelt schloss ich die Augen. Ich konnte mir nicht erklären, was mich dazu trieb, es ihm zu sagen. Vielleicht war es das Gefühlschaos in mir, vielleicht die Hoffnung, dass er aufhören würde, es bei mir zu versuchen, wenn ich es ihm sagte. Ich wusste nicht, wie lange ich noch gegen das Verlangen ankämpfen konnte, mich ihm hinzugeben.

In den letzten Jahren hatte mich meine Angst, diese Qualen noch einmal zu erleben, immer davon abgehalten, mit Männern zu schlafen. Außer Steven gab es da niemanden. Und ihn auf Abstand zu halten, war einfach. Er hatte nicht annähernd so intensive Emotionen in mir ausgelöst wie Adam.

Es war leicht für mich, Männern weitestgehend aus dem Weg zu gehen, so dass ich gar nicht erst in Versuchung geriet. Immer hatte ich das Studium als Entschuldigung vorgeschoben. Aber seit ich auf der Isle of Skye war und zum ersten Mal in diese blauen Augen gesehen hatte, begannen meine Schutzwände zu bröckeln. Und gerade in diesem Moment waren nur noch Ruinen von ihnen übrig.

»Er hieß Aidan Lance«, flüsterte ich stumm und konzentrierte mich darauf, meine Atmung ruhig zu halten, was nicht einfach war, da mein Herz schneller schlug, als damals, als ich die Wahrheit erkannte. »Ich war siebzehn. Aidan war mein Lehrer. Er kam damals frisch von der Uni. Und er war der bestaussehende Mann, den ich bis dahin gesehen hatte. Alle Mädchen an der Schule waren verrückt nach ihm. Aber er sah nur mich auf diese besondere Art an.

Wenn wir allein im Klassenraum waren oder er mir auf dem Schulgelände begegnete und keiner es hören konnte, dann sagte er mir, wie schön er mich fand. Er umwarb mich. Bald war ich verrückt nach ihm. Ich hatte bis dahin keine Erfahrung mit Jungs, geschweige denn mit Männern. Irgendwann lud er mich ein, nachmittags mit ihm zu lernen, weil ich meinen letzten Englischtest verhauen hatte. Das war toll, ich freute mich und war unglaublich aufgeregt. Ich war das erste Mal in meinem Leben verliebt und sehr glücklich.

Er hat mich verführt, mich entjungfert und danach getan, als wäre nie etwas geschehen. Ich habe mich so sehr geschämt, dass ich mit niemandem darüber gesprochen habe«, schloss ich und verdrängte die Gefühle. Ich schloss sie weg, dorthin, wo ich sie in den letzten Jahren eingesperrt hatte.

»Du musstest ihn jeden Tag in der Schule sehen.« Adam klang zornig und als ich ihn fragend ansah, konnte ich sehen, wie seine Kiefer mahlten. »Er hat sich dich ausgesucht, weil du durch den Tod deiner Eltern verletzlich warst, leichter zu beeinflussen. Schwein«, fluchte Adam.

»Das ist lange her«, sagte ich ausweichend, aber er hatte recht. Genau deswegen war ich ein leichtes Opfer für ihn. Ich hatte keine richtigen Freunde. In der Schule war ich immer die Außenseiterin, die sich nur für das Lernen interessierte. Und ich hatte mich so sehr nach ein wenig Wärme und Zuneigung gesehnt, dass es wie ein kleines Wunder für mich war, dass Aidan sich für mich interessiert hatte.

»Nicht lange genug, dass du es vergessen konntest.« Adam stand auf und kam zu mir herum, zog mich hoch und legte seine Arme um mich. »Es tut mir leid, wenn ich dich in irgendeiner Weise verletzt habe.«

Ich drückte ihn auf Abstand, weil ich das Gefühl hatte, dass er mich wie ein Opfer ansah, aber das war ich nicht. So wollte ich mich zumindest nicht fühlen.

»Du hast mich nicht verletzt. Ich will nicht mit dir schlafen, weil ich Angst habe, dass ich Gefühle entwickle und alles noch einmal erleben muss.«

»Aber Sex muss nicht immer mit Liebe einhergehen. Man kann miteinander intim werden, nur weil es Spaß macht. Es wird nicht immer so sein«, meinte Adam erstaunt.

Ich zuckte die Schultern. »Ich hatte durchaus schon Sex, ohne dass ich den Mann geliebt habe. Aber der Gedanke, mit dir zu schlafen, macht mir Angst.«

»Warum?«

Das konnte ich ihm nicht sagen, deswegen zuckte ich einfach mit den Schultern, dann ging ich an die Reling, an der die anderen Passagiere schon begeistert einer Gruppe Delfinen zujubelten. Ich wollte nicht weiter darüber nachdenken müssen, ob Sex mit Adam für mich möglich war, ohne alles noch einmal durchleben zu müssen. Mein Körper reagierte so heftig auf ihn. Und wahrscheinlich nicht nur der.

Ein Teil von mir wünschte sich manchmal, dass ich mehr so sein konnte, wie andere Frauen in meinem Alter. Dass ich mehr loslassen konnte und mich auch mal öffnete. Ich wollte einfach meine Vorsicht und Vernunft über Board werfen können. Aber dann grub sich der Schmerz, den ich empfunden hatte, als Aidan mich auf so grauenvolle Weise weggestoßen hatte, wieder in mein Herz und mich verließ der Mut, mich einfach fallenzulassen. War ich zu feige?

11. Kapitel

Mein Begleiter überraschte mich. Er war den ganzen Abend nett und zuvorkommend zu mir. Während wir auf der Fähre die Delfine beobachteten oder an den kleinen Inseln vorbeifuhren, die von den Robben bewohnt wurden, hatte er seinen Arm um mich gelegt. Später am Hafen kaufte er mir einen Plaid in den Farben der MacLeods und legte ihn mir um die Schultern, damit ich nicht mehr zitterte an seiner Seite.

Er erzählte mir von Dunvegan Castle, den MacLeods und ihrer Geschichte und der Legende, die sich um die Selkie rankte. Mythische Wesen, die aussahen wie Robben, ihr Fell aber ablegen konnten und sich dann in Menschen verwandelten. Themen, die wir aber mieden, waren sein Vater und die Morde an den Frauen, die Adam gekannt hatte. An diesem Abend lernte ich einen ganz anderen Adam kennen und ich war Molly dankbar dafür, dass sie uns regelrecht aus dem Haus geworfen hatte, damit wir gemeinsam auf das Hafenfest gingen.

Und doch hatte der Abend auch einen bitteren Beigeschmack für mich, denn je mehr Zeit ich mit Adam verbrachte, desto klarer wurde mir, dass ich mehr für ihn empfand, als nur Anziehung. Ich genoss seine Aufmerksamkeit, die Art, wie er sich um mich sorgte, sich immer wieder nach meinem Wohlbefinden erkundigte. Und ich sog seine flüchtigen, zufälligen, vielleicht auch beabsichtigten Berührungen auf.

Ja, ich wollte diese Berührungen, sehnte mich sogar nach ihnen. Mein Körper hatte den Kampf gewonnen. Längst verzehrte sich alles an mir nach Adam. Dieser Gedanke versetzte mich in Panik, denn ich war mir bewusst, wenn er es nur versuchen würde, würde ich das Spiel verlieren. Ich würde es einfach geschehen lassen. Noch schaffte ich es, mich ihm zu entziehen, aber wenn er die Grenze überschreiten würde, die uns noch trennte, dann könnten auch meine Ängste mich nicht mehr zurückhalten. Ich war bereit, das Risiko einzugehen, am Ende ein noch tieferes Loch mit mir herumzutragen. Ein Loch, dass sich bis in meine Seele reißen würde, denn so sehr ich Aidan auch glaubte geliebt zu haben, im Vergleich zu dem, was Adam in mir auslöste, war Aidan so unwichtig wie ein Insekt.

Auf dem Weg zurück zum Auto bückte ich mich, um einen Stein aufzuheben. Aber eigentlich tat ich das, um unauffällig Adams Arm um meiner Taille loszuwerden. Als ich das geschafft hatte, blieb ich interessiert vor einem Schaufenster stehen, um etwas zurückzufallen. Was wirklich in dem Schaufenster war, konnte ich nicht sagen, denn ich sah zwar hinein, nahm aber nichts darin wahr. Ich folgte Adam mit zwei Schritten Abstand, damit er mich nicht wieder berühren konnte. Ich musste einfach versuchen, wieder mehr Distanz zwischen uns zu bringen. Wir waren uns heute Abend viel zu nahe gekommen.

»Versuchst du, dich mir zu entziehen?«, wollte Adam mit hochgezogenen Augenbrauen wissen. Er war einfach stehen geblieben und musterte mich fragend, aber in seinem Gesicht konnte ich ablesen, dass er mich längst durchschaut hatte.

»Nein«, sagte ich und schritt locker an ihm vorbei.

»Ich denke schon.«

Als wir in die Gasse kamen, in der der Porsche parkte, schnappte Adam sich meinen Arm, zog mich an sich und drückte mich mit seinem Körper gegen die Steinwand der Kirche. Erschrocken keuchte ich auf.

»Was ist eigentlich dein Problem?«, keifte ich ihn an.

»Du«, sagte er mit verhangenem Blick. »Du gehst mir unter die Haut und ich kann nichts dagegen machen. Du musst mich abhalten. Ich will dir nicht wehtun. Ich weiß, ich sollte das nicht tun. Nicht nachdem, was dir schon angetan wurde. Du hast recht, wenn du sagst, Männer wie ich wären nichts für dich. Aber du machst es einem wirklich schwer, dir zu widerstehen.«

Seinen Körper so nahe an meinem zu spüren, vernebelte meine Sinne und verwirrte mich. Ich presste meine Hände gegen seine Brust, um zu tun, worum er mich gebeten hatte. Seine harten Brustmuskeln zu spüren und der intensive Blick seiner Augen, hielten mich dann aber ab, Kraft einzusetzen. Meine Muskeln verwandelten sich in eine bebende Masse. Ja, ich wollte ihn aufhalten, aber ich konnte es nicht, weil es sich so gut anfühlte, ihn zu spüren. Seine Wärme, sein Atem, sein Geruch.

»Adam, bitte!«, flehte ich leise.

Adam ignorierte mich und kam mit seinem Gesicht noch näher. Sein Rasierwasser und sein maskuliner Duft umwaberten mich und ich atmete tief ein. Ich schloss die Augen, weil ich hoffte, ihn so auszusperren, aber das machte alles nur noch intensiver. Seine Hände legten sich auf meine Taille und zogen mich näher an seinen Unterleib. Unter seinem Kilt konnte ich deutlich seine Erregung spüren. Panik durchflutete mich gleichzeitig mit pulsierendem Verlangen. Und diese Mischung aus Angst und Begierde war wie ein Kick.

»Du bist anders als die Frauen, die hier normalerweise herkommen. Du würdest nie belanglosen, bedeutungslosen Sex haben.« Er atmete tief ein, rieb dabei seine Nase über meinen Nacken. »Du machst mich wahnsinnig. Das Wissen, dass ich dich nicht haben kann, macht mich nur um so schärfer auf dich. Ich will mich in dir versenken und in diese unschuldigen Augen sehen, während du wimmernd meinen Namen rufst.«

Meine Knie wurden weich und ich hatte das Gefühl, zu zerfließen. Ich spürte das verlangende Ziehen in meinem Unterleib, die Schwere, die meine Brüste erfasste, als Adam seine Lippen durch den Stoff meiner Bluse auf einen meiner harten Nippel drückte. Feuchte Hitze durchdrang den Stoff. Ich bebte, mein Atem ging stockend.

»Adam, nein«, flüsterte ich, aber ich meinte es nicht so. Ich war nicht mehr in der Lage, ihn zu stoppen.

Sein dunkler Blick traf meinen. »Da ist dieses Feuer in deinen Augen und zugleich Angst.« Er senkte die Lider und ging abrupt auf Abstand. »Vielleicht bist du gar nicht so unschuldig, wie du aussiehst. Du stehst hier an eine Kirche gelehnt und deine Wangen brennen vor Erregung.« Er sah mich vorwurfsvoll an.

Schockiert schnappte ich nach Luft und stieß mich von der Mauer ab. »Was auch immer du gesehen haben willst, es ist nicht da.«

Er kam mir wieder näher und blieb nur einen Atemzug von mir entfernt stehen. »Ich werde dir beweisen, dass es Sex ohne Liebe geben kann. Du wirst mit mir schlafen und du wirst danach gehen können, ohne zu leiden. Einfach nur mit dem Gefühl, guten Sex gehabt zu haben.« Seine Hand legte sich kraftvoll auf den unteren Teil meines Rückens, dann presste er sich fest an mich.

»Was hast du vor?«, fragte ich panisch.

»Ich werde diese vollen Lippen kosten. Das habe ich schon lange vor.« Ohne meine Antwort abzuwarten, nahm er meine Lippen in Besitz. Sein Kuss war nicht zärtlich, so wie ich es für einen ersten Kuss erwartet hätte. Er war stürmisch, verlangend. Er forderte Aufgabe von mir.

Aufgebend schlang ich meine Hände um Adams Nacken und schmiegte mich an ihn. Als seine Zungenspitze gegen meine Lippen drängte, öffnete ich willenlos meinen Mund und ließ ihn ein. Ich stöhnte leise, als unsere Zungen sich berührten. Ich war schon geküsst worden, aber nie hatte es sich so angefühlt. Ich schmolz wie Eis in der Sonne. Nur noch Adams Hände an meinem Nacken und Rücken hielten mich auf den Beinen. Seufzend saugte und knabberte ich an seiner Unterlippe. An meinem Bauch spürte ich Adams Härte. Hitze und Feuchtigkeit tränkten meine pulsierende Scham.

Ich war noch nie so geküsst worden. Aidan war so weit weg wie noch nie. Adams Kuss verbrannte mich. Seine Lippen bewegten sich auf meinen, weich und hart. Fordernd und begierig. Nichts, das uns umgab, existierte noch. Ich war wie in Trance, nur das aufgeregte Flattern in meinem Magen und die heißen Stromstöße, die durch jede Zelle meines Körpers zuckten, nahm ich noch wahr.

Plötzlich riss Adam sich von mir los und stöhnte rau. »Es war ein Fehler, dich für unschuldig zu halten. Wenn du nicht willst, dass ich dich gegen diese Mauer dort presse, dann sollten wir jetzt sofort aufhören.« Er hob eine Hand und strich mit dem Daumen über meine geschwollenen Lippen. Diese zarte Berührung reichte aus, um mich sofort wieder zu entflammen. Unsicher wich ich einen Schritt zurück. Ich wollte auf keinen Fall in der Gasse neben einer Kirche Sex haben. Obwohl ich gestehen musste, dass ich ziemlich erregt war und ich kaum widerstehen konnte, mich erneut in Adams Arme zu werfen. Zwischen meinen Beinen vibrierte es so heftig, dass ich fast wünschte, ich besäße kein Schamgefühl. Dann würde ich mich an Adams breite Brust schmiegen und mich von ihm gleich hier nehmen lassen.

»Wenn du mich weiter so ansiehst, mit diesem Schlafzimmerblick, dann mache ich meine Drohung wahr. Ich bin nur ein Mann und mir fehlt es gerade an Willenskraft.« Adam knurrte wütend, dann packte er meine Hand und zog mich zum Auto. »Nach Hause. Sofort!«

12. Kapitel

Alles war dunkel im Haus, nur die Nachtlichter in der oberen Etage leuchteten, als Adam mich hastig die Stufen hinaufzog und leise lachte. Oben angekommen, blieb er stehen, legte seine Arme um meine Taille und strahlte mich mit einem Versprechen in seinen Augen an, das einen Schauder durch meinen Körper jagte. Dann wurde der Ausdruck in seinem Gesicht ernst.

»Du hast Zweifel«, flüsterte er und ich nickte, weil Leugnen nichts gebracht hätte. Er hatte es an meiner ängstlichen Mimik abgelesen. Er streichelte mit seinen warmen Fingern über meine Wange, legte zärtlich eine Hand in meinen Nacken und fuhr mit einem Daumen über mein Kinn. »Dann verschieben wir es.«

Ich sah fragend zu ihm auf, weil ich befürchtete, dass er wütend sein könnte. Doch er schüttelte den Kopf und küsste mich sanft. »Geh schlafen!«, forderte er mich lächelnd auf. »Ich kann warten.«

Ich gab ihm einen letzten schnellen Kuss, dann flüchtete ich regelrecht vor Adam in mein Zimmer. Mit hämmerndem Herzen und einer riesigen Wut auf mich selbst ließ ich mich auf das Bett fallen. Frustriert schlug ich mit beiden Fäusten auf meine Decke ein. Warum war nur alles so kompliziert? Ich wollte Adam doch. Aber ich vertraute ihm nicht.

Ich kämpfte mit mir, weil ich aufstehen wollte, einfach aus diesem Zimmer in das nächste gehen wollte und zu Adam unter die Decke kriechen wollte. Und wenn ich gerade beschloss, es zu tun, all meinen Mut zusammen nahm, dann durchschlug mich einer dieser Blitze, die mich daran erinnerten, wie weh es getan hatte, als Aidan mich danach einfach ignoriert hatte. Und Adam würde das Gleiche tun. Er würde mit mir schlafen und sobald er das getan hätte, wäre sein Interesse an mir gestorben. Das Einzige, das ihn jetzt an mir reizte, war die Tatsache, dass er um mich kämpfen musste und ich es ihm nicht so leicht machte wie Kathrin, Mel oder diese verdammte Italienerin.

Einige Minuten warf ich mich von einer Seite auf die andere, schluchzte und verfluchte ein paar Tränen, die sich ungefragt aus meinen Augen stahlen, dann beschloss ich, noch ein wenig frische Luft zu schnappen. Ich musste auf andere Gedanken kommen, sonst wäre ich auch in fünf Stunden noch nicht eingeschlafen. Irgendwie musste ich die quälende Erregung, die mich noch immer durchflutete wie heiße Lava, zum Erkalten bringen.

Ich stand auf, zog das Plaid, das Adam mir gekauft hatte, fester um meine Schultern, machte einen tiefen Atemzug und verließ mein

Zimmer. Ich ging zur Terrassentür hinaus. Meine Füße führten mich ganz von allein auf den kleinen Teich und den beleuchteten Springbrunnen zu. Während ich dem Wasserspiel zusah, dachte ich darüber nach, warum ich nicht einfach umkehrte und in Adams Bett kroch.

Was wäre schon falsch daran? Es wäre ja kein One-Night-Stand. Immerhin kannten wir uns schon fast zwei Wochen, auch wenn wir in den letzten Tagen nur wenig miteinander gesprochen hatten. Andererseits kannte ich Aidan auch länger, aber nur als meinen Lehrer, und Aidan hatte ich als meinem Lehrer vertraut. Nie hatte ich geglaubt, dass er wirklich mit mir schlafen wollte. Und als er dann anfing, mich zu küssen, war ich überwältigt und überfordert und aufgeregt. Und es fühlte sich so wundervoll an von jemandem berührt zu werden, zärtlich gestreichelt und in den Armen gehalten, dass ich jede Sekunde verschlungen hatte.

Ich war seit dem Tod meiner Eltern nicht mehr auf liebevolle Weise berührt worden. Und ich hatte Angst, Nein zu sagen, weil ich befürchtete, dass er mich dann nicht mehr gern haben würde, dass diese unglaublichen Gefühle und die Aufmerksamkeit, die er mir schenkte, für immer vorbei wären. Vielleicht war ich zu jung, um mit der Situation klarzukommen?

Heute war ich nicht mehr zu jung. Ich konnte Nein sagen. Und wenn ich mit Adam schlief, wäre es ganz allein meine Entscheidung.

Ich wäre mit dieser Entscheidung nicht mehr überfordert. Und was hielt mich überhaupt davon ab, mich auf Adam einzulassen? Doch nur meine Voreingenommenheit. Ich hielt ihn für einen Macho, einen Mann, der regelmäßig neue Frauen in sein Bett holte. Aber war das denn wirklich so? Seit ich hier war, waren es nur drei Frauen; die zwei, mit denen ich ihn beobachtet hatte und die Italienerin. Es gab auch keine weiteren Partys. Vielleicht sah ich ihn in einem falschen Licht? Meine Meinung über ihn war von der ersten Sekunde an vorgefertigt. Und das, was er über seinen Vater gesagt hatte, wie der Professor ihn seiner Meinung nach sah, hatte sein Übriges getan, damit ich ihn sah, wie ich ihn von Anfang an hatte selber sehen wollen. Vielleicht lag ich falsch? Nein, lag ich nicht.

Adam, du brennst in jeder Zelle meines Körpers, verschlingst meine Gedanken. Ich bekomme dich einfach nicht mehr los. Vielleicht sollte ich nur einmal mit ihm schlafen, dann wäre mein Verlangen nach ihm gestillt. Alles, was zwischen uns war, war eine ungestillte, verschlingende sexuelle Leidenschaft. Was anderes waren diese Gefühle, die er in mir auslöste doch gar nicht. Ich begehrte ihn. Jede Faser meines Körpers begehrte ihn. Und wenn ich einmal mit ihm schlief, dann würde ich von diesem Verlangen erlöst und alles wäre gut.

Ich schüttelte den Kopf und rieb über meine Oberarme. Ich sollte endgültig mit der Vergangenheit abschließen und nicht länger zulassen, dass sie mein Leben bestimmte. Aidan war Jahre her. Ich war eine andere Frau, erwachsener, reifer und selbstsicherer. Zeit, ein neues Kapitel aufzuschlagen. Selbst wenn Adam nichts weiter als Sex von mir wollte, dann sollte ich damit umgehen können. Zu spüren, wie dieser Mann mich willenlos machen würde, wäre es wert.

Auf dem Rückweg wollte ich einmal um das Haus herumlaufen, in der Hoffnung, dass ein bisschen Bewegung meine Gedanken endgültig in eine andere Richtung bringen würde. Direkt um das Gebäude herum führte ein schmaler Kiesweg, der von kleinen Laternen ausgeleuchtet wurde. Ein leises Wimmern ließ mich stehenbleiben. Ich sah mich um, konnte aber nichts ausmachen. Ich lauschte angestrengt in die Nacht, doch außer dem Gesang der Zikaden war nichts zu vernehmen. Nur der Wind raschelte leise in den Bäumen. Als ich weiterging, knirschten die Kiesel unter meinen Schuhen. Nur zwei Schritte, dann löste sich ein schwarzer Schatten von der Hauswand und eine Katze schoss an mir vorbei.

Zitternd drückte ich eine Hand auf mein Herz und lachte nervös. »Eine Katze.« Dieses kleine Biest hatte mir einen ganz schönen Schrecken eingejagt. So schnell ich konnte, lief ich ins Haus und machte mich bettfertig. Mit dem Gedanken, dass ich einfach sehen wollte, wohin die Sache mit Adam mich führen würde, schlief ich ein. Wozu sollte ich mir länger den Spaß verderben? Ich würde von Anfang an mit dem Wissen an die Beziehung mit Adam herantreten, dass ich in zwei Wochen wieder abreisen würde.

Selbst wenn ich mich also in dieser Zeit in Adam verlieben würde, dann würden zwölf Stunden Autofahrt eine ernsthafte Beziehung zwischen uns unmöglich machen. Und noch ein Punkt unterschied diese Beziehung zu der mit Aidan; ich wusste von Anfang an, worauf ich mich einließ. Wenn es schief ging, und ich mich wieder mit gebrochenem Herzen in mich selbst zurückziehen würde, konnte ich nur einer Person die Schuld daran geben: mir.

In der Nacht schlief ich unruhig, weil mich auch im Traum Sorge, Angst und Begierde nicht losließen. Ich wurde kurz wach, mit dem Gefühl, jemand wäre in meinem Zimmer. Ich wusste nicht, ob ich das Knarzen der Holzdielen nur geträumt hatte, aber als ich die Dunkelheit mit meinen Augen durchsuchte, fand ich nichts. Ich hörte nur, wie sich vor meiner Tür Schritte näherten und dann wieder entfernten. Vielleicht war es jemand, der auf der Toilette war. Noch ehe ich weiter darüber nachdenken konnte, warum Alfred oder seine Frau nicht unten das Bad benutzten, war ich schon wieder eingeschlafen.

13. Kapitel

»Schmecken die Eier?«, wollte Adam schmunzelnd wissen. Sein Blick fragte mich aber etwas anderes. In dem loderte ein Feuer, das er von meinem Gesicht über meine Brüste, hinunter zu meinen nackten Beinen, die nur in blauen Seidenshorts steckten, schickte. Ich schluckte trocken und kniff meine Beine fester zusammen, um das Klopfen zwischen meinen Schenkeln abzuschalten.

Die Erinnerung an unseren heißen Kuss kehrte wieder und ich knabberte unsicher auf meinem Fingernagel. Ich hatte nicht geplant, dass Adam das auf schmutzige Gedanken brachte, aber das tat es wohl, denn er trat an meinen Stuhl heran, sein Kopf schnellte nach unten und er leckte mit seiner Zunge von einem meiner Mundwinkel zum anderen.

Als ich ihn erschrocken anstarrte, antwortete er lässig: »Ich wollte nur sehen, ob die Eier wirklich so gut sind, dass sie dir die Hitze in dein Gesicht treiben.«

»Und, was denkst du?«, sagte ich noch immer atemlos. Am liebsten würde ich ihn auch noch von dem Orangensaft und dem Kaffee kosten lassen.

»Viel besser, als ich gedacht habe.«

»Dann sollten Sie auch einen Teller essen!«, mischte sich Molly ein und sah so ungerührt aus wie immer. Obwohl, eigentlich wirkte sie heute irgendwie wütend und unausgeschlafen. Vielleicht war sie diejenige, die heute eine unruhige Nacht hatte?

Adam nahm neben mir Platz, sein Schenkel ruhte an meinem. Er nahm die Gabel in die eine Hand, die andere legte er auf meinen Oberschenkel, strich langsam nach oben und stoppte erst, als seine Finger fast meine erhitzte Mitte berührten. Ich versteifte mich und Adam lachte leise und auf eine erotische Weise auch bedrohlich.

»Mir gefällt, was du heute anhast.«

Molly räusperte sich, während sie Geschirr in die Spülmaschine räumte. In meinem Bauch schwirrte ein ganzes Bienenvolk, als Adams Finger noch ein winziges Stück weiter nach oben rutschten und gegen die kleine Perle stießen, die gerade zuckend erwachte. Meine Atmung ging flacher und ich warf Molly einen nervösen Blick zu. Sie stand noch immer mit dem Rücken zu uns. Sie konnte also nichts sehen. Mein Instinkt wollte sich Adams Fingern entgegendrängen und gleichzeitig seine Hand fortschieben, weil ich Angst hatte, Molly könnte entdecken, was wir hier gerade taten. Was Adam tat.

»Ich höre keine Gabeln, die über Porzellan kratzen«, gab Molly von sich. »Ich möchte mich jetzt nicht umdrehen, und etwas sehen, was der

Professor sogar gern gesehen hätte. Sofern es euch ernst mit der jungen Frau ist, Mr MacLeod.« Molly wandte sich in dem Moment um, in dem ich Adams Hand wegstieß. Doch Adam, dieser Halunke, grinste Molly frech und siegessicher an, so dass diese sofort gespielt missbilligend die Stirn in Falten legte. »Dachte ich es mir doch.«

Ich schob meinen Teller beiseite, trank meinen Kaffee mit einem Zug aus und stand auf. Ich würde der alten Frau nie wieder in die Augen sehen können. Als ich mit einem grimmigen Blick auf Adam die Küche verließ, klingelte es stürmisch an der Tür.

»Da hat es aber jemand eilig«, murmelte ich und ging, um zu öffnen, damit derjenige endlich den Finger vom Klingelknopf nehmen konnte. Ich riss die Tür auf, machte ein vorwurfsvolles Gesicht, das mir gleich wieder entglitt, als ich die Frau vor der Tür sah, die nervös von einem Bein auf das andere trat.

»Brauchen Sie eine Toilette?«, begrüßte ich sie unwirsch.

»Ist … ist Adam da?«, wollte sie wissen und überging wohl die Begrüßung, weil ich sie auch übergangen hatte.

Ich sah über die Schulter zurück und rief laut nach Adam, gab mir Mühe es gelangweilt klingen zu lassen, aber in Wirklichkeit krampfte mein Magen und mein Herz zog sich zusammen. Bestimmt war sie eins von Adams

Betthäschen. Ich musterte die Frau, sie sah südländisch aus, hatte aber nicht den ausgeprägten Dialekt der Italienerin, die zuletzt hier war. Trotzdem bestand eine gewisse Ähnlichkeit. Die langen dunklen Haare, die schlanke Figur, unglaublich erotische, schokoladenbraune Augen.

Als Adam sich näherte, wandte ich mich von der Tür ab, ohne ihn auch nur anzusehen, und ging betont gleichgültig die Treppen hinauf, um in die Galerie zu gehen. Ich hatte keine Lust zu hören oder zu sehen, was sich zwischen den beiden abspielte.

Ich arbeitete gerade an einem Landschaftsgemälde, das sehr alt wirkte. Die Hügel und der Wald im Hintergrund kamen mir bekannt vor. Vielleicht war der Wald dichter und bedeckte die Hügel noch weiter, als heute, aber ich war mir sicher, das Gemälde stellte dieses Grundstück dar. Nur das Haus sah noch etwas anders aus. Auf diesem Bild gab es nicht nur die zwei eckigen Türme an den Außenseiten des Mittelteils, sondern auch noch einen Turm in der Mitte, der die anderen beiden überragte. Wahrscheinlich war er irgendwann abgerissen worden.

Alfred trat ein und trug ein Tablett mit einer bauchigen Kanne und einer Tasse. »Ich dachte, ich bringe Ihnen etwas Tee.«

»Danke, Alfred. Stellen Sie es doch bitte dort auf die kleine Kommode!«

Alfred tat, worum ich ihn gebeten hatte, und blieb hinter mir stehen. »Diese Hose steht Ihnen gut, Mädchen.«

Ich sah ihn kurz an, dann tippte ich auf das Bild und ließ seine Bemerkung unkommentiert. Der alte Mann lebte eindeutig schon zu lange mit Adam unter einem Dach. Ich tippte auf das Bild vor mir. »Wo ist dieser Turm hin? Wissen Sie das?«

»Abgebrannt. Ich glaube, etwa um 1900. Ein Blitzeinschlag.«

»Wirklich schade, er sah hübsch aus«, murmelte ich mehr zu mir als zu Alfred. »Ist der Besuch wieder gegangen?«, fragte ich so beiläufig wie es nur ging, aber ich bezweifelte ernsthaft, dass Alfred das Zittern in meiner Stimme wirklich überhört hatte.

»Nein, Linda. Er hat sie mit auf sein Zimmer genommen.«

Ein Fausthieb traf mich im Magen. Ich schloss die Augen, atmete tief ein und brachte mich mit Gewalt wieder unter Kontrolle. Ich hatte gewusst, dass er so war. Und ich hatte eigentlich auch nicht damit gerechnet, dass er, nur weil er mich geküsst hatte, seinen Lebensstil ändern würde. Trotzdem schmerzte und enttäuschte es mich, zu wissen, dass er mich so schnell vergessen konnte, wenn eine andere an der Tür klingelte. Aber was hatte ich denn erwartet? Alles, was er von mir wollte, war Sex. Es war also nicht so, als würde er sich Sorgen um meine Gefühle machen, wenn er eine andere Frau mir vorzog.

»Er war nicht immer so. Es braucht nur die richtige Frau, um das zu beenden«, sagte Alfred und ging.

Ja, die richtige Frau, aber die war nicht ich. Wäre ich die Richtige, dann würde er jetzt nicht mit einer anderen die Dinge tun, die er in meiner Fantasie seit Tagen mit mir tat. Ich schluckte schwer, schüttelte den Kopf und machte mich wieder an die Arbeit. Die Gemälde Stück für Stück vom Zahn der Zeit zu befreien, würde mich entspannen. Nicht daran denken, was Adam gerade machte, betete ich mir vor.

Einige Minuten später, es konnte nicht viel Zeit vergangen sein, der Tee war noch lauwarm, betrat Adam den Raum. Ich gab mir Mühe ihn nicht zu bemerken, aber das war unmöglich. Mein Körper war sich seiner Anwesenheit mit jeder Faser bewusst. Mein Rücken kribbelte und ich nahm selbst die kleinste Bewegung, die er hinter dem Schreibtisch machte, wahr. Er war viel zu präsent, dass ich ihn hätte ignorieren können.

»Kann es sein, dass du so tust, als wäre ich Luft?«, wollte Adam wissen und seine dunkle Stimme ließ mich erschaudern.

Mein Magen zog sich zusammen und jagte ein Feuer über meine Arme. Verdammt, fluchte ich. Obwohl ich wusste, dass er eben mit einer anderen Frau zusammen war, brauchte es nur seine Stimme, um mich vor Verlangen erzittern zu lassen.

»Du ignorierst mich also. Auch gut.« Papiere raschelten. »Würdest du mir sagen warum?«

Wütend wandte ich mich zu ihm um. »Warum? Ich weiß nicht? Sag du es mir?«

Adam lächelte wölfisch. »Ich habe etwas falsch gemacht? Oder ich habe etwas nicht gemacht? Gib mir einen Tipp, bei euch Frauen weiß man nie, wie man dran ist.«

»Hah«, sagte ich sarkastisch. »Bei uns Frauen? Warte. Gestern hast du mir fast an der Wand einer Kirche die Klamotten vom Leib gerissen und heute verschwindest du mit der Nächsten in deinem Bett. Aber was rege ich mich eigentlich auf. Ich wusste ja, dass du einer von diesen Männern bist. Ach vergiss es einfach!«

Adam warf den Kopf in den Nacken und lachte laut auf. Ich kniff die Augen zusammen und schmiss ihm den Pinsel gegen die bebende Brust.

»Du bist eifersüchtig. Sagtest du nicht, du kannst mit Männern wie mir nichts anfangen?«

Ich schnappte verzweifelt nach Luft. »Eifersüchtig? Da ist es wieder dein übergroßes Ego. Auf was bitte sollte ich eifersüchtig sein? Diesen einen lächerlichen Kuss? Der war noch nicht einmal gut«, log ich und war mir der Hitze in meinem Gesicht bewusst. »Einen wie dich finde ich doch an jeder Straßenecke«, fügte ich noch hinzu, weil ich ihn so verletzen wollte, wie er mich. Aber er hatte mir ja nichts versprochen. Eigentlich hatte ich kein Recht dazu, wütend und enttäuscht zu sein.

»Es gefällt mir, dass du eifersüchtig bist. Es macht mich sogar heiß, aber ich sollte das wohl klarstellen. Wenn du dich also wieder beruhigt hast, interessiert es dich vielleicht, zu erfahren, dass sie nicht deswegen hier war.«

Ich runzelte die Stirn und sah Adam zweifelnd an. Da lag etwas in seinem Gesicht, das meine Wut schlagartig verrauchen ließ. »Was ist passiert?«, platzte es aus mir heraus.

»Sie sucht nach ihrer Schwester.«

»Die Italienerin von neulich?«, hakte ich nach und Adam nickte. Mit zusammengekniffenen Lippen und arbeitenden Wangenmuskeln wich er meinem Blick aus. Er wirkte so verstört, dass ich um den Schreibtisch herumtrat, mich auf den Rand des Tisches setzte und nach einer seiner Hände griff, um ihm zu zeigen, dass ich für ihn da war. Er sah verloren aus, wie er in dem Sessel saß.

»Sie ist schon die Dritte.«

»Und du hast mit jeder von ihnen geschlafen«, stellte ich mit mulmigem Gefühl fest. Aber ich war mir sicher, dass Adam nichts mit dem zu tun hatte, was diesen Frauen geschah. »Aber, vielleicht geht es ihr gut. Ich meine, keiner hat sie gefunden. Vielleicht ist sie nur zum nächsten Mann gezogen«, warf ich wenig hilfreich ein.

Adam sah zweifelnd zu mir auf, dann wechselte sein Gesichtsausdruck in etwas Dunkles. Er legte seine Hand auf mein nacktes Knie und streichelte mit seinem Daumen über die Innenseite. »Ich will nicht länger darüber nachdenken. Ich begehre dich so sehr, und dass du eifersüchtig warst, das macht mich so wahnsinnig an. Und ich könnte etwas Ablenkung wirklich gut gebrauchen, aber ich habe Angst. Was, wenn du die Nächste bist?«

Für einen Moment stolperte mein Herz. Nicht aus Furcht davor, dass ich die Nächste sein könnte, sondern wegen dem anderen, das er mit vor Erregung belegter Stimme gesagt hatte. Dann schüttelte ich den Kopf.

»Rede dir doch so was nicht ein. Ich bin sicher, das Ganze ist ein Zufall und hat gar nichts mit dir zu tun. Wie viele hübsche junge Touristinnen kommen schon täglich hierher nach Dunvegan. Es sind bestimmt nicht übermäßig viele und bei deinem Verbrauch ist es sicher kein Zufall, dass es ausgerechnet die Frauen trifft, mit denen du zusammen warst«, fügte ich mit einem Zwinkern an, musste mich aber zwingen, das mulmige Gefühl in meiner Magengrube zu unterdrücken.

»Wahrscheinlich hast du recht«, meinte Adam und seine Hand rutschte meinen nackten Oberschenkel hinauf und entflammte jeden Millimeter meiner Haut auf ihrem Weg. In seinen Augen funkelte es listig, als er mit seinem Sessel direkt vor mich rollte und seine Hände rechts und links meiner Knie auf den Schreibtisch legte.

»Wie war das noch mal? Der Kuss war nicht gut? Es hatte also nichts zu bedeuten, dass du unter meinen Händen vor Verlangen gebebt hast?« Er legte beide Hände auf meine Knie und drückte meine Schenkel langsam auseinander. Meine Brüste zogen sich sofort schmerzhaft zusammen und ich wurde feucht. Er sah von unten zu mir auf und ich schwöre, seine Augen waren vor Verlangen dunkelblau. Mit seiner Zunge leckte er über die Innenseite meiner Knie. Mein Unterleib schien erwartungsvoll zu vibrieren und ich stieß die Luft leise stöhnend aus.

»Adam …«, flüsterte ich. Er stand auf und stellte sich zwischen meine Schenkel, zog meinen Hintern bis an den Rand der Tischplatte. Schauer stürmten durch meinen Körper, als er seine Härte gegen meine Hitze drückte. Seine Hände legten sich um meine Taille und schoben das Tanktop, das ich heute trug, nach oben, dabei ließ er seine Finger über meine Brüste gleiten, die sich ihm verlangend entgegenstreckten. Ich seufzte und bog mich nach hinten. Adam warf das Top achtlos zu Boden und hielt inne, um mir heißglühend in die Augen zu sehen. Er strich mit seinen Fingern durch mein Haar.

»Es hat etwas von Feuer. Diese Farbe macht mich ganz irre. Immer wenn ich dich sehe, will ich diese Haare berühren und meine Nase darin vergraben. Es erregt mich, wenn du es offen trägst.«

Er nahm eine Strähne und sog tief ein, dann strich er sie zurück über meine Schultern, legte einen Arm um meine Taille, presste mich noch näher an seine Erektion und beugte seinen Oberkörper so über mich, dass ich mich nach hinten lehnen musste. Ich nahm eine Hand hinter meinen Rücken, um mich abzustützen.

Seine Lippen legten sich heiß auf meinen Hals und ich holte zitternd Atem. Er leckte meine Haut vom Schlüsselbein bis hinauf zu meinem Ohr. Dann saugte er mein Ohrläppchen. Ich hatte ja keine Ahnung, dass Ohrläppchen so empfindlich sein konnten. Mein Unterleib zog sich heftig zusammen und ich drängte mich Adams Männlichkeit stöhnend entgegen.

»Oh mach das noch mal«, wimmerte ich und rieb mich an ihm. Ich schlang meine Beine um seine Oberschenkel und verschränkte meine Füße hinter ihm, damit er mir nicht mehr entkommen konnte. Wenn ich je die Kraft dazu gehabt hatte, ihm zu entfliehen, dann war sie jetzt verschwunden, und er hatte mich noch nicht einmal geküsst.

Adam nahm mir meinen roten Seiden-BH so schnell ab, dass ich es erst merkte, als kühle Luft auf meine erhitzte Haut traf. Wenn es möglich war, verhärteten sich meine Brustwarzen noch mehr, als er mit seinen Daumen darüber rieb. Er knetete meine Hügel und lächelte zufrieden.

»Sie sind prall und schwer«, sagte er mit verschleiertem Blick. »Und viel größer, als ich fassen kann, das gefällt mir.« Er senkte seine Lippen auf eine meiner Warzen und saugte an meinem Nippel. Ich stieß einen überraschten Schrei aus.

Während Adam meine Brüste abwechselnd knetete, an den Nippeln saugte, sie mit seiner feuchten Zunge umtanzte und sanft hineinbiss, zerrte ich ihm ungeduldig sein schwarzes T-Shirt über den Kopf, um endlich diesen wundervollen Körper untersuchen zu können. Verblüfft hielt ich inne, als ich das Tattoo sah, das eine seiner muskulösen Brüste zierte, der keltische Baumkreis. Ich ließ meine Finger darüber gleiten.

»Du bist tätowiert.« Ich erforschte die durchtrainierten Rundungen seines Oberkörpers, die fest und gleichzeitig glatt und weich waren. Dann setzte ich meine Untersuchungen an seinem Bauch fort, der auf ein ausgeprägtes Sixpack verwies. Und dieses Dreieck, das sich von seinen Hüftknochen bis zum Bund seiner Jeans zog und darunter verschwand!

»Hmm«, machte Adam und küsste sich meinen Hals hinunter und knabberte an meinem Schlüsselbein.

»Ich mag es. Aber was ich absolut heiß finde, das ist dieses Piercing hier«, sagte ich und beugte mich zu seiner Brustwarze hinunter. Ein silbernes Stäbchen, das an beiden Enden eine kleine Kugel hatte, ging direkt durch seine Brustwarze hindurch. Ich hatte mich schon immer gefragt, wie es wäre, mit meiner Zunge an solch einem Piercing zu spielen. Es erregte mich ungemein. Adam auch. Er stöhnte auf.

»Jetzt reicht es mir. Meine Geduld ist am Ende, du musst diese Hose loswerden«, knurrte er und zerrte am Verschluss meiner Shorts. Ich kicherte und half ihm, indem ich meinen Hintern vom Tisch hochstemmte. Als ich von meiner Hose befreit war, mein Slip auch verschwunden war, blieb Adam wie erstarrt stehen und sah auf das hellrote Dreieck zwischen meinen Schenkeln. Er keuchte auf und schaute mich ungläubig an und in meiner Kehle bildete sich ein panischer Kloß.

»Du bist nicht nackt da unten«, sagte er. Das war keine Frage.

»Ich weiß«, sagte ich ängstlich, weil ich natürlich wusste, dass nackt dort unten die Frisur der Wahl war, aber ich hatte ja nicht damit gerechnet, dass ich Sex haben würde. Und eigentlich hatte ich nie darüber nachdenken müssen, ob ich mich rasieren sollte. Es war ja nicht so, dass es eine Menge potenzieller Partner gab. »Ist das falsch?«, fragte ich unsicher.

»Bist du verrückt? Das ist das Heißeste, was ich je gesehen habe. Ich hab mich schon gefragt, ob Schamhaare nur eine Erfindung von Hollywood sind.« Vorsichtig legte er eine Hand auf meinen Venushügel, seine Finger glitten durch meine feuchten Locken und seiner Kehle entrang sich ein bewunderndes Stöhnen. Seine andere Hand schlang sich um meinen Nacken und zog mein Gesicht näher an seins.

»Auch auf die Gefahr hin, dass dieser Kuss wieder nicht so gut ist, wie erwartet, ich muss dich einfach schmecken. Erst hier«, er tippte mit seinen Lippen sanft gegen meine, »dann hier.« Seine Hand zwischen meinen Schenkeln drückte noch fester zu.

»Ich denke, ich sollte das Risiko eingehen«, sagte ich heiser.

Adams Kuss war Feuer und Eis. Heiß und verlangend wie Lava. Kalt und begierig wie ein Schneesturm. Brennend und zugleich sanft wie Schneefall. Erst pressten sich seinen Lippen hart auf meine, dann wurden sie zärtlich und weich. Ich ergab mich seinem Ansturm und öffnete mich für ihn. Seine Zunge rang mit meiner, unsere Zähne stießen aneinander. Er schmeckte würzig nach Whisky und sein männlicher Duft lag in der Luft und vernebelte meine Sinne vollends. Ich vergaß, wo ich war, dass Alfred oder Molly jeden Moment hereinkommen könnten. Vielleicht interessierte es mich auch nicht. Alles was ich wollte, war, dass Adam mich in seinen Armen hielt. Mit jeder Liebkosung seiner Lippen steigerte sich meine Lust. Ich wimmerte leise und wünschte mir, dass Adam mich endlich erlöste.

Verzweifelt rieb ich meine geschwollenen Schamlippen an Adams Härte. Mit zittrigen ungeduldigen Fingern öffnete ich seine Jeans und zog sie soweit ich konnte hinunter. »Du trägst keine Unterhosen?«, bemerkte ich erstaunt, als Adam fand, er könnte mir ja helfen, seine störenden Hosen loszuwerden und aus ihnen herausstieg. Während ich ihn das fragte und er sich von seiner Jeans befreite, ließ ich nicht einen Augenblick seinen wirklich dicken Schaft aus den Augen, der bei jeder Bewegung auf und ab hüpfte. Waren alle Penisse so dick? Zumindest konnte ich mich nicht erinnern, so einen dicken Schaft schon einmal gesehen zu haben. Aber meine Vergleichsmöglichkeiten hielten sich ja auch in Grenzen.

»Nein, niemals.«

Mein Inneres zog sich heftig zusammen, bei der Vorstellung, dass er all die Tage nie Unterwäsche getragen hatte, auch nicht unter seinem Kilt? Oh mein Gott! Der Gedanke allein ließ mich noch feuchter werden.

Adam kam wieder näher, stellte sich zwischen meine Beine und ich griff seufzend nach seinem Schaft. Meine Finger reichten nicht ganz herum. Er fühlte sich weich und hart zugleich an und er pulsierte in meiner Faust.

Ich strich erst langsam daran auf und ab und als Adams Unterleib zuckte und er mit geschlossenen Augen stöhnte, beschleunigte ich meinen Rhythmus. Adams Atem ging schnell und flach und es machte mich an, dass ich so viel Macht über ihn besaß. Ich ließ meinen Finger um seine Eichel kreisen und verteilte einen Tropfen, der hervorgetreten war.

Ich schrie auf, als Adam das Gleiche mit mir machte. Mit zwei Fingern fuhr er durch meine heiße Scham und teilte die Lippen. Ein Finger tauchte in meine Feuchtigkeit ein, krümmte sich in mir und glitt wieder heraus. Dann umkreiste er meine vor Erregung pulsierende Klitoris. Flammende Blitze jagten von dort aus durch meinen Körper. Mir wurde heiß und kalt und ich bäumte mich auf.

»Das gefällt dir?« In seinen dunklen Augen blitzte etwas auf, dass die Lust, die sich darin spiegelte noch verstärkte. »Dann versuch mal das«, sagte er und kniete sich zwischen meine Schenkel. Er wollte doch nicht?

Mein Puls beschleunigte sich noch mehr. Nervös schaute ich auf den dunklen Schopf zwischen meinen Schenkeln. Oh Gott, er tat es wirklich! Er drängte sein Gesicht an meine Hitze. Ein kurzes Streichen seiner Zunge über das Zentrum meiner Lust. Ich keuchte erstaunt auf und zuckte zurück. Adam sah mit einer hochgezogenen Augenbraue zu mir auf, dann senkte er wieder den Kopf. Wieder ein Streich, diesmal stärker, ein vorsichtiges Umkreisen und wieder zuckte ich zurück, weil das Gefühl so intensiv war.

»Du bist empfindlich da unten«, stellte er erstaunt fest.

Ich nickte, biss mir auf meine Unterlippe und seufzte. »Ich bin noch nie geleckt worden«, stammelte ich.

Adam lachte heiser. »Dann wirst du gleich etwas Wundervolles erleben«, sagte er heiser, leckte sich genüsslich über die Lippen und richtete meinen Hintern am Rand der Tischplatte aus. Adams Zunge schnellte hervor und begann einen Tanz, der meinen Körper unter Strom setzte. Ich stöhnte und keuchte und ließ mich kraftlos nach hinten auf den Schreibtisch sinken. Ich wollte nicht, dass mein Unterleib sich verselbstständigte, aber ich konnte nicht anders. Ich hob mich ihm entgegen, als immer mehr Wellen der Lust sich in mir aufbauten. Alles war so intensiv und fühlte sich so viel besser an als in meiner Fantasie.

Adam saugte an meiner Perle, rieb mit seiner Zunge darüber und trieb mich immer weiter bis ich glaubte, die Lust würde mich zerreißen. Ich schrie auf, als mein Innerstes sich zusammenzog und ich von einem gewaltigen Orgasmus erschüttert wurde. Adam tauchte grinsend zwei Finger in mich und meine Muskeln umschlossen ihn und sogen an ihm. Zitternd und ohne Kraft blieb ich liegen. Ich hatte es mir oft selbst besorgt, aber das hier war anders, intensiver, heftiger - unglaublich.

»Das war ...«, stammelte ich noch immer atemlos, als Adam über mir auftauchte.

»Unglaublich? Der beste Kuss, den du je bekommen hast?«

Ich nickte und grinste Adam völlig befriedigt an. »Aber du hattest ...«

»Keinen Orgasmus? Ich weiß, hier gibt es keine Kondome. Aber das werden wir sofort nachholen.« Er lud mich auf seine Arme und trug mich in sein Schlafzimmer. Es war mir egal, dass wir beide nackt waren. Das Versprechen, das in Adams Augen lag, ließ mich schon wieder feucht werden. Ich wollte ihn unbedingt in mir spüren. Wollte wissen, wie sich Sex anfühlte, wenn das gegenseitige Verlangen so sehr knisterte, dass man die Funken schon fast sehen konnte. Mit Steven hatte ich auch Sex gehabt, aber nicht so. Nicht so, dass ich Blitze vor meinen geschlossenen Lidern gesehen hatte, dass jeder Muskel in mir vibriert hatte. Eben hatte ich eine Vorstellung davon bekommen, was Sex in den Augen anderer Frauen so toll machte. Wenn es immer so war, so verschlingend, so heftig und so weltverändernd, dann wollte ich in Zukunft mehr davon. Dieses erotische Erlebnis mit Adam hatte meine Meinung gehörig geändert und dabei hatten wir noch nicht einmal richtigen Sex.

14. Kapitel

Adam ließ mich auf sein King Size Bett fallen. Die schwarze Seide schmiegte sich kühl an meine erhitze Haut und ich seufzte genussvoll.

»Wenn ich dich zum Seufzen bringe, ohne dich überhaupt berührt zu haben, dann musst du zugeben, dass ich gut bin.«

Ich stülpte die Lippen vor und tat, als müsste ich darüber nachdenken. »Mr MacLeod, ich denke, Sie sind ganz passabel, aber diese Seide ist unbezahlbar.«

Bedrohlich langsam kroch Adam über mich, sein Penis zu voller Größe angeschwollen. In seinen Augen blitzte es gefährlich und ich hielt nervös den Atem an, so sexy sah er aus in diesem Moment. »Du glaubst also, die Seide kann dich genauso zum Schreien bringen, wie ich es gerade getan habe?« Er senkte seine Lippen auf meine Brustwarzen und ließ seine Zunge darum gleiten. Mehr brauchte es nicht, um sie hart werden zu lassen. Ich bäumte mich ihm entgegen.

»Ich denke, sie wird deine Bemühungen erheblich unterstützen«, keuchte ich und stieß einen leisen Schrei aus, als Adam sanft in meine Knospe biss. Die Erregung packte mich mit gleicher Intensität, wie nur Minuten zuvor.

Adams Zunge glitt über meine Brust, hinauf zum Schlüsselbein, an meinem Hals verweilte er, saugte an mir und küsste sich dann weiter zu meinem Mund. Der Kuss, der jetzt folgte, war nicht sanft. Er spiegelte Adams Verlangen wider und dieses war gewaltig. Fast brutal nahm er sich von mir, was er brauchte. Grob drang seine Zunge in mich ein, und diese rohe Gewalt erregte mich mehr, als alles, was ich kannte. Ich schmiegte mich an ihn, schlang meine Finger um seinen Nacken und wollte in diesem Kuss ertrinken. In meinem Magen flatterten Millionen Schmetterlinge und schickten von dort Schauer durch meinen ganzen Körper. Feuchtigkeit quoll aus meiner pulsierenden Hitze, traf auf die kühle Luft in Adams Schlafzimmer und schürte mein Verlangen ins Unermessliche. Ich hatte das Gefühl zu schweben und zu zerbersten, wenn ich nicht endlich Erlösung fand.

Adams Finger streichelten zärtlich über meinen Körper, glitten zu meinen Schenkeln und öffneten mich für ihn. Er legte sich über mich, sein Schaft traf auf mein vor Erregung vibrierendes Geschlecht. Begierig rieb ich mich an ihm. Nach dem langen Vorspiel auf dem Schreibtisch wollte ich ihn jetzt nur noch in mir spüren. Ich rieb meinen Unterleib schneller und drängender über seinen harten Penis und stöhnte laut auf, als sich das Verlangen in mir immer weiter aufbaute.

Adam keuchte und wich vor mir zurück. »Noch nicht.« Er schob sich weiter über mich, um an den Nachttisch auf der anderen Seite des Bettes zu kommen. Als seine Erektion vor meiner Nase wippte, leckte ich mir über die Lippen. Ich wollte ihn kosten, so wie er mich gekostet hatte. Vorsichtig ließ ich meine Zungenspitze über seine Eichel gleiten. Ein klarer Tropfen war hervorgetreten und ich leckte ihn auf. Er war salzig, kein bisschen unangenehm. Ich stülpte meine Lippen um Adams Spitze und Adam stöhnte auf. Sein Körper zitterte und er blieb ganz still über mir knien.

»Linda ...«

Ich verstand das als Einverständniserklärung und hob meinen Kopf an, um meinen Mund über seine ganze Länge gleiten zu lassen. Ich saugte an ihm und ließ meine Zunge wieder um seine Eichel kreisen. Mir gefiel es sehr gut, Adam so zu berühren, was für mich völlig unerwartet war. Und deswegen erstaunte es mich und erfreute mich. Ich ließ meine Lippen weiter an Adams Härte auf und ab gleiten. Adams kehliges Stöhnen und das Zucken seiner Hüften, dass er so auf mich reagierte, steigerte meine eigene Begierde.

Adam entriss mir seinen Penis ruckartig und richtete sich über mir auf. Sein Blick war vor Verlangen verschleiert, pure Ekstase und sexuelle Gier stand in seinem Gesicht.

»Eine Sekunde«, sagte er atemlos, riss die Verpackung des Kondoms auf, das er aus seinem Nachttisch gefischt hatte und schob sich das Gummi hastig über seine Härte. »Tut mir leid, aber das war es mit dem Vorspiel«, sagte er, arbeitete sich an mir herunter, packte meine Oberschenkel und drang mit einem kräftigen Stoß in mich ein. Erschrocken keuchte ich auf und starrte Adam wohl entrüstet an, denn er sah besorgt auf mich herunter.

»Habe ich dir wehgetan?«

Ich schüttelte den Kopf und wartete, bis ich mich an das neue Gefühl des Ausgefülltseins gewöhnt hatte. Adams Penis war so dick, dass ich glaubte, noch ein wenig mehr und es würde mich zerreißen. Aber es fühlte sich großartig an, ihn so stark in mir zu spüren. Dann bewegte ich vorsichtig meine Hüften, um ihm zu zeigen, dass ich bereit war.

Adam zog sich langsam aus mir zurück. Ich legte meine Hände auf seinen knackigen Hintern und drängte ihn wieder in mich. Mit langsamen Stößen begann Adam, sich in mir zu bewegen. Mit geschlossenen Augen genoss ich die Reibung in meinem Inneren. Ich spannte mich enger um ihn und begann mich in meinen Bewegungen Adams Rhythmus anzupassen.

»Du bist unglaublich eng und feucht, Linda. Ich muss mich tiefer in dir versenken. Bitte sag, dass das okay ist!«

Ich nickte und hob mein Becken seinem entgegen. Klatschend traf Haut auf Haut und ein süßer Schmerz breitete sich in meinem Unterleib aus. Erneut erfasste mich Erregung und Verlangen und ich versuchte, meine Hüften so auszurichten, dass Adams Schaft mit jedem Stoß über meine geschwollene Klitoris rieb. So stürmisch wie er in mich stieß, so küsste er mich auch. Ich lechzte nach seinen Küssen, die so wundervolle Erregung in mir auslösen konnten. Ich wollte mit ihm verschmelzen, ihn so eng an mich ziehen, dass ich ihm unter die Haut kriechen konnte.

Verzweifelt klammerte ich mich an ihm fest. Und in dem Moment, wo der Höhepunkt mich überwältigte, mein Innerstes beben ließ und mich verbrannte, zersplitterte auch mein Herz und eine einsame Träne rann meine Wange hinunter. Denn mir wurde bewusst, was dieses alles verzehrende, drängende, schmerzhafte und doch auch überwältigende Gefühl in meiner Brust bedeutete.

Ich hatte mich in Adam MacLeod verliebt. Einen Mann, der nie genauso empfinden würde für mich. Für den es in ein paar Tagen keinen Grund mehr gab, mich länger in seiner Nähe zu dulden. Alles, was ich mir eingeredet hatte, um es mir zu gestatten, einmal die Nähe dieses Mannes zu spüren, waren nur Lügen gewesen. Ich würde genauso leiden wie damals. Nein, ich würde noch schlimmer leiden, denn ich empfand für Adam mehr als für irgendjemanden zuvor.

Adam versenkte sich ein letztes Mal in mir, dann erstarrte er über mir und ich konnte ihn in mir zucken spüren. Ich saugte seinen erotischen Anblick auf, um ihn tief in mir abspeichern zu können. Dann konnte ich mir einreden, dass es den Schmerz wert war, weil ich in den Armen dieses unglaublichen Mannes hatte den tollsten Sex überhaupt erleben dürfen.

Adam rollte sich von mir herunter und blieb neben mir liegen. Er atmete noch immer angestrengt. Ich war ermattet und herrlich befriedigt und noch immer rollten winzige Wellen durch meinen Unterleib. Meine Oberschenkelmuskeln zitterten. Ich würde ihnen nicht trauen, wenn ich jetzt aufstehen müsste.

Wortlos stieg Adam aus dem Bett und ging durch eine schmale Tür, die ich erst jetzt bemerkte. Wasser rauschte, kurze Zeit darauf kam Adam zurück und lächelte auf mich herab.

Er legte sich wieder neben mich und ich wartete, was jetzt passieren würde. Ich hatte keine Ahnung, was man im Allgemeinen nach erschütterndem Sex tat. Sollte ich gehen? Ein Kloß drückte auf meine Kehle und in meiner Brust saß ein schmerzhafter Stachel. Ich entschied mich für Gehen. Das war meiner Meinung nach das Naheliegendste, wenn man mit einem Mann wie Adam zusammen war. Kuscheln war da sicher nicht gefragt.

Ich schob meine Beine über den Rand des Bettes, als sich ein Arm um meinen Bauch legte und mich zurückzog.

»Wo willst du hin?«

Ich vermied es, ihn anzusehen, damit er den Schmerz nicht sehen konnte. »Ich dachte, ich geh in mein Zimmer.«

»Warum?«, fragte Adam und zog mich zurück auf die Matratze und schloss seine Arme um mich.

Unsicher schmiegte ich mich mit meinem Rücken an seine Brust. »Weil ich annahm, dass Kuscheln bei einem Macho nicht zum Sex gehört.«

Adam lachte und drückte mich noch fester an seine Brust. »Du hast recht. Ich schlafe nie mit einer Frau zusammen in einem Bett. Selbst wenn ich hier Sex mit ihr hatte, dann gehe ich spätestens, wenn sie eingeschlafen ist.«

»Dann soll ich bleiben, und hier schlafen, damit du dich dann rausschleichen kannst?« Jetzt wandte ich mich doch zu Adam um und starrte ihn mit gerunzelter Stirn an. »Wozu soll das gut sein? Ist es da nicht besser, wenn ich gleich rübergehe?«

Adams Finger streichelten über mein Schlüsselbein. Seine Augen waren auf meinen Hals geheftet. »Stimmt, aber irgendwie habe ich heute Lust auf kuscheln. Vielleicht möchte ich später noch eine Ausnahme machen und ein zweites Mal mit dir schlafen.« Ich versteifte mich. Hatte er das wirklich gesagt?

»Aber du hast doch gesagt, du schläfst nie ein zweites Mal mit einer Frau.«

»Und du hast gesagt, du würdest dich nie auf einen Mann wie mich einlassen.« Er lachte mich schief an und dieses Lachen schoss mir sofort wieder zwischen meine Schenkel. Ich fluchte innerlich. Gerade hatte dieser Mann mich zwei Mal bis zum Himmel und wieder zurückkatapultiert und ich bekomme schon wieder Lust auf ihn. Ich war definitiv verloren.

»Ich sollte weiterarbeiten«, sagte ich ausweichend. Es fühlte sich wirklich traumhaft an, in seinen Armen zu liegen, von ihm gestreichelt zu werden und in die Tiefen dieser eisblauen Augen zu schauen, aber ich durfte ihn nicht noch näher an mich heranlassen. Ich stand auf und zog die Tagesdecke mit mir. Ich wickelte mich in die Patchworkarbeit ein und flüchtete ohne einen Blick zurück in mein Zimmer.

15. Kapitel

Ich versuchte wirklich, Adam aus dem Weg zu gehen, und nachdem er mehrmals in die Gemäldegalerie geplatzt war, mich schweigend beobachtet hatte, wie ich ihn ignorierte, gab er es auch auf und fuhr in die Brennerei. Ich war erleichtert, als er das Haus verließ und ich nicht mehr von dem Gefühl verfolgt wurde, dass er in meiner Nähe war. Mein Rücken hatte die ganze Zeit über gekribbelt. Jetzt konnte ich mich etwas entspannen und mich besser auf meine Arbeit konzentrieren. Um weiterarbeiten zu können, musste ich erst einmal nach dem Pinsel suchen, den ich nach Adam geworfen hatte.

Als ich den Raum nach unserem kleinen Zwischenspiel wieder betreten hatte, war meine Kleidung verschwunden. Ich nahm an, Molly, die unermüdliche Fee dieses Anwesens, hatte sie weggeräumt.

Ich sah auf dem Schreibtisch nach, unter meinen Arbeitssachen, aber den Pinsel konnte ich nicht finden. Ich ging auf die Knie und kroch unter den Schreibtisch, aber da war auch kein Pinsel. Unter dem Tisch hockend überlegte ich, wie ich den Pinsel geworfen hatte und wohin er gefallen sein könnte. Ich krabbelte zur Fensterfront hinter Adams Arbeitsbereich, aber auch hier lag er nicht. Wahrscheinlich hatte

Molly ihn aufgeräumt. Ich würde sie fragen müssen. Ohne diesen Pinsel konnte ich nicht weiterarbeiten. Als ich wieder auftauchte, fiel mein Blick auf ein leuchtend hellblaues Seidenhöschen, dass auf dem Tisch lag und vorhin noch nicht dort gelegen hatte. Wo war es plötzlich hergekommen?

Ich hob es an, es war keins von meinen Höschen, aber darunter lag mein gesuchter Pinsel. Verwirrt sah ich mich um. Ich lief auf den Korridor, aber niemand war zu sehen. Vielleicht war Adam wieder zurück und wollte mich ärgern. Nur warum glaubte er, mir die Unterwäsche einer anderen Frau unter die Nase zu reiben, wäre eine gute Idee?

Eine Faust bohrte sich in meine Brust. Ich schüttelte den Kopf und stapfte mit der fremden Wäsche in der Hand die Treppen nach unten. Adam war nicht da. Niemand schien im Haus zu sein. Ich rief nach Molly, suchte nach Alfred und bekam keine Antwort. Wo waren alle und wo kam dieses Höschen plötzlich her? Vielleicht hatte eine von Adams Gespielinnen es dagelassen und Molly war davon ausgegangen, dass es meins wäre. Aber warum hatte sie es dann nicht in mein Zimmer gelegt?

Ich ging um die breite Treppe herum, weil ich Geräusche aus dem Keller hörte. Ein leises Wimmern, dann ein Stöhnen. Mein Herz gefror vor Panik. Gerade eben hatte Adam noch mit mir geschlafen und jetzt vernaschte er eine andere im Keller? Ich wollte umkehren, die Treppen hinaufrennen und mich in meinem Zimmer einsperren. Aber etwas zog mich weiter auf die Tür zu.

»Suchen Sie nach mir?«, hörte ich eine Stimme hinter mir.

»Molly, da sind Sie ja. Ich hab Geräusche im Keller gehört.«

»Im Keller? Ich denke nicht. Da unten ist niemand. Vielleicht kamen die Geräusche aus unserem Zimmer.« Molly zeigte auf die Tür neben der Kellertür. »Manchmal schaut Alfred etwas zu laut fern. Er ist eben nicht mehr der Jüngste.«

Erstaunt zog ich die Brauen hoch. Möglich, dass ich mich geirrt hatte. Die Türen lagen eng nebeneinander, aber schaute der alte Mann Pornos? Ich verkniff mir ein verschämtes Lächeln. Die arme Molly.

Da Molly mich noch immer anstarrte, als hätte ich versucht, zu schnüffeln, trat ich von der Kellertür weg, schloss sie und ging zur Vordertür heraus, um mir ein wenig die Füße zu vertreten und, um nach Adams Auto zu sehen.

Es stand weder in der Garage, noch in der Auffahrt. Adam war unterwegs. Vielleicht sah Alfred wirklich fern. Alter Lüstling, dachte ich ein weiteres Mal. Hinter mir knackten Steine unter Autoreifen, ich wandte mich um. Aber nicht Adam kam zurück, sondern die Polizei.

Verwundert wartete ich, bis das Auto direkt vor der Eingangstür stehen blieb. Vier Polizisten stiegen aus dem Wagen. Zwei jüngere Männer, die mich lächelnd musterten, eine Frau mittleren Alters mit fabelhafter Figur in der dunklen Uniform. Und ein untersetzter älterer Herr, der etwa fünfzig sein musste.

Dieser Mann kam direkt auf mich zu, zog seinen Hut vom Kopf und hielt mir seine Hand zur Begrüßung hin. »Benson. Und Sie sind?«

»Sands, Linda«, sagte ich genauso knapp unter zusammengekniffenen Augen. Der Herr schien mir recht mürrisch.

»Ist Adam MacLeod im Haus?«

»Nein, er ist in die Brennerei gefahren.«

»Am Wochenende?«, wollte die Frau wissen.

»Ja.«

»Was machen Sie hier?«

»Professor MacLeod hat mich kommen lassen.«

»Ach, die Restauratorin«, meinte die Polizistin und grinste. »Zumindest fallen Sie nicht in das Beuteschema von Adam. Seien Sie froh.«

Ich wollte erst richtigstellen, dass ich sehr wohl in Adams Beuteschema passte, aber ich schwieg lieber.

Die Tür wurde von innen aufgerissen und Adam stand im Eingang. Erschrocken starrte ich ihn an. Dann wandte ich mich wütend von ihm ab. Hatte ich mir doch gleich gedacht, dass Alfred zu alt für Pornofilme war. Wahrscheinlich war sogar er mit dem Auto unterwegs und Molly wollte nur nicht, dass ich sah, was im Keller passierte. Mein Herz drohte zu zerspringen vor Eifersucht und Enttäuschung. Mir wurde ganz übel.

»Adam MacLeod, wir würden uns gerne auf dem Revier mit Ihnen unterhalten.«

»Schon wieder«, stöhnte Adam gelangweilt.

»Es gibt eine weitere Vermisste und nach unseren Informationen, waren Sie der Letzte, der sie lebend gesehen hat.«

Adam kam die Stufen hinunter und hielt eiskalt lächelnd auf den Streifenwagen zu. »Dann wollen wir mal«, sagte er und stieg ein.

Die zwei jüngeren Beamten nahmen rechts und links neben Adam Platz. Er sah mich durch die Frontscheibe hindurch an, doch gerade konnte ich kein Mitleid mit ihm empfinden. Nein, ich war so wütend auf ihn, dass es mir Freude bereitete, zu sehen, wie der Polizeiwagen mitsamt Adam vom Anwesen fuhr. Als das Auto verschwunden war, sah ich an mir herunter. Ich hielt noch immer das fremde Höschen in meiner Hand. Wütend warf ich es in den Müll in der Küche. Sollte diese Unbekannte doch nach ihrer heißen Einlage im Keller ohne Unterwäsche nach Hause gehen.

Ohne etwas zu dem zu sagen, was eben passiert war, setzte Molly mir mein Abendessen vor. Haggis, das Gericht der Schotten schlechthin. Ich hatte viel davon gehört, aber es noch nie gegessen. Das würde sich also heute ändern. Haggis bestand aus im Schafsmagen gekochten Nieren, Leber, Herz und Hafer. Und genauso eklig, wie es sich anhörte, so sah es auch aus. Aber wie immer, machte es mir meine Erziehung unmöglich, abzulehnen. Also überwand ich mich, wenigstens ein paar Bissen zu essen. Zum Glück war das Haggis sehr stark gewürzt, sodass der Geschmack etwas von der Schärfe überlagert wurde.

Etwa eine Stunde später wusste ich, warum der schottische Autor Paul Harris über das Rezept schrieb: »Das folgende Rezept ist nichts für Zartbesaitete!« Mein Magen rebellierte so heftig, dass ich fluchtartig unter meiner Bettdecke verschwand und mir von Alfred Kamillentee bringen ließ.

»Sie sehen nicht gut aus«, murmelte der alte Mann und hielt meine Haare zurück, während ich mich in einen Plastikeimer übergab. Er blieb einige Zeit an meinem Bett sitzen und hielt meine Hand oder tupfte meine Stirn, die von kaltem Schweiß überzogen war. Als seine Frau kam, um meinen Mageninhalt zu entsorgen, warf sie ihm einen grimmigen Blick zu. Wahrscheinlich war sie wütend, weil er seine Arbeit für mich liegen ließ.

»Gehen Sie ruhig. Sie müssen nicht neben mir sitzen«, sagte ich gequält. Alfred nickte unsicher. Manchmal hatte ich das Gefühl, dass er sogar ein wenig Angst vor seiner Frau hatte.

Irgendwann ging meine Übelkeit in Schüttelfrost über, zwischendrin schlief ich immer mal wieder ein, übergab mich, fror oder schwitzte. Oder stöhnte unter den schlimmsten Magenschmerzen, die man sich vorstellen konnte.

»Haggis ist nicht jedermanns Sache«, sagte Adam. Er war in der Tür stehen geblieben, die Arme vor der Brust verschränkt und sah mich reglos an. Trotz meiner Wut auf ihn und der Magenkrämpfe war ich froh, dass die Polizei ihn hatte gehen lassen. Adam war vielleicht ein Frauenheld, aber kein Mörder. Er wirkte müde und erschöpft. Die Polizisten hatten ihn einige Stunden festgehalten. Er sagte nichts, also hakte ich auch nicht nach.

»Dabei wollte ich morgen abreisen«, sagte ich stattdessen und legte so viel Gleichgültigkeit, wie ich unter diesen Umständen aufbringen konnte, in meine Stimme.

»Du bist schon fertig?«, fragte er erstaunt und richtete sich auf. Er machte einen Schritt in das Zimmer und steckte beide Hände in seine Hosentaschen. Trotzdem konnte ich sehen, dass seine Finger blau waren. Man hatte ihm Fingerabdrücke abgenommen. Wenn es überhaupt möglich war, drehte sich mein Magen noch mehr um. Adam sah mich mit diesem eiskalten Blick an und ich fröstelte.

»Nein, aber es ist besser, wenn ich gehe. Nach dem, was heute war.«

Adam zuckte lässig mit den Schultern. »In dem Zustand bestimmt nicht.« Dann wandte er sich ab und schlug die Tür laut hinter sich zu.

Ich schluckte schmerzhaft und ließ mich in die Kissen zurücksinken. So gerne ich von Adam fortkommen wollte, ich würde es kaum aus dem Zimmer schaffen. War er nur erschöpft vom Verhör bei der Polizei oder war er so abweisend, weil er von mir bekommen hatte, was er wollte. Ich schluchzte und kämpfte gegen die Tränen, aber ich konnte sie nicht aufhalten. Ich hatte geahnt, dass es so sein würde. Und ich hatte mich trotzdem darauf eingelassen. Aber wem wollte ich etwas vormachen? Die Wut und Frustration zerfraßen mich. Meine Magenverstimmung war nichts dagegen.

Mein Handy vibrierte neben mir auf dem Nachttisch. Ich griff danach in der Annahme, dass meine Großmutter mir eine Nachricht geschickt hatte. Es war nicht Alice. Jemand hatte mir ein Video geschickt. Ein Video in dem zu sehen war, wie Adam einer Frau ein leuchtend hellblaues Seidenhöschen auszog und es dann in die Potasche seiner Jeans steckte. Ich konnte das Gesicht der Frau nicht sehen, aber Adam erkannte ich genau. Ein Strick wand sich um meinen Brustkorb. Ich suchte nach der Nummer, von der aus das Video geschickt wurde, aber dort stand nur anonym. Mein Herz raste vor Panik. Hatte Adam das geschickt? Nur warum sollte er das tun? Wer sonst sollte es geschickt haben? Das bedeutete, er filmte sich beim Sex mit den Frauen. Ein stummer Aufschrei entrang sich meiner Kehle.

Zum ersten Mal seit ich hier war und von den Morden gehört hatte, kamen mir Zweifel an Adam. Nackte Angst kroch meine Wirbelsäule hinauf und lähmte mich für einige Sekunden. Ich wollte nicht glauben, dass Adam schuld am Tod der Frauen war, aber was, wenn doch? Reichte so ein Video, um Adam als Mörder zu verurteilen? Auch jemand anders konnte es gemacht haben. Eigentlich hatte ich keine Lust, das herauszufinden. Ich wollte nach Hause. Sofort. Angsterfüllt stieg ich aus dem Bett, kaum stand ich, brach ich auch schon auf dem Boden zusammen. Mit einem lauten Krachen fiel mir das Handy aus der Hand.

»Wo willst du hin?« Adam sah mich zornig an. Hatte er vor der Tür gestanden? Mit zwei Schritten kam er zu mir, packte mich grob unter den Armen und zerrte mich zurück ins Bett. »Ich sagte doch, dass du das Bett nicht verlassen kannst. Du siehst aus, als wärst du halb tot.« Sein Tonfall war noch immer eisig. Trotzdem griff er nach der Kanne mit Tee und goss mir eine Tasse ein.

»Mein Handy«, sagte ich mit zitternder Stimme. Ich versuchte, mir meine Furcht und Verwirrung nicht anmerken zu lassen und hoffte, er würde das Zittern auf meine körperliche Schwäche schieben. Und ich konnte Adam nicht ansehen, denn dann sah ich ihn mit dieser anderen Frau. War sie die, die ich im Keller vor Lust wimmern gehört hatte? Wie konnte ich, nachdem ich eben dieses Video bekommen hatte, noch eifersüchtig sein?

Hier stimmte etwas nicht. Frauen, die mit Adam geschlafen hatten, starben. Jemand schickte mir Seidenhöschen und Sexvideos dieser Frauen. Und nun stand ich auch auf der Liste, der potenziellen Opfer, denn ich hatte ja meine Finger nicht von Adam lassen können.

Adam hob das Telefon auf, warf einen missmutigen Blick auf das Display und legte es auf den Nachttisch. »Das Display ist zerbrochen. Es funktioniert nicht mehr.«

Ich nippte an dem Tee und ließ Adam dabei aber nicht aus den Augen. Es fiel mir schwer, in ihm einen Mörder zu sehen. Trotzdem gab es einiges, das für seine Schuld sprach. Auch wenn ich es bis vor Stunden noch nicht als Beweis betrachtet hatte, jetzt sah ich es anders. Adam hatte mit allen Opfern geschlafen. Auf dem Video steckte er sich das blaue Höschen in die Tasche seiner Jeans. Und wie durch ein Wunder lag es plötzlich auf dem Schreibtisch, unter dem ich gerade herumgekrochen war. Und das Video selbst war auch nicht außer Acht zu lassen. Schon allein die Tatsache, dass es existierte, machte Adam verdächtig. Hatte Adam nur darauf gewartet, dass ich mit ihm geschlafen hatte, um mit seinem perversen Spiel beginnen zu können? Mein Magen krampfte abermals. Ich drückte eine Hand dagegen und verzog das Gesicht.

Plötzlich war Adam bei mir, nahm mir die Teetasse aus der Hand und hob mich aus dem Bett.

»Was tust du?«, fragte ich panisch und wand mich in seinen Armen.

»Ich nehme dich mit rüber in mein Zimmer.«

»Was?« Nein! Ich zappelte noch mehr. Wenn er mich mit in sein Zimmer nahm, hatte ich keine Chance, hier wegzukommen. Aber ich hatte sowieso kaum eine Chance. Zumindest nicht mehr heute. Mein Handy war kaputt und mitten in der Nacht dort draußen herumzulaufen, war auch keine Option. Was, wenn Adam doch nicht der Ripper war und ich ihm da draußen in die Arme laufen würde?

Adam umfasste mich stärker und ich hörte auf, mich zu wehren. Erst einmal konnte ich nichts unternehmen, als hoffen, dass Adam unschuldig war. Immerhin hatte die Polizei ihn gehen lassen. Das hieß doch, er war unschuldig?

Adam ließ mich unsanft in sein Bett fallen und ich stöhnte auf, weil sich mein Magen dabei schmerzhaft zusammenzog.

»Du kannst mein Bad benutzen, wenn du ... du weißt schon. Deswegen habe ich dich in mein Zimmer geholt. Hier ist der Weg kürzer.«

Er wies mit dem Kopf zur schmalen Tür in der Ecke. »Und denk nicht dran, das Zimmer zu verlassen«, brummte er. »Ich bin gegenüber und arbeite noch etwas.«

»Warte«, krächzte ich schwach, weil sich schon wieder Übelkeit durch meine Eingeweide rollte. »Was sagt die Polizei?« Ich fragte nicht aus Mitleid mit Adam, nur aus Interesse. Ich musste wissen, ob ich diese Nacht neben einem Mörder verbringen musste. Ich könnte ihn nach dem Video fragen. Aber würde er mir gestehen, es geschickt zu haben, wenn er es war? Es wäre wohl besser, ich behielt es erst mal für mich, zumal mein Handy kaputt war und ich keine Beweise mehr hatte.

»Nicht viel. Sie besorgen sich einen Durchsuchungsbeschluss. Ich habe ihnen gesagt, dass ich nichts zu verbergen habe. Sie können das Anwesen gerne sofort durchsuchen. Es gibt keine Beweise gegen mich. Nur die Tatsache, dass ich Sex mit den Frauen hatte.« In meiner Brust zog sich etwas zusammen. War es die unberührte Art, wie er das sagte? »Sex zu haben ist in diesem Land noch kein Verbrechen.«

Ich nickte gespielt verständnisvoll und ließ mich zurück in die Kissen sinken. Sie dufteten nach Adam und ungewollt atmete ich tiefer. Adam grinste. Er hatte bemerkt, was ich da getan hatte.

»Du verlässt nicht dieses Zimmer«, betonte er noch einmal und ging dann.

Verzweifelt versuchte ich, eine Lösung für mein Dilemma zu finden. Aber es gab keine. Ich war zu schwach, um zu fliehen. Und Adam würde mich niemals gehen lassen.

Ich musste eingeschlafen sein, denn als ich aufwachte, lag Adams Arm über meinem Bauch und sein Gesicht auf meiner Schulter. Jemand klopfte aufgeregt gegen die Tür. Es war Alfred.

»Mr MacLeod! Wachen Sie auf! Die Polizei steht vor der Tür.«

Ich stieß Adam erschrocken in die Seite. Er sah wunderschön aus im Schlaf. Seine Gesichtszüge waren vollkommen entspannt. Ich konnte nicht glauben, dass dieser Mann der Ripper sein sollte. Aber ich hatte begründete Zweifel. Und war ich denn verrückt? Der Mann neben mir schlief und unten wartete die Polizei. Wenn ich jemals eine Chance hatte, hier wegzukommen, dann jetzt.

Langsam hob ich Adams Arm von meinem Körper. Er machte ein protestierendes Geräusch, dann schlug er die Augen auf. Ich fluchte innerlich. Das Klopfen hatte ihn nicht geweckt, mein Stoß in seine Seite auch nicht. Aber dass ich seinen Arm anhob, ließ ihn die Augen öffnen!

Er griff nach meinem Arm, um mich zurückzuhalten. »Wie geht es dir?«

»Besser«, sagte ich knapp. »Die Polizei ist da.«

»Aye, wieso auch nicht«, murmelte er, stand auf und schnappte sich seine Jeans.

Vorsichtig kroch auch ich aus dem Bett. Ich wollte auf keinen Fall schwach wirken, indem ich schwankte. Adam würde mich sonst nie gehen lassen. Irgendwann in der Nacht musste er mir mein Schlafanzugoberteil ausgezogen haben. Ich trug eins seiner Shirts. Adam musterte mich lächelnd. »Steht dir wirklich gut.« Er warf einen Blick auf meine Oberschenkel. »Ein bisschen zu lang vielleicht.«

Ein Blitz zuckte durch meinen Unterleib. Vor mir stand vielleicht ein Serienmörder und ich wollte am liebsten meine Beine um seine Taille schlingen und mich wie eine rollige Katze an ihm reiben.

»Du hast mich ausgezogen? Warum?«, fragte ich stattdessen zornig.

»Gestern hat es dir noch gefallen, von mir ausgezogen zu werden.« Er sah mich an und in seinen Augen brannte das Verlangen. Gänsehaut bildete sich auf meinen Armen. Ich hätte nicht sagen können, ob aus Furcht oder weil mich sein dunkler Blick erregte.

Adam machte einen schnellen Schritt auf mich zu und schloss mich in seine Arme. Sein Blick bohrte sich in meinen. »Ich bin noch nicht fertig mit dir.« Ich fröstelte. Adam ließ mich los und ging aus der Tür.

So schnell ich konnte, ging ich in mein Zimmer und packte meine Sachen in meinen Koffer. Ich ärgerte mich über mich selbst, weil ich so wenig Vertrauen in Adam hatte. Und zugleich drängte es mich, meinen Koffer noch schneller zu packen. Ich konnte in London darüber nachdenken, ob Adam ein Mörder war oder nicht. Aber warum schmerzte mich die Vorstellung, ihn nie wieder zu sehen so sehr? Ich schluckte den Kloß in meiner Kehle herunter. Tränen brannten in meinen Augen und Verzweiflung überkam mich. Und ich stellte fest, dass ich eigentlich nicht wusste, warum ich es so eilig hatte zu gehen. Weil Adam vielleicht ein Mörder war? Oder weil meine Empfindungen für ihn außer Kontrolle geraten waren?

Ich wollte mein kaputtes Handy einpacken, aber es lag nicht auf dem Nachttisch. Wo war es hin? Hatte Adam es versteckt? Was, wenn er gelogen hatte und es doch nicht kaputt war. Was, wenn er nur verhindern wollte, dass ich ihm entkam? Oder Molly hatte es entsorgt. Bestimmt war es Molly, redete ich mir ein.

Ich ließ meinen halb gepackten Koffer stehen und ging nach unten, um Molly nach dem Handy zu fragen. Ich brauchte zumindest die SIM-Karte. Und vielleicht könnte man es sogar reparieren? Unten liefen mehrere Beamte durch das Haus. Sämtliche Türen standen offen, auch die zum Keller. Aufgeregte Stimmen waren von überall her zu vernehmen. Alfred stand neben Adam im Vorraum zum Wohnzimmer und Molly kam aus der Küche. Als sie mich die Treppe herunterkommen hörte, drehte sie um und kam wenig später mit einer Tasse Tee zurück.

»Trinken Sie das!«, befahl sie und sah noch grimmiger aus als sonst. Adam wirkte angespannt und um seine Augen und Mundwinkel herum hatten sich Fältchen gebildet, als wäre er in den letzten Minuten um Jahre gealtert. Er tat mir fast leid. Wütend über mich selbst schüttelte ich den Kopf. Er ist vielleicht ein Mörder, rief ich mir selbst in Erinnerung.

Ich warf einen Blick in das Wohnzimmer. Zwei Männer in Uniformen rissen Schränke auf, warfen Bücher und Papiere auf den Boden und schoben Möbel umher. Ja, doch, ich hatte Mitleid mit Adam. Während ich meinen Tee trank, überlegte ich mir, wie ich es am besten anstellen konnte, möglichst mit den Polizisten das Anwesen zu verlassen. Am unauffälligsten wäre, ich würde vor ihnen gehen. Aber dazu musste ich mir erst ein Taxi rufen. Ich schielte nach dem Telefon, das auf einer Kommode neben mir hätte stehen sollen. Es war nicht da. Wo war es hin? Verzweifelt überlegte ich, ob ich noch irgendwo eines gesehen hatte.

»Sobald das hier vorbei ist, lasse ich dich von Alfred nach Hause fahren«, sagte Adam mit einer Kälte in der Stimme, die ich körperlich spüren konnte. Ich rieb mir über die Oberarme und sah zu Adam auf, doch der stand nur mit den Händen in seinen Hosentaschen und noch immer nacktem Oberkörper da und sah mit verkniffenem Gesichtsausdruck zu, wie Fremde sein Haus auf den Kopf stellten. Beim Anblick seiner nackten Brust flackerten Erinnerungen in mir auf; daran, wie zärtlich er gewesen war und daran, wie fordernd er sein konnte. Ich dachte an den Geschmack seiner Haut, den seiner Lippen, an seinen männlichen Duft und seine Augen, die mich liebevoll angesehen hatten, während er in mir war. Meine Nervenenden brannten und ich sehnte mich nach seinen Berührungen. Heftig schluckend sah ich weg und nickte bestätigend.

Er ließ mich gehen. Adam war vielleicht manchmal kalt und abweisend und sein Umgang mit Frauen war alles andere als vorbildhaft, aber könnte er wirklich zu solchen Taten fähig sein? Innerlich schüttelte ich den Kopf. Auch wenn sich schon jetzt ein Knoten in meinem Magen bildete, bei der Vorstellung, dass ich ihn gleich verlassen würde, ich war erleichtert hier wegzukommen. Ich war jetzt eine der Frauen, die mit Adam geschlafen hatten. Und ich wollte es nicht darauf ankommen lassen, das nächste Opfer zu sein. In London wäre ich besser aufgehoben.

Nachdem die Polizei jeden Winkel des Anwesens durchsucht hatte und sich selbst die Brennerei vorgenommen hatte, packte ich meine Sachen fertig und ging mit meinen Koffern in der Hand die Stufen hinunter, wo Adam auf Alfred einredete. In meiner Brust zog es und ich atmete schwer. Ich hatte geahnt, dass der Abschied mir nicht leicht fallen würde. Adam sah mich an, als ich vor ihm stehen blieb, aber wenn ich irgendeine Reaktion von ihm erwartet hatte, denn lag ich falsch. Da war nichts in seinem Gesicht. Nur die Müdigkeit und Anspannung und selbst die versuchte er zu verbergen.

Er hielt mir eine Hand hin, ich griff danach. Die Berührung durchfuhr mich wie ein Stromschlag, der als Flattern in meinem Magen endete. In meinen Augen brannte es, also wich ich seinem Blick aus, weil er nicht sehen sollte, dass mir der Abschied wehtat. Er ließ mich gehen? Würde der Ripper das auch tun? Ich wollte so sehr, dass er unschuldig war. Trotzdem hatte ich Angst vor ihm. Ich musste hier weg.

»Wegen der nicht fertig gewordenen Gemälde, mach dir keine Gedanken! Vielleicht magst du noch mal wiederkommen, wenn das hier vorbei ist. Oder du lässt es einfach«, fügte er noch an.

»Auf Wiedersehen, Adam«, sagte ich heiser. Alfred nahm meine Koffer und ging voraus. Vor dem Haus wartete schon eine dunkle Limousine. Vielleicht ein Mercedes? Ich hatte keine Lust nachzusehen. Es interessierte mich einfach nicht. Adam öffnete mir eine der hinteren Türen und ich stieg ein, ohne ihn noch einmal anzusehen.

16. Kapitel

In London erwartete mich eine Zusage eines kleinen Museums, für das ich schon während meiner Ausbildung hin und wieder gearbeitet hatte. Die Arbeit würde zwar nicht besonders gut bezahlt werden, aber immerhin konnte ich hier die erwartete Erfahrung sammeln, die die großen Museen haben wollten. Mit der Zusage und meinen Koffern in der Hand stieg ich die wenigen Stufen zu meinem kleinen Apartment hoch.

Ich ließ die Koffer in dem winzigen Flur stehen, machte fünf Schritte ins Wohnzimmer und ließ mich auf das Sofa fallen. Mit geschlossenen Augen stöhnte ich genüsslich auf. Zuhause. Mit jedem Atemzug entspannten sich meine Muskeln mehr. Ich verdrängte die Highlands aus meinem Kopf und mit ihnen auch Adam. Nach einem langen Bad ließ ich mich in mein Bett sinken und schlief bis zum nächsten Morgen durch.

Bevor ich zu meiner neuen Arbeitsstelle ging, um alles Wissenswerte zu klären, telefonierte ich mit meiner Großmutter, erzählte ihr von dem Anwesen, den Gemälden und allen anderen unwichtigen Kleinigkeiten und verschwieg Adam und die Morde.

»Ich hoffe, du hast deine Arbeit gewissenhaft erledigt«, sagte sie mit dem mahnenden Ton, den sie schon in meiner Kindheit immer angeschlagen hatte. Ich konnte sie förmlich vor mir sehen; die langen grauen Haare zum Dutt aufgesteckt. Ein dunkles, vornehmes Kostüm am schlanken Körper und die Miene finster und berechnend. Ich schauderte.

»Ich habe wie immer mein Bestes gegeben«, antwortete ich und rollte mit den Augen. Wie hätte ich schlechter als das sein können? Schließlich hatte sie dafür gesorgt, dass alles zu geben mir ins Blut übergegangen war. »Ich habe eine Anstellung«, warf ich ein. Nicht um Lob oder Anerkennung zu ernten. Vielleicht aber auch doch. Nur wusste ich, dass das nie geschehen würde. Alice wäre nie zufrieden. Mit nichts, was ich tat. Aber unsere Beziehung war nicht nur deswegen nicht besonders gut. Sondern auch, weil ich keinen Menschen kannte, der weniger kalt und beherrscht war als sie.

Sie hatte mich als Kind nie in die Arme genommen. Die meiste Zeit hatte sie mich nicht einmal angesehen. In einem so emotionslosen Heim aufzuwachsen, hatte mich schwer getroffen. Aber jedes Mal, wenn ich in den Spiegel sah, wusste ich, warum sie es nicht über ihr Herz brachte, mich anzusehen oder zu lieben. Weil ich aussah wie meine Mutter, ihre Tochter. Was ich also an mir liebte, das hasste sie von

Herzen. Ich war stolz darauf, meiner Mutter so ähnlich zu sein, und sie verabscheute mich dafür, weil ich in ihr noch mehr Leid hervorrief. Als ich endlich ausgezogen war, einigten wir uns stumm darauf, unseren Kontakt auf ein Minimum zu begrenzen. Ein Minimum hieß, ich rief sie an oder besuchte sie an ihrem Geburtstag.

»Wo ist diese Anstellung?«, wollte sie wissen.

»Im Brown Museum of Art.«

»Das kleine unbedeutende, für das du schon gearbeitet hast?«

Unbedeutend. Sie konnte es nicht lassen. »Ja, das unbedeutende«, sagte ich zähneknirschend. »Es ist vielleicht klein und unbekannt, aber ich werde dort Erfahrungen sammeln können, die ich brauche, um bekanntere Stellen auf mich aufmerksam zu machen.«

»Sieh nur zu, dass du dort nicht festsitzen bleibst!«

»Das werde ich«, sagte ich knapp und legte auf. Es war gesagt, was zu sagen war. Die nächsten Wochen würden wir nicht mehr miteinander sprechen. So war es immer. Auch, wenn wir uns nicht gestritten hatten. Ich war ganz froh über unser Übereinkommen. Ich konnte mit ihr genauso wenig anfangen, wie sie mit mir.

»Ich habe gehört, ich sehe dich jetzt öfters«, begrüßte Tom mich im Museum. Er stand auf einer Leiter und brachte gerade ein Werbebanner für eine geplante Ausstellung an. Tom war etwa in meinem Alter. Er hatte dunkelbraunes Haar, war eher drahtig als dünn und er sah recht gut aus. Wenn ich hier einen Auftrag hatte, dann hatte er immer mit mir geflirtet. Und ich hatte nichts dagegen. Ihn jetzt zu sehen, erinnerte mich an Adam und ich drückte den Kloß, der sich in meinem Hals bilden wollte, mit Gewalt herunter.

»Ja, so sieht es aus«, antwortete ich so heiter wie möglich. Tom sah nach unten und warf mir ein warmes freudiges Lächeln zu.

»Ich freue mich schon drauf. Vielleicht können wir unsere Pausen gemeinsam im Bistro gegenüber verbringen«, sagte er zwinkernd. Ich spürte die Hitze in mein Gesicht schießen, nickte knapp und beeilte mich, in das Büro des Direktors zu kommen. Tom hatte so eine Art an sich, die mich immer verunsicherte. Aber ich mochte ihn und seinen ehrlichen offenen Charakter.

Im Büro war ich in zehn Minuten fertig. Mein erster Arbeitstag wäre erst in einem Monat. Das war noch etwas hin, aber ich würde schon eine Beschäftigung finden, die mich von den Ereignissen auf der Isle of Skye ablenken würde.

Als ich aus dem Büro kam, stand Tom lächelnd vor mir. »Welch ein Zufall, ich habe gerade Pause«, sagte er und grinste breit. Ein wirklich hübsches Grinsen, dachte ich. Aber nicht so hübsch, wie das, das Adam hin und wieder einmal gezeigt hatte. Ich schüttelte die Erinnerungen ab und sah Tom strahlend an, auch wenn mir eigentlich nicht so zumute war. Aber ich brauchte etwas Zerstreuung.

»Welch ein Zufall, ich habe gerade Zeit«, gab ich lächelnd zurück.

»Na dann wollen wir mal.« Tom hielt mir seinen Arm hin und ich hakte mich ein. »Du bist natürlich eingeladen.«

»Was ist das für eine Ausstellung auf dem Banner?« Ich nippte an meinem Tee. Ich traute meinem Magen noch immer nicht ganz über den Weg, weswegen ich es lieber magenfreundlich anging.

»Die Darstellung von Engeln im Wandel der Jahrhunderte, eine Wanderausstellung«, sagte Tom knapp. »Also, wann komme ich zu dem Vergnügen, dich regelmäßig in meiner Nähe zu haben?«

»In einem Monat.«

»Dann werde ich anfangen, die Sekunden zu zählen.« Er zwinkerte mir zu.

»Was macht eigentlich deine Frau«, fragte ich, um ihn davon abzuhalten, mir noch mehr dieser heißen Blicke zuzuwerfen.

»Welche Frau?«, fragte er unschuldig. »Ach, du meinst meine Exfrau? Wie der Zufall so will, ich bin frei für dich.« Er legte mir seine Hand auf meine und sah mir tief in die Augen.

»Lass das!«, sagte ich gespielt entrüstet. »Hast du denn noch nie von dem eisernen Gesetz gehört?«

Er hielt mir seine mit Schokoladentorte beladene Kuchengabel vor die Nase und ich lehnte ab. »Mein Magen ist gerade nicht in bester Stimmung.«

»Welches Gesetz?«, hakte er nach.

»Das, das Beziehungen unter Arbeitskollegen verbietet.«

»Nein, noch nie gehört. Und selbst wenn es das gäbe, könnte mich nichts davon abhalten, es bei einem Mädchen wie dir zu versuchen.« Tom schob sich die Gabel selbst in den Mund und stöhnte genüsslich. »Dir entgeht was.«

Wir plauderten noch einige Minuten und mir gefiel die lockere Stimmung zwischen uns. Ich freute mich, bald mit ihm zusammenzuarbeiten. Vielleicht wurden wir ja Freunde. Ich konnte wirklich einen Freund gebrauchen. Es wäre schön, wenn ich jemand hätte, der zur Abwechslung auch mal nett zu mir war. Da ich mich immer nur auf mein Studium konzentriert hatte, hatte ich nie die Gelegenheit Freundschaften zu schließen.

Mein nächster Weg führte mich zum Anwalt des Professors. Tatsächlich hatte Mr Ferguson sich in meiner Abwesenheit um alles gekümmert. Das Geld war schon zwei Tage nach meiner Abreise auf meinem Konto eingegangen.

Wieder öffnete mir eine leicht verschnupfte Mrs Ferguson. Ihr Kostüm des Tages war lemongrün, eine Farbe die ich nie würde tragen können, aber ihr stand sie. »Ms Sands?«, sagte sie erstaunt. Ihr Blick glitt wie schon beim ersten Mal über meine Kleidung; einem schwarzen Bleistiftrock und einer dazu passenden kurzen Jacke.

»Ich würde gerne kurz mit Ihrem Mann reden, wenn das möglich wäre.«

»Haben Sie einen Termin?«

Ich sah an ihr vorbei auf die Tür des Büros und kniff die Lippen zusammen. »Leider nicht, aber es ist wirklich wichtig.«

»Eigentlich geht das nicht ohne Termin.« Ms Ferguson zog entrüstet über meine Frechheit die Nase kraus.

»Ich verspreche, es dauert nur fünf Minuten.«

»Dann kommen Sie schon rein. Ich sehe nach, ob er Zeit hat, Sie zu empfangen.«

»Danke, Mrs Ferguson«, sagte ich freundlich, auch wenn mir nicht danach war.

Mr Ferguson hatte Zeit und er empfing mich gewohnt fröhlich und zuvorkommend. »Ms Sands, welche Überraschung. Ich hoffe, es ist Ihnen gut ergangen in Schottland.«

Gut war es mir nicht ergangen, ich hatte immer noch mit meinen Gefühlen für Adam zu kämpfen. Ich sehnte mich nach ihm, seinen Küssen, seinen Berührungen. Und ich fürchtete mich davor, den Fernseher anzuschalten oder die Zeitung aufzuschlagen und zu erfahren, dass Adam MacLeod der Ripper von Dunvegan war. Manchmal dachte ich sogar, dass es vielleicht besser wäre, wenn er es wäre, weil ich dann mit ihm abschließen konnte. Zumindest redete ich mir das ein. Und wenn ich das nicht tat, dann verdrängte ich jeglichen Gedanken an Adam und sperrte damit auch die Enttäuschung darüber aus, dass es ihn nichts auszumachen schien, dass ich wieder abreiste. Er hatte vollkommen ungerührt gewirkt.

»Ja, es war sehr nett«, sagte ich ausweichend. »Ich muss Ihre Zeit auch nur kurz beanspruchen.«

»Nein, nein. Schon in Ordnung. Lassen Sie uns einen Tee trinken!« Mr Ferguson wartete meine Antwort gar nicht erst ab. Er ging um seinen Schreibtisch herum und rief seiner Frau durch die Sprechanlage hindurch zu, dass wir gerne Tee hätten. Tief in mir drin lächelte ich diebisch, als ich mir das erboste Gesicht von Mrs Ferguson vorstellte.

»Setzen wir uns!«, wies er an und zeigte auf die Sessel vor dem warmen Kamin. Er sortierte ein paar Unterlagen, während wir auf seine Frau warteten. Als sie uns wieder verlassen hatte, legte er die Akte auf seinem Schoß ab und nahm einen Schluck vom dampfenden Tee. Dann stellte er die Tasse wieder auf dem Tisch ab und seufzte. »So, dann wären wir jetzt soweit. War etwas nicht zu Ihrer Zufriedenheit?«

»Oh, nein. Alles in Ordnung. Ich bin nur gekommen, um Sie zu bitten, einen Teil des Geldes zurückzunehmen. Ich konnte die Arbeit leider nicht beenden. Es gab ein paar ...« Ich zögerte. Was sollte ich eigentlich sagen? Der Sohn des Professors steht unter dem Verdacht, ein Serienmörder zu sein? »Es gab ein paar Komplikationen. Ich musste unvorhergesehen abreisen. Es wäre nicht richtig, das ganze Geld zu behalten.«

»Adam hat Sie doch gut behandelt?«, wollte der Anwalt mit hochgezogenen Augenbrauen wissen.

»Ja, er war sehr ... nett.« Und ich glaube auch nicht, dass er der Ripper ist, fügte ich in Gedanken an. Hätte er mich sonst gehen lassen? Wäre er der Ripper, wäre er seinem bisherigen Vorgehen doch treu geblieben und hätte auch mich getötet, nachdem ich mit ihm geschlafen hatte.

»Ms Sands. Der Professor war sehr genau in seinen Anweisungen. Egal wie sich die Sache entwickeln würde, er wollte, dass Sie das Geld bekommen. Also behalten Sie es und betrachten es als eine Investition in Ihre Karriere von Ihrem Professor.«

»Aber«, setzte ich an, doch Mr Ferguson schüttelte energisch den Kopf.

»Ich werde es nicht zurücknehmen. Es gehört Ihnen.« Er sah mich ernst an und sein Blick sagte, dass er keine weitere Diskussion duldete. Verlegen nippte ich an meinem Tee. In meinem Magen grummelte es laut und ich schrak zusammen. Mr Ferguson überhörte das Geräusch höflich und trank seinerseits Tee. Vielleicht wurde es Zeit, ein wenig zu essen. Seit ich Schottland verlassen hatte, hatte ich nichts anderes als Tee und eine dünne Suppe.

Ich trank meine Tasse aus und akzeptierte mit einem etwas unbehaglichen Gefühl, dass ich das Geld wohl behalten musste. Vielleicht würde ich einen Teil davon dem Museum spenden, dann würde ich mich besser fühlen.

Als ich endlich nach Hause kam, wartete in meinem Briefkasten eine Paketbenachrichtigung. Ich stutzte, weil ich mir nicht vorstellen konnte, wer mir ein Paket schicken sollte und bestellt hatte ich auch nichts. Ich klingelte bei meiner Nachbarin, die mir ein kleines Päckchen übergab. Meine Suche nach einem Absender war vergebens. Ich nahm das Päckchen mit und stellte es erst mal auf dem Wohnzimmertisch ab. Mit meinem Einkauf ging ich in die Küche, denn mittlerweile war der Hunger ziemlich drängend geworden. Ich spürte schon leichte Übelkeit und ein wenig schwindelig war mir auch.

Ich öffnete die Mikrowelle und stellte eine Fertiglasagne hinein. Während ich wartete, kochte ich einen Schwarztee und sah durch das Küchenfenster in das trübe Londoner Grau hinaus.

Den anstürmenden Schmerz und die Tränen, die sich in meinen Augen sammelten schluckte ich hinunter. Ich würde nicht zulassen, dass die Sehnsucht nach Adam mich überwältigte. Was, wenn er ein Mörder war?, redete ich mir ein. Das war der einzige Gedanke, der mich davon abhielt, nicht vor Selbstmitleid zu zerfließen. Ich nagte am Nagel meines kleinen Fingers und atmete erleichtert auf, als die Mikrowelle ihr wohlbekanntes Bing ertönen ließ. Ich öffnete die Tür, der Geruch von Majoran und Gewürzen stieg mir entgegen und sofort antwortete mein Magen mit einem erwartungsvollen Knurren.

Ich ging ins Wohnzimmer zurück, ließ mich auf mein Sofa sinken und griff nach der Fernsehfernbedienung. Genervt schloss ich die Augen und stöhnte, dann legte ich die Fernbedienung wieder zur Seite. Lieber doch keine Nachrichten. Ich nahm einige Löffel von der Lasagne und stellte fest, dass diese, obwohl ich wirklich Hunger hatte, nicht schmeckte. Und das lag nicht an der Lasagne. Es lag an mir und der Starre, die mich ergriffen hatte.

So sehr ich auch versucht hatte, Adam von mir wegzuschieben, es ging nicht. Nicht bei ihm zu sein, fraß mich innerlich auf. Ich atmete tief ein, um ihn zu riechen, aber sein Geruch war nicht hier. Nichts konnte mich wärmend einhüllen, konnte dieses Bedürfnis nach seinem männlichen Duft stillen. Ich musste mir eingestehen, er fehlte mir und ich war süchtig nach ihm. Und ich hatte gewusst, dass das passieren würde.

Frustriert stellte ich meinen Teller auf den Tisch und nahm das Paket. Aus dem Stiftehalter vor mir zog ich eine Schere und ritzte das Klebeband um das Päckchen herum auf. Neugierig öffnete ich den Karton und erstarrte. Mein Herz schlug einen Salto und raste dann wild in meiner Brust. Ich konnte meinen Puls im ganzen Körper pochen spüren.

Im Karton lag mein Höschen. Das rote Seidenhöschen, das ich an dem Tag getragen hatte, an dem Adam mit mir geschlafen hatte. Das Höschen, das er mir in der Gemäldegalerie auf dem Schreibtisch von meinen Hüften gezerrt hatte. Ich nahm es heraus und hielt es einen ungläubigen Moment lang fest. Bilder durchfluteten mich: Adams nackte Brust und meine Zunge, die mit seinem Piercing spielte und über sein Tattoo leckte. Seine Finger, die die harten Knospen meiner Brüste reizten. Sein begieriger Mund, der mich auf der Schreibtischplatte zum Höhepunkt getrieben hatte. Ich schauderte.

In dem Paket lag noch etwas. Eine DVD und mein kaputtes Handy. Ich nahm die DVD heraus, betrachtete die Hülle, aber sie war nicht beschriftet. Trotzdem machte sich ein flaues Gefühl in mir breit. Mit zitternden Händen öffnete ich die Hülle, ging hinüber zum DVD-Player und schob die CD ein. Meine Atmung ging zitternd vor Panik und in meinen Ohren rauschte es. Ich atmete zwei Mal tief ein, bevor ich den Fernseher anschaltete und mein Herz einen schmerzhaften Sprung gegen meine Rippen machte. Ich verlor die Kontrolle über mich.

Heiße Tränen rannen über meine Wangen, die Fernbedienung landete geräuschvoll auf dem Boden und alles um mich herum schien davonzurasen. Meine Schränke, meine Wände, die Türen zu Küche und Schlafzimmer. Nur der kleine Röhrenfernseher raste auf mich zu. Erst mein eigenes Stöhnen, das keuchend aus den Lautsprechern kam, riss mich zurück in die Gegenwart. Auf der DVD war ich mit Adam zu sehen. Meine Finger hatten sich in sein dunkles Haar gekrallt und sein Kopf steckte zwischen meinen Schenkeln.

Fassungslos starrte ich auf den Bildschirm. Ich war unfähig, mich zu bewegen oder zu denken. Dann verschwand das Bild, flackerte, wurde kurz schwarz und die nächste Szene schockierte mich noch mehr. Ich schämte mich mehr als irgendwann zuvor in meinem Leben. Da stand ich, im Flur des Anwesens. In der Nacht nach dem Ball und beobachtete Adam mit den zwei Blondinen. Wieder flackerte das Bild und die nächste Sequenz zeigte mich in meinem Bett in Adams Nachbarzimmer. Meine Hände waren beide unter der Decke verschwunden, mein Gesicht war erhitzt und mein

Blick gläsern. Ich stieß einen leisen Schrei aus, als ich kam. Mit meinem Orgasmus endete das Video und der Fernseher blieb schwarz.

Völlig apathisch durchwühlte ich den Karton, aber er war leer. Kein Hinweis darauf, wer mir diese Sachen hatte zukommen lassen. Nur ein kleines Post-it haftete an der Unterseite der CD-Hülle – eine Internetadresse. Mit wild klopfendem Herzen hastete ich in mein Schlafzimmer, schnappte mir meinen Laptop vom Schreibtisch und während ich damit zurück in das Wohnzimmer kehrte, fuhr das in die Tage gekommene Gerät hoch. Die drei Minuten, die es ungefähr brauchte, um betriebsbereit zu sein, vergingen wie Stunden. Ich hielt den kleinen Zettel in der Hand, meine Beine wackelten nervös und ich zerbiss mir fast die Unterlippe. Eigentlich brauchte ich diese Seite gar nicht aufrufen, die Adresse sagte ohnehin schon, was ich dort finden würde; www.highland-secrets.net ließ nicht allzu viel Platz für Fantasie.

Aber als die Internetseite dann auf dem Display erschien, verschlug es mir nicht nur die Sprache, sondern auch den Atem. Ich wurde von einer Welle der Übelkeit ergriffen und sämtliche Härchen auf meinem Körper stellten sich auf. Die Seite war recht einfach gehalten. Ein wenig kannte ich mich mit Webdesign aus und dies war ein fertiger Blog eines Anbieters, für den man keine weitere Erfahrung brauchte.

Ein neuer Artikel, ein neues Video waren in Sekunden für alle Besucher der Seite bereitgestellt. Und das neueste Video auf Highland Secrets zeigte Adam und mich beim Sex.

Ich schluchzte panisch auf und blinzelte die Tränen aus meinen Augen, die mir die Sicht auf das Display versperrten. Schockiert arbeitete ich mich durch die Blogbeiträge der letzten Tage; Adam mit mir, Adam mit der Italienerin, Adam mit den Blondinen, Adam mit einer Frau, die ich nie gesehen hatte ... Mehr schaffte ich nicht. Völlig aufgelöst brach ich einem Nervenzusammenbruch nahe auf dem Sofa zusammen und schluchzte endlos lang in mich hinein. Ich konnte es nicht fassen, es fühlte sich so unwirklich an, aber da war ein Sexvideo von mir im Internet. Ich würde nie wieder auf die Straße gehen können. Die blanke Verzweiflung packte mich und hielt mich in ihren grausigen Krallen gefangen.

Es dauerte eine Weile, bis ich mich aufraffen konnte und mein Verstand wieder in Gang kam. Ich musste mir nicht die Frage stellen, wer das getan haben konnte. Ich wusste es. Nur warum tat er das den Frauen an? Nein, über das Warum nachzudenken, würde mich nicht weiterbringen. Ich musste zur Polizei. Aber das würde bedeuten, völlig fremden Menschen Einblick in mein Intimleben zu gewähren. Bebend holte ich Luft. Das würde die schlimmste Sache sein, die ich je tun musste. Nein, dieses

Sexvideo von mir im Internet zu sehen, war die schlimmste Sache überhaupt.

Ich schüttelte die Starre von mir ab und scrollte ans Ende der Seite. Kein Impressum, stellte ich fest. Das wäre ja auch zu einfach gewesen. Trotzdem hätte ich Adam als deutlich intelligenter eingeschätzt. Er musste doch wissen, dass diese Videos und diese Seite ihn als Täter überführen würden. Nicht darüber nachdenken, erinnerte ich mich wieder. Zur Polizei zu gehen, war jetzt das Wichtigste. Vielleicht konnte ich so einen weiteren Mord verhindern. Mein eigenes Schamgefühl musste ich jetzt hinten anstellen.

Wie in Trance stand ich auf, schloss meinen Laptop, packte die DVD, das Post-it, mein Handy und meinen Slip wieder in das Päckchen. Bei meinem Slip zögerte ich eine Sekunde und überlegte, ob sie den wirklich benötigen würden. Aber was machte mein Höschen jetzt schon noch aus. Ich war im Internet, nackt und für jeden sichtbar.

Es fiel mir schwer, meine Schuhe anzuziehen, mir ein Taxi zu rufen und die Wohnung zu verlassen. Meine Beine brauchten meine ganze Aufmerksamkeit, um überhaupt einen Schritt nach dem anderen bewältigen zu können. Jedes Mal, wenn ich überlegte, was ich den Beamten sagen sollte, und wenn ich mir vorstellte, wie sie sich die Videos ansahen, dann wollte ich am liebsten wieder umkehren. Nur der Gedanke, dass dort draußen Leben in Gefahr waren, ließ mich die Übelkeit herunterschlucken und mich Stufe für Stufe nach unten kämpfen.

Ich legte meine Hand auf den Knauf der Haustür, als ein heller Blitz durch mein Hirn fuhr und ich glaubte, mein Schädel würde explodieren. Ein Tuch wurde mir auf Mund und Nase gedrückt und ein scharfer Geruch vernebelte meinen Verstand.

17. Kapitel

Alles um mich herum war dunkel, undurchdringliche Finsternis. Es ruckelte leicht und ich war mir sicher, dass ich im Kofferraum eines Autos lag. Ich stöhnte und versuchte nach irgendetwas zu treten, aber ich war an Händen und Füßen verschnürt wie ein Paket. Welche Ironie, überlegte ich. Erst schickte Adam mir ein Paket und jetzt war ich sein Paket. Ich versuchte zu schreien, aber der Knebel, der so fest auf meine Mundwinkel drückte und in meinem Mund saß, schluckte jegliche Geräusche, die ich hätte von mir geben können.

Adam musste vollkommen irre geworden sein. Zugegeben, ein Mann der Frauen umbrachte und verstümmelte, war ohnehin verrückt. Aber warum ließ er mich erst nach Hause fahren, schickte mir dann belastende Hinweise, um mich kurz darauf wieder zu entführen? Das ergab keinen Sinn. Wieder wand ich mich und versuchte irgendwie auf mich aufmerksam zu machen, als das Auto stehenblieb. Mein Schädel hämmerte schmerzhaft bei der Anstrengung und ich glaubte, mir war auch schwindlig. Leider konnte ich nur von meinem Befinden her darauf schließen, denn ich konnte ja nicht sehen, ob sich alles um mich herum drehte.

Ich musste weggedämmert sein, denn als ich das nächste Mal, aufwachte, lag ich nicht mehr im Kofferraum eines Autos. Keuchen und Stöhnen hatten mich geweckt. Ich blinzelte den Schleier vor meinen Augen weg und versuchte mich zu bewegen. Meine Hände waren noch immer gefesselt, aber meine Beine konnte ich bewegen. Etwas Unebenes und Hartes drückte gegen meinen Rücken. Ich blinzelte noch einmal und versuchte mich zu orientieren.

Ich war an eine Wand gefesselt. Vor mir standen Computermonitore. Der eine Monitor zeigte Adam und mich. Diesmal konnte mich das Video nicht mehr schockieren. Ich wusste, dass es existierte. Lass dir was Neues einfallen, dachte ich wütend. Der andere Monitor war in mehrere Bilder unterteilt und er zeigte sämtliche Zimmer des MacLeod-Anwesens. Einer der Ausschnitte wurde größer und trat in den Vordergrund, als Adam die Galerie betrat. Alfred folgte ihm.

»Molly hat Ihnen eine Flasche Gin mitgebracht. Ich dachte, ich bringe Ihnen ein Glas«, sagte Alfred. Wahrscheinlich waren die Kameras so eingestellt, dass sie reagierten, sobald jemand einen Raum betrat. Das wiederum war schlau, gestand ich Adam zu. So konnte er sichergehen, dass, egal wo er eine Frau auszog, alles aufgezeichnet wurde.

Das helle Monitorlicht sorgte dafür, dass ich sonst von meiner Umgebung nichts als

Schemen wahrnehmen konnte. Es war kühl und roch feucht. Ich nahm an, dass ich im Keller von Glenoak Hall war. Eigentlich hätte man mich hier hören sollen, aber noch immer verhinderte der Knebel zwischen meinen Lippen, dass ich mehr als ein kaum hörbares Jammern ausstoßen konnte.

Ich hatte furchtbare Kopfschmerzen und mir war übel und kalt. Die Fesseln schnitten in meine Handgelenke, meine Schultern fühlten sich an, als wären sie ausgekugelt, dadurch, dass sie, wer weiß wie lange schon, mein Gewicht trugen. Und der von meinem Speichel durchtränkte Knebel, schien mir meine Mundwinkel aufreißen zu wollen. Außerdem war mir schrecklich kalt und das permanente Zittern verursachte noch mehr Qualen in den nicht gefesselten Körperteilen.

Das Sexvideo auf dem Monitor wechselte und eine neue Protagonistin löste mich ab. Es war die Italienerin. Die Frau, die von ihrer verzweifelten Schwester gesucht worden war. Der Schwester, der Adam erzählt hatte, dass er nicht wüsste, wo sie war. Ich lachte bitter. Wahrscheinlich war sie längst tot, irgendwo in den Wäldern entsorgt oder von den Klippen ins Meer geworfen worden.

Die Frau stieß leise Seufzer aus, als Adam sie mit dem nackten Rücken gegen die Wand drückte und seinen Mund auf ihre Knospen presste. Seine Hand spielte zwischen ihren

Schenkeln und sie rieb sich an ihm. Angewidert sah ich weg, doch das immer schneller werdende Keuchen der Italienerin konnte ich nicht aussperren. Ich konnte zwar meine Augen zukneifen, aber gegen das Hören war ich machtlos. Obwohl ich hier an die Wand gefesselt war und Adam diese unfassbaren Dinge getan hatte, stach mir ein Dolch der Eifersucht tief in meine Brust. Ich wollte frustriert aufschreien, aber weil das nicht ging, zappelte ich wie wild herum.

Ich durfte mir noch vier weitere Frauen ansehen, die es in verschiedenen Zimmern mit Adam trieben. Das permanente heftige Atmen lag mir quälend in den Ohren. Wenn das die Folter war, von der Molly gesprochen hatte, dann hoffte ich, dass die DVD bald enden würde. Noch länger und ich würde dem Wahnsinn verfallen. Wenn ich jemals die Möglichkeit bekam, Adam auch nur mit meinem Fuß zu treffen, würde ich dafür sorgen, dass ihm seine Eier zum Hals herauskamen. Warum tat er uns das an? Hatte seine Exfrau ihn so kaputt gemacht, dass seine Psyche zerbrochen war?

Bei dem Gedanken, dass ich mit einem Mann geschlafen hatte, der vielleicht direkt danach in den Keller gegangen war, um eine Frau zu quälen oder zu töten, krampfte sich alles in mir zusammen. Das musste er getan haben, als ich das Stöhnen durch die offene Tür dringen gehört hatte, kurz bevor Molly mich erwischt hatte. Wusste sie, was hier passierte? Vielleicht würde ich auch den Verstand verlieren? Vielleicht wäre das das Einzige, was das hier ertragbar machen würde.

Plötzlich kam wieder Leben in den zweiten Monitor. Alfred war in die Küche gegangen. »Er wollte den Gin nicht«, sagte er leise, fast zurückhaltend.

»Dann trink du ihn doch!«, fuhr Molly ihn an, ohne sich nach ihm umzusehen. »Vielleicht hält dich das ab, diese Frauenzimmer, die er ständig anschleppt, mit deinen Augen auszuziehen.«

Alfred senkte den Kopf und entgegnete nichts. Er stand einfach da und beobachtete Molly dabei, wie sie Gemüse putzte.

»Verschwinde schon! Hast du nichts zu tun? Da sind überall Schränke, die wieder eingeräumt werden müssen. Verdammtes Chaos, das die hier hinterlassen haben«, schimpfte sie. Sie warf das Messer auf die Arbeitsplatte und wandte sich nun doch zu Alfred um, der gerade im Begriff war, die Küche zu verlassen. »Wirf einen Blick auf das Wasser im Topf! Ich muss kurz in den Keller. Ich brauche mehr Kartoffeln.«

Sie kommt in den Keller, dachte ich und atmete auf. Ich musste mich bemerkbar machen. Aber wie? Ich zerrte an meinen Fesseln, trat mit den Füßen gegen die Steinwand in meinem Rücken und tat mir dabei nur weh, weil Adam mir meine Schuhe genommen hatte. Ich versuchte, nach dem Tisch zu treten, auf dem die Monitore standen, aber er stand zu weit weg. Also atmete ich so tief ich konnte ein und presste die Luft in einem Schrei wieder heraus. Einem Schrei, der geschluckt wurde vom Stoff in meinem Mund. Tränen rannen mir über das Gesicht und mein Hinterkopf, begann wieder zu schmerzen.

Ich hörte, wie draußen etwas über den Boden kratzte, dann wurde es hell und Molly stand in der Tür. Jetzt rannen meine Tränen vor Erleichterung. Sie musste mich doch gehört haben. Molly trat mit gerunzelter Stirn ein und kurz fiel Licht von draußen in den Raum, dann schloss sie die Tür hinter sich und in mir machte sich ein nervöses Flattern breit. Warum schloss sie die Tür? Warum rief sie nicht laut nach Alfred? Warum befreite sie mich nicht?

Eine Lampe direkt über dem Tisch mit den Monitoren flammte auf und ich blickte in Mollys grimmig nachdenkliches Gesicht. Dann stockte mir der Atem. An der Wand mir gegenüber hing eine andere Gefangene. Ihr Kopf war auf ihre Brust herabgesunken und sie war nackt. Dreck und verkrustetes Blut klebte auf ihrer Haut und das pechschwarze Haar hing schlaff und strähnig bis über ihre Schultern. Der Unterleib der armen Frau klaffte weit offen, ich würgte. Nur der Tatsache, dass ich in den letzten Tagen nichts gegessen hatte, verdankte ich, dass ich nicht gegen meinen Knebel erbrach. Die Italienerin, fuhr es mit durch den Kopf. Nackte Panik ergriff mich und verzweifelt stemmte ich mich gegen meine Fesseln.

»Sie ist tot«, sagte Molly abfällig und grinste genau so, wie ich es von einer irren Mörderin erwartet hätte. »Ich konnte sie noch nicht entsorgen. Musste dir ja hinterher reisen«, meinte sie und schoss Hassblitze aus ihren Augen auf mich ab. Sie lief im Kellerraum auf und ab und sah mich dann wieder an. »Ich hatte wirklich gedacht, dass du ihn nicht an deine dreckige Möse lässt. Aber nicht nur, dass du genauso schwach bist, wie all seine anderen Nutten. Nein, du musstest auch noch zulassen, dass mein Mann dir hinterherhechelt.« Molly spuckte verächtlich aus. »Das konnte ich dir nicht durchgehen lassen.« Sie lief wieder im Raum auf und ab, warf einen kurzen Blick auf die Kameras und kam dann auf mich zu, um nur Zentimeter vor mir stehen zu bleiben. Ich versuchte, nach ihr zu treten, aber sie wich aus.

»Jahrelang habe ich mir angesehen, wie mein Mann sich im Internet diese Drecksfilme anschaut. Er hat gedacht, ich bekomme das nicht mit. Doch das hab ich und es hat mich verletzt. Dieses Internet war keine so gute Erfindung, wie viele glauben. Es hat mir meinen Mann weggenommen. Ich konnte nicht einmal mehr zulassen, dass er mich berührte. Der Ekel war zu groß.«

Sie lachte bitter in sich hinein und musterte wieder den Monitor. »Irgendwann hat es mir gereicht und ich hab einen Eimer Wasser über das Ding gekippt. Dann war es vorbei mit dem Internet. Doch dann musste Söhnchen MacLeod vor ein paar Jahren hier auftauchen. Und weil er es nicht geschafft hat, eine Frau zu heiraten, die was wert ist«, sagte sie zornig und wurde mit jedem Wort lauter, »hat er sich mit diesen Schlampen therapiert und die haben meinem Alfred den Verstand vollkommen geraubt.«

Sie bückte sich und hob ein Seil auf, das sie sich um die Fäuste wickelte, während sie weiterredete. Ich konnte noch immer nicht fassen, dass sie nicht gekommen war, um mir zu helfen, sondern, dass sie der Ripper war. Ich stöhnte gegen meinen Knebel und wand mich, was zur Folge hatte, dass die rauen Seile noch tiefer in meine Handgelenke einschnitten. Meine Haut brannte, doch durch all das Adrenalin, das durch meinen Körper pumpte, nahm ich das nur unterbewusst wahr.

»Vor ein paar Wochen dann habe ich mich geärgert, als ich Alfred dabei erwischt habe, wie er versuchte eins der Mädchen, die Adam abgelegt hatte, zu bedrängen. Ich war außer mir vor Wut und habe ihn angeschrien. Ich habe ihn sogar geschlagen. Aber statt mit mir zu reden oder irgendeine Art von Reue zu zeigen, ist er in den Keller geflohen und kam nicht wieder rauf. Ich bin ihm gefolgt, konnte ihn aber nirgends entdecken. Und dann hab ich diese Frau stöhnen gehört.« Sie sah mich mit einer hochgezogenen Augenbraue an und machte ein entspanntes Gesicht, gerade so, als würden wir bei einer Tasse Kaffee sitzen und darüber reden wie Freundinnen. Ich kniff die Augen zusammen und funkelte sie an. Molly ließ das völlig kalt.

»Ich habe in jeden Kellerraum geschaut, aber Alfred war nicht zu finden. Ich wurde immer wütender, verzweifelter und eifersüchtiger. Irgendwo hier unten hatte mein Mann sich mit dieser Schlampe versteckt und fickte sie. Dann hörte ich genauer hin.

Es kam von der Rückseite des Regales, in dem er all diese Kleinigkeiten wie Glühbirnen aufbewahrte. Ich versuchte, es beiseite zu schieben, dabei musste ich an den Mechanismus gekommen sein, der es aufspringen ließ. Es schabt ein wenig über den Boden, wenn man es ganz aufzieht, aber du musst dir meine Überraschung vorstellen, als ich auf diesen Raum stoße. Keiner wusste davon, nur Alfred. Ich hab ihn nie gefragt, wie er ihn gefunden hat, dazu war ich zu wütend und aufgeregt, als ich ihn hier drin vorgefunden habe, die Hand an seinem Schwanz. In diesem Monitor lief ein Sexvideo. Erst dachte ich, er hat sich heimlich einen Computer mit Internetzugang hier runtergestellt. Aber das war es nicht, es war Adam und eine seiner Schlampen. Und dann sehe ich die Kameras, die in jedem Winkel des Hauses versteckt sein mussten. Alfred hat mich mit großen Augen schockiert angesehen. Aber ich konnte nichts sagen, ich war wie gelähmt, musst du wissen. Und dann sehe ich seine Faust um sein Geschlecht und das erste Mal seit Ewigkeiten hat sich bei mir da unten wieder was geregt. Ich war so was von heiß, Mädchen. Wir haben es gleich hier getrieben, während wir Adam dabei zugesehen haben, wie er es zur gleichen Zeit in seinem Schlafzimmer tat. Ich hab mich wieder jung und begehrenswert gefühlt. Nach all der Zeit!«

Mir drehte sich der Magen um und ich schluckte krampfhaft dagegen an, weil ich nicht wollte, dass ich mich gegen den Knebel erbrach. Ich konnte mir gut vorstellen, dass es Molly nicht stören würde und sie mich an meinem eigenen Erbrochenen ersticken lassen würde.

Ich schauderte und versuchte mit Macht, die sich mir aufdrängenden Bilder von Alfred und Molly aus meinem Kopf zu bekommen. Und ich verstand nicht, wie eine alte, mütterlich wirkende Frau eine Mörderin sein konnte. Aber dann überlegte ich mir, dass Eifersucht ein mächtiges Motiv war. Aber um die Grenze zu überschreiten, und einen Mord zu begehen, dafür musste man wahnsinnig sein. Nur hatte Molly bisher auf mich kein bisschen psychotisch gewirkt. Aber ich hatte ja auch in Adam einen Mörder vermutet. War es ironisch, dass ich erleichtert war, weil ich so erfahren hatte, dass Adam keine Frauen aufgeschlitzt hatte?

»Und dann macht dieser Idiot einen Fehler. Er sollte wieder einmal eine von Adams Frauenzimmern nach Dunvegan in ihr Hotel fahren. Er hat sie stattdessen in den Wald gefahren und sie dort vergewaltigt. Und aus lauter Angst, dass sie ihn verraten könnte, hat er sie dann erwürgt. Als er zurückkam, war er so durch den Wind, dass ich gleich gemerkt habe, da stimmt was nicht. Er hat sie mir gezeigt. Ich hab versucht, sie so weit wie möglich von Spuren zu befreien, aber zwischen ihren Beinen war überall sein Sperma. Ich hab einfach ihre Gebärmutter rausgeschnitten und sie in den Teich geworfen.« Sie kicherte wild.

»Irgendwie empfand ich es als Genugtuung. Es hatte so etwas Heilendes, die Schlampe, die meinen Alfred so erregt hatte, dafür zu bestrafen. Seitdem versuche ich, sie alle zu erwischen. Aber du wärst mir fast durch die Lappen gegangen. Und dabei hast du Alfred fast genauso sehr den Verstand geraubt, wie dem Idioten da oben, der seit deiner Abreise vor sich hin schmachtet und plötzlich zum Kostverächter geworden ist.«

Ich runzelte die Stirn und sah auf den Monitor mit den Kameraausschnitten, aber dort war nichts zu sehen. Jeder Raum schien leer und die Kameras warteten darauf, dass eine Bewegung sie starten würde. Jeder Ausschnitt zeigte ein Stillleben eines Raumes. Hatte Molly recht und Adam könnte doch etwas für mich empfinden?

»Er ist in die Brennerei geflohen, um sich abzulenken. Mädchen, dieser Junge hat einen Bären an dir gefressen und weiß es nicht einmal. Schade, dass du nichts mehr davon hast, aber der alte MacLeod lag mit dir goldrichtig. Er kannte seinen Sohn eben doch besser, als Adam glaubt.«

Sie holte Luft und bückte sich, schnappte sich in einer unerwartet flinken Bewegung meine Beine und schlang mir das Seil um die Füße. Ich zappelte, aber mit den Füßen in der Luft und an die Wand gefesselten Händen war eine Gegenwehr fast unmöglich. Und Molly war wirklich stark für eine ältere Frau. Vielleicht verlieh Wahnsinn ja Kräfte?

Als sie fertig war, erhob sie sich wieder und sah mir mit stechendem Blick in die Augen. »Wo war ich? Ach ja. Ich musste dir und Alfred also hinterher. Ich hab Adam erzählt, ich müsste dringend nach Edinburgh, weil meine Tochter erkrankt wäre, bin in meinen Fiat gestiegen und hinter euch her. Was hältst du von dem Päckchen? Ich sehe gerne Krimis. Ich habe Alfred auf seinem Handy angerufen, mir deine Adresse geben lassen und ihm gesagt, er solle dort auf mich warten. Seitdem ich seinen Mord vertuscht habe, ist der Mann mir hörig. Er traut es sich nicht mehr, mir einen Wunsch auszuschlagen, ich habe ihn in der Hand. Jedenfalls fand ich die Idee zu reizvoll, dich vorher noch ein wenig in den Wahnsinn zu treiben. Also hab ich das Paket aufgegeben; deine Unterwäsche hab ich vom Boden der Galerie aufgelesen und die CD habe ich schnell vor meiner Abreise zusammengestellt. Es musste schnell gehen, deswegen ist sie nicht besonders professionell. Ich lerne ja noch. Wir sind dir in den paar Tagen durch London gefolgt und haben auf unsere Gelegenheit gewartet.«

Molly nahm ein Messer vom Tisch und trat wieder auf mich zu. Mein Herz zog sich schmerzhaft zusammen und ich versuchte, zu schreien. Aber was würde das bringen? Es würde mich keiner hören. Schlagartig wurde mir klar, dass das Wimmern, das ich vor wenigen Abenden bei meinem Spaziergang gehört hatte, doch nicht die Katze gewesen war. Es musste die Italienerin gewesen sein. Hätte ich nur genauer hingehört, dann könnte sie jetzt noch leben. Und dann würde ich jetzt auch nicht hier hängen und auf die blutige Klinge eines Fleischermessers starren, mit dem diese Irre mir demnächst meinen Unterleib aufschneiden würde.

Ich versuchte zu zappeln, als Molly näher kam. Sie setzte die Klinge an meine rechte Wade und ein scharfer Schmerz durchfuhr mich, als sie durch den Stoff meines Rocks und durch meine Haut schnitt. Ich konnte die

Wärme des Blutes spüren, dass mein Bein herunterfloss, dann abkühlte und ein ekelhaft feuchtes Gefühl auf meinem pulsierenden Bein hinterließ.

»Ich hätte einiges darum gegeben, dein Gesicht zu sehen, als du das Blog aufgerufen hast. Du hast es doch aufgerufen?«

Ich funkelte sie an und versuchte, den brennenden Schmerz in meiner Wade zu ignorieren, aber mir brannten Tränen in den Augen. Sie setzte das Messer an meine andere Wade an und ich schloss in Erwartung des Schmerzes die Augen. Molly lachte.

»Mit dir will ich mir etwas mehr Zeit lassen, schließlich glauben alle, du wärst in London. Keiner wird dich vermissen. Außerdem wird es ein besonderer Kick sein, dich zu quälen und zu wissen, dass Adam nur wenige Meter über uns sitzt und sich ärgert, dass er doch wieder etwas für eine Frau empfindet.« Sie zog das Messer zurück, legte es auf den Tisch und schlug mir stattdessen ins Gesicht.

»Dieses Blog war auch meine Idee. Eine Mischung aus Alfreds alter Internetsexsucht und meiner Tochter, die seit Jahren eine erfolgreiche Bloggerin ist. Sie schreibt über ihr Leben mit Multipler Sklerose und die Leute lieben es. Ich hab es nie verstanden. Jedenfalls hab ich sie vor einigen Wochen gefragt, wie man so ein Blog einrichtet und sie hat mir dabei geholfen, eins zu erstellen. Als ich das konnte, habe ich ein neues erstellt. Ich konnte ja nicht das nehmen, das ich mit meiner Tochter zusammen eingerichtet hatte. Mir war klar, sie würde immer mal wieder nachschauen, was ich so treibe. Also musste ein weiteres Blog her, auf das ich dann die Sexvideos stellte.«

Sie kam wieder näher und schlitzte überall an meinem Körper meine Kleidung auf, bis diese in Fetzen an mir herunterhing und ich fast nackt vor ihr stand. Dann legte sie das Messer abermals weg und nahm einen Fotoapparat und machte ein Bild von mir. »Für das Blog«, murmelte sie, nahm die Karte aus der Digitalkamera und steckte sie in den PC, der unter dem Tisch stand.

»Du wirst es nicht glauben, aber die Perverslinge da draußen stehen auf dieses SM-Zeug.«

Einige Minuten später stand sie von ihrem Stuhl auf und ging, ohne sich noch einmal nach mir umzusehen. Ich keuchte und stöhnte hinter ihr her, aber als ich das Schaben des Regals draußen hörte, gab ich auf. Auf dem Monitor mit den Sexvideos lief ein neuer Beweis für Adams Umtriebigkeit, doch das konnte mich nicht mehr berühren. Die Lustgeräusche, das ewige Lustschreien, die heftige Atmung, die hätten mich vielleicht noch berühren können, weil es eine Folter war, über Stunden hinweg diese Geräusche ertragen zu müssen. Aber Molly hatte den Ton ausgestellt. Vielleicht wollte sie, dass ich mehr von dem mitbekam, was im Haus passierte.

Aber ich schloss die Augen und ließ meinen Kopf auf meine Brust sinken. Genau wie die Leiche, die mir gegenüber hing. Gänsehaut überzog meinen ganzen Körper und doch ließ mich die Tatsache, dass ich mit einer Toten zusammen hier eingesperrt war, recht kalt. Wie konnte es mich auch berühren, wenn mein Kopf mit Panik, Todesangst, Verzweiflung und Schmerzen gefüllt war. Und irgendwo dazwischen flatterte Erleichterung darüber, dass nicht Adam der Ripper war, sondern Molly.

Und Alfred, der half ihr bei all dem hier. Dieser nette alte Mann war ein Vergewaltiger und Mörder? Ich wollte es nicht glauben. Er hatte sich, als ich krank war, so zuvorkommend um mich gekümmert. Hatte er das nur getan, weil er scharf auf mich war? Ich hatte keinen Grund an dem zu zweifeln, was Molly gesagt hatte. Warum sollte sie mir die Wahrheit verschweigen, ich war dem Tode geweiht? Aber an Alfreds Schuld zu zweifeln, hieß auch an Mollys zu zweifeln. Und sie war der Ripper. Alle Beweise lagen offen vor mir. Wie viel Eifersucht und Wahnsinn brauchte es, um einem Menschen das Leben zu nehmen? Hatte es Molly überhaupt Überwindung gekostet? Vielleicht beim ersten Mal?

Irgendwann in den letzten Minuten mit Molly, hatte ich wohl aufgegeben, denn ich war ruhiger geworden. Ich versuchte nicht mehr, mich zu wehren. Hatte ich meinen bevorstehenden Tod akzeptiert? Vielleicht wäre es sogar gut, wenn ich mich nicht mehr wehrte, dann würde Molly den Spaß an mir verlieren und mich schneller töten.

Ich fühlte mich kraftlos und antriebslos. Durst und Übelkeit tobten durch meinen Körper und meine Muskeln protestierten gegen meine Körperhaltung. Sie zitterten vor Schwäche und Anspannung. Ich hatte aufgegeben. Wie konnte ich nur so schnell aufgeben?

18. Kapitel

Ich musste eingeschlafen sein, denn Mollys Stimme riss mich aus dem Schlaf. Sie war nicht hier bei mir, sondern stand mit Adam in der Küche. Adam wirkte missgelaunt wie immer und lehnte am Türrahmen, während Molly am Herd stand und in einem Topf rührte.

»Sie sehen schlecht aus. Wann haben Sie sich das letzte Mal rasiert? Trinken Sie einen Schluck Whisky und vergessen Sie dieses Mädchen.«

»Welches Mädchen?«, brummte Adam.

»Das Mädchen, das Ihnen schon seit Tagen nicht aus dem Kopf geht. Glauben Sie, ich hätte es nicht bemerkt? Sie sind launisch, abwesend und andere Frauen habe ich hier auch keine mehr gesehen, seit sie fort ist.« Molly wandte sich vom Topf ab und blickte kurz genau in die Kamera, die in einem der Regale direkt gegenüber der Tür angebracht sein musste. Sie zog eine Show ab. Nur für mich. Nur um mir zu zeigen, dass ich Adam nicht gleichgültig war. »Sie hätten sie nicht gehen lassen sollen«, sagte sie jetzt und sah Adam an.

»Hätte ich sie vielleicht hier behalten sollen, solange da draußen ein Irrer herumrennt?« Adam kniff die Lippen zusammen. »Außerdem habe ich den Zweifel in ihren Augen gesehen. Sie hat wirklich geglaubt, dass ich hinter all dem stecke.«

»Das hat sie verletzt«, stellte Molly fest und nickte mitleidig. Sie war eine gute Schauspielerin, diese Psychopatin.

»Ja, das hat es«, sagte Adam traurig und mein Herz machte einen Salto. Er sah wirklich mehr in mir, als nur eines seiner Spielzeuge. Die Übelkeit in meinem Magen wich für einen Wimpernschlag sanften Schmetterlingsflügeln. Aber was brachte mir das Wissen? Ich würde hier unten sterben und er würde es nie erfahren. Zumindest beruhigte mich das etwas.

»Ärgert es Sie, dass Ihr Vater Sie so gut kannte?«

Adam hob den Kopf, er musterte Molly, bevor er den Kopf schüttelte. »Zu Beginn war ich wütend. Ich habe versucht, sie zu verletzen, habe die italienische Touristin hergeholt. Ich wollte ihr wehtun, weil sie es geschafft hatte, dass ich mich zu ihr hingezogen fühlte. Aber dann ...« Er brach ab und ließ den Rest zu meinem Ärger in der Luft hängen.

Später konnte ich Adam in der Galerie sehen, er stand vor dem Porträt seines Vaters, das ich restauriert hatte. Er betrachtete es nachdenklich. »Du hast wieder gewonnen«, sagte er. »Aber das ist egal. In ihren Augen bin ich ein Irrer. Und selbst wenn das nicht so wäre, in London ist sie besser aufgehoben. Und vielleicht empfinde ich wirklich was, wenn ich sie ansehe, aber wie könnte ich je sicher sein, dass sie mich nicht auch belügen wird?«

Eine Träne lief mir über meine brennende Wange.

Adam wandte sich von dem Gemälde ab und zog ein Handy aus seiner Tasche. Er wählte eine Nummer und wartete, dann legte er wieder auf. »Vielleicht besser, dass sie nicht da ist. Vielleicht besser, wenn ich nie wieder an sie denke«, brüllte Adam wütend und schlug mit der Faust gegen die Wand neben dem Bild seines Vaters.

Ich blinzelte die Tränen aus meinem Gesicht und kämpfte gegen den drückenden Kloß an. Es brachte mir gar nichts, zu wissen, dass Adam sich zu mir hingezogen fühlte. Das machte es nur noch schlimmer für mich, hier unten festzuhängen und ihn zu sehen. Ich schloss die Augen und versuchte, alle Geräusche zu verdrängen. Hilflosigkeit überkam mich und machte sich in mir breit. Mein Hals brannte schrecklich vor Durst. Ich konzentrierte mich verzweifelt auf jede Qual meines Körpers, nur um nicht länger an Adam und Molly und meinen bevorstehenden Tod zu denken.

Es mussten Stunden vergangen sein. Aus meinen Händen und Füßen waren jegliche Gefühle gewichen. Ich spürte meine Glieder kaum noch.

Ein Geräusch musste Adam und Molly von ihrem Frühstück abgelenkt haben, denn beide sahen zur Küche hinaus. Der Ausschnitt wurde klein und ein anderer trat in den Vordergrund, als Adam den Empfangsbereich betrat. Die schwere Eingangstür wurde aufgestoßen und Alfred trat in Begleitung von mehreren Uniformierten in das Haus.

Hoffnung stieg in mir auf. Verzweifelt zerrte ich an meinen Fesseln und stöhnte gegen meinen Knebel. Ich versuchte zu schreien, aber das würde nichts bringen. Wie gebannt starrte ich auf den Monitor und betete, dass die Polizisten mich finden würden. Dann dachte ich an die letzte Durchsuchung und daran, dass zu diesem Zeitpunkt die Italienerin vielleicht noch gelebt hatte und sie wurde auch nicht gefunden. Meine Hoffnung sank so schnell, wie sie gekommen war. Trotzdem betete ich stumm.

Einer der Männer trat auf Adam zu und zwei weitere platzierten sich zu seinen Seiten. Nein, dachte ich. Das sah nicht so aus, als wollten sie Molly befragen.

»Adam MacLeod, Sie stehen unter dem Verdacht Sandy Stattford und Kendra Miller ermordet, sowie Maria Favelli und Linda Sands entführt zu haben. Sie sind hiermit verhaftet.«

»Was? Nein!«, keuchte ich gegen den Stoff in meinem Mund. Ich konnte Adams Reaktion nicht sehen, weil er mit dem Rücken zur Kamera stand, aber er ließ sich widerstandslos Handschellen anlegen.

Plötzlich tauchten zwei weitere Männer im Haus auf. Ich musste mich anstrengen, um ihre Gesichter zu sehen, weil sie im einfallenden

Sonnenlicht standen. Aber einer schien Connor zu sein, der Mann, den ich in der Brennerei kennengelernt hatte.

»Meine Herren«, sagte er ruhig, »das hier ist der Anwalt von Mr MacLeod.«

»Mein Name ist Ferguson«, sagte der Anwalt und trat in den Kreis der Polizisten. Er reichte dem Ranghöchsten nickend die Hand. Ich war fast erleichtert, Mr Ferguson zu sehen. Hoffentlich konnte er Adam vom Verdacht des Mordes befreien. Ich zitterte vor Wut, wenn ich nur daran dachte, dass sie Adam für etwas bestrafen wollten, das er nicht getan hatte. »Was haben Sie gegen meinen Mandaten vorliegen?«

Jemand reichte Mr Ferguson eine Akte. Der blätterte diese durch und runzelte die Stirn. Er sah kurz zu Adam auf, aber was in ihm vorging, konnte ich nicht deuten, dazu war die Kamera zu weit weg. »Haben Sie einen Beweis, dass diese Website von meinem Mandanten erstellt wurde?« Die Website! Ich zersprang fast vor Entrüstung. Ausgerechnet die Website! Die machte Adam natürlich verdächtig. Erschüttert und hoffnungslos schniefte ich. Wenn ich schon sterben sollte, dann hätte wenigstens Adam verschont bleiben sollen.

»Die Daten wurden von diesem Telefonanschluss ins Internet gestellt.«

Ich platzte fast vor Frustration. Sie glaubten, dass dieses ekelhafte Blog auf Adams Mist gewachsen war. Selbst ich konnte soweit denken, dass mir klar war, dass das wohl ziemlich dumm von ihm wäre. Immerhin spielte er in jedem einzelnen Video eine der Hauptrollen.

Zu dem Schluss kam der Anwalt wohl auch, denn er schnaubte verächtlich. »Glauben Sie nicht, dass das ziemlich dumm von meinem Mandanten wäre?«

Adam drängelte sich dazwischen und warf einen Blick in die Akte. Er wirkte nervös, wand sich in den Händen der Beamten und versuchte, sich loszumachen, um besser in die Akte sehen zu können. »Sagten Sie Linda Sands?«, fragte er heiser.

Der Beamte ignorierte Adam und zeigte auf etwas in der Akte, das den Anwalt aber nur mit den Schultern zucken ließ. Wieder drängte sich Adam zwischen die beiden.

»Linda Sands? Sind Sie sicher?«, sagte er jetzt energischer. In meinem Magen zog es, als er meinen Namen aussprach und ich die Panik in seiner Stimme hörte. Tränen strömten über mein Gesicht und tränkten meinen Knebel.

»Warum wollen Sie das wissen?«, sagte der Beamte knurrend.

»Ich habe sie von Alfred nach London bringen lassen. Gleich nachdem Sie das letzte Mal hier waren.« Adam wirkte verzweifelt. Ich fragte mich, ob ich ihm so wichtig war oder ob er einfach nur sagen wollte: Ihr irrt euch, sie wurde nicht entführt. Zumindest ihr Verschwinden könnt ihr mir nicht anlasten. Und ich wollte auch nicht, dass ihm mein Verschwinden angelastet wird, auch nicht das der anderen Opfer.

Der Polizist zog ein Bild aus der Akte, das ich auch nicht erkennen konnte, und hielt es Adam vor die Nase. »Das ist sie doch?«, wollte er harsch wissen.

Adam zerrte wie irre an seinen Armen, um frei zu kommen. »Linda! Oh Gott, das ist sie wirklich. Wer auch immer das war, ich werde ihn höchstpersönlich umbringen.«

Ich suchte auf dem Bildschirm nach Molly, aber sie war nicht da. Wann hatte sie sich davongemacht? War denn niemandem aufgefallen, dass sie verschwunden war?

Adam brüllte plötzlich hektisch und nickte in Richtung des Bildes. »Das muss im Keller gemacht worden sein.«

Das Schaben des Regals war zu vernehmen, dann knipste Molly das Licht an. Sie hatte sich doch nicht davongemacht. Mein Herz rannte fast wie wahnsinnig vor Angst, als ich die wilde Entschlossenheit in ihrem Gesicht sah. Langsam kam sie auf mich zu. Im Vorbeigehen griff sie nach dem blutigen Messer, das noch immer auf dem Tisch lag. Mein Blick huschte vom Messer zu Molly, dann zur Leiche der Frau auf der anderen Seite und zum Bildschirm, auf dem die Männer noch immer wild durcheinander gestikulierten.

»Ich werde nicht zulassen, dass er dich bekommt«, murmelte sie mit irrem Gesichtsausdruck. Das Weiße in ihren Augen war mit roten Äderchen durchzogen. Sie riss mir mit einer schnellen Bewegung den Knebel aus dem Mund. »Aber was ich will, ist, dass er dich schreien hört. Er soll wissen, wie nahe er dran gewesen ist, dich zu retten, um dich dann doch noch zu verlieren.«

»Wieso tun Sie ihm das an?«, sagte ich mit rauer fast tonloser Stimme und meine Kehle rieb trocken bei jedem Buchstaben.

»Weil er ein verzogener, undankbarer Junge ist, der mit den Gefühlen von Frauen nur spielt. Und weil er meinen Alfred da mit reingezogen hat.«

Molly trat an mich heran und drückte die Spitze des Messers gegen meinen Unterleib.

»Hilfe!«, krächzte ich noch immer heiser.

»Du musst dich schon etwas mehr anstrengen«, sagte sie zornig und drückte die Spitze soweit in meine Haut, dass sie eindrang. Ich zuckte unter dem Schmerz zusammen, holte tief Luft und versuchte mit dem nächsten Schrei, mein hämmerndes Herz zu übertönen. Doch da hörte ich schon Schritte auf der Kellertreppe. Wildes Scharren und laute Rufe.

Molly holte aus. Ich sah, wie sie das Messer mit einem siegessicheren Lächeln auf meinen Unterleib richtete. Dann ein lauter Knall, schepperndes Metall, das auf den Boden aufschlug. Molly brach vor mir zusammen und mehrere Männer drangen in den Kellerraum ein.

Ich lachte hysterisch, als die Erleichterung mich wie eine Flutwelle überschwemmte. »Adam«, stöhnte ich, als ich ihn durch den Tränenschleier ausmachte.

Einer der Polizisten zog ein Messer aus seinem Gürtel und schnitt meine Fesseln durch und Adam fing mich auf, als meine Knie unter mir nachgaben. Jemand brachte von irgendwoher eine Decke und legte sie mir um die Schultern. Ein anderer Mann zog den heulenden Alfred von seiner toten Frau weg.

»Er wusste alles«, stammelte ich schwach. Adam lud mich auf seine Arme und trug mich nach oben ins Wohnzimmer, wo er mich auf das breite Sofa setzte. Während die Beamten meine Aussage aufnahmen, die Leichen aus dem Keller geschafft wurden, Alfred abgeführt wurde und die Spurensicherung sich an ihre Arbeit machte, hielt Adam mich fest im Arm. Connor brachte mir einen heißen Tee, den ich so sehr genoss, wie keinen anderen vorher.

Ich hatte bisher gar nicht gemerkt, wie durchgefroren ich war. Wahrscheinlich hatte die Todesangst all das verdrängt. Oder die Nachwirkungen des Schocks holten mich erst jetzt ein.

»Soll ich einen Arzt kommen lassen?«, fragte Adam besorgt.

Ich schüttelte den Kopf. »Ich brauche nur eine Dusche und vielleicht einen Verband für meine Wade«, sagte ich müde.

Adam erkundigte sich, ob die Beamten mit mir fertig waren, dann hob er mich auf seine Arme und trug mich in sein Schlafzimmer. Ich hatte nicht die Kraft zu protestieren, außerdem war ich sogar froh, nicht allein schlafen zu müssen. Und schlafen wollte ich unbedingt. Ich war völlig erschöpft. Laut Alfreds Aussage, war ich zwei Tage im Keller gewesen. Ich hatte jedes Gefühl für Zeit verloren in der Dunkelheit dort unten. Und obwohl ich mehrmals eingeschlafen oder bewusstlos gewesen war, fühlte ich mich, als hätte ich eine Woche keinen Schlaf bekommen.

Als Adam mich sanft in seinem Bett ablegte und sich um meine Verletzungen kümmerte, kam mit der Entspannung meiner Muskeln auch der Schmerz in jedem einzelnen Körperteil. Ich protestierte mit einem leisen Stöhnen dagegen. Zugleich schwelgte ich in Adams zarten Berührungen, die wie Balsam für meinen geschundenen Körper waren.

Adam ließ mir ein heißes Bad ein und setzte mich langsam in dem herrlich entspannenden Wasser ab. Mit einem Waschlappen wusch er mich und ich wehrte mich nicht. Ich war zu erschöpft, um darüber nachzudenken, wie intim das war, was er mit mir machte. Und ich war auch zu müde, um zu verstehen, dass ich Molly wirklich entkommen war. Und doch fragte ich mich, warum sie am Ende mit dem erhobenen Messer in der Hand gezögert hatte. Sie hätte es zu Ende bringen können, tat es aber nicht. Vielleicht war es etwas anderes, jemanden zu töten, mit dem man zumindest einige Tage zusammen unter einem Dach gelebt hatte?

»Ich bringe dir gleich noch etwas Essen und Tee«, sagte Adam leise, nachdem er mich in sein Bett gelegt hatte. Adam machte ein verwirrtes Gesicht. Er wirkte die ganze Zeit über abwesend, aber ich verstand ihn auch. Ich war mindestens genauso schockiert. Und für ihn musste es ein Schock sein, zu erfahren, dass die beiden Menschen, mit denen er so viel Zeit verbracht hatte, all das Übel auf ihn abgeladen hatten.

»Ich könnte gut auf alles verzichten, was Molly gekocht hat. Irgendwie bekam mir das letzte Essen aus ihrem Topf nicht so gut«, scherzte ich angestrengt.

Adam nickte nur und stand dann vom Bett auf.

19. Kapitel

Ich musste eingeschlafen sein, denn als ich aufwachte, stand auf dem Nachttisch neben mir ein Teller mit Sandwiches und eine Kanne Tee daneben. Adam hatte es sich in einem Sessel bequem gemacht und schlief. Dass er im Sessel die Nacht verbracht hatte, versetzte mir einen Stich. Ich hätte mir gewünscht, dass er mich in seinen Armen gehalten hätte und mich davor bewahrt hätte, zu zerreißen, nach all dem, was ich erlebt hatte. Aber vielleicht war sogar er derjenige, den man vor dem Zerreißen bewahren musste. Nicht einmal im Schlaf wirkte sein Gesicht entspannt. Er hatte die Stirn in Falten gelegt und seine Mundwinkel hingen herab. Sein Atem ging schnell, als würde er gerade rennen. Vielleicht quälte ihn ein Albtraum. Ich schenkte mir eine Tasse Tee ein. Er war schon kalt, ich trank ihn in einem Zug.

Danach schlüpfte ich unter die Dusche, um auch die letzten Spuren der vergangenen Ereignisse von mir zu waschen. Trotz des Bades gestern fühlte ich mich noch immer besudelt. Der Schnitt an meiner Wade brannte ein wenig, als das Wasser darauf traf, aber auch beim Gehen fühlte er sich an wie ein schlimmer blauer Fleck. In ein paar Tagen würde er verheilt sein und vielleicht eine dünne Narbe hinterlassen, die mich immer an das erinnerte, was geschehen war. Den kleinen Einstich, der etwa auf Höhe meines rechten Eierstocks saß, fühlte ich fast gar nicht. Er sah aus, wie ein kleines Loch. Molly hatte gerade einmal die Haut angeritzt.

Ich zwang mich, mich auf das heiße prickelnde Wasser zu konzentrieren und versprach mir, nicht mehr an Molly und diesen Keller und den Anblick der toten Italienerin zu denken. Wenn ich verhindern wollte, dass ich genauso auseinanderbrach wie damals, als meine Eltern gestorben waren, dann durfte ich nicht zulassen, dass Molly die Oberhand gewann. Wahrscheinlich würde ich ein paar Stunden bei meiner Therapeutin brauchen, um mich wieder außerhalb meiner Wohnung bewegen zu können, ohne mich ständig bedroht zu fühlen. Gut, dass ich den Kontakt zu ihr nie ganz aufgegeben hatte. Die Therapie war das Einzige, was Großmutter Alice nicht als Schwäche angesehen hatte. Vielleicht, weil sie selbst auch eine benötigt hatte, um mit dem Tod ihrer Tochter umgehen zu können.

Auf dem Bett lagen ein frisches T-Shirt und eine Trainingshose, als ich aus dem Bad kam. Ich schlüpfte in die Sachen, die mir viel zu groß waren und fühlte mich plötzlich geborgen und sicher. Das lag an Adams Duft, der an ihnen haftete. Obwohl sie gewaschen waren, rochen die Sachen noch immer leicht nach ihm.

Vielleicht bildete ich es mir auch nur ein und das kam nur davon, weil ich wusste, dass er dieses T-Shirt noch vor wenigen Tagen getragen hatte.

Adam wartete in der Küche auf mich. Er hatte Tee gekocht und wirkte kein bisschen besser gelaunt als gestern. »Ich habe das Essen weggekippt«, sagte er und ein flüchtiges Lächeln erschien in seinem Gesicht. »Das hier habe ich im Schrank gefunden. Cicuta Virosa, Wasserschierling. Damit hat sie wohl dein Haggis vergiftet.«

Adam hält mir ein kleines Glasfläschchen vor die Nase und ich kann es nicht fassen. »Wollte sie mich umbringen? Ich meine, schon vorher ... bevor sie mich dort unten festgehalten hat?«, stottere ich und mein Magen krampfte, weil mir ganz übel bei dem Gedanken wurde, dass ich ihr zwei Mal von der Schippe gesprungen war.

»In geringen Mengen löst die Pflanze Übelkeit und Krämpfe aus, aber auch Atemlähmungen.«

Ich lachte bitter auf. »Wenn sie so auf das Zerstückeln stand, dann verstehe ich nicht, warum sie mich vergiften wollte.«

»Vielleicht eine Warnung. Oder sie wollte dich aus dem Weg haben. Erinnerst du dich, wie sehr sie darauf gedrängt hat, dass wir auf das Hafenfest gehen?«

»Ja, oder die Brennerei. Sie wollte, dass ich mir die Brennerei ansehe.«

Adam nickte und lehnte sich gegen die Küchenschränke. Er trug ein Hemd, das er nicht zugeknöpft hatte. Es klaffte auf und ich musste mich zwingen, nicht seine nackte Brust mit meinen Augen zu verschlingen. »Aye, sie war sonst die meiste Zeit allein mit Alfred im Haus. Aber als du gekommen bist, waren immer entweder du oder ich oder wir beide da.«

Mir zog sich alles zusammen, bei der Vorstellung, wie sie ihre Opfer gequält hatte und sie laut um Hilfe geschrien hatten. Und niemand hatte sie gehört. Zumindest niemand, der ihnen geholfen hatte. Alfred stand so sehr unter ihrem Einfluss, dass er es nicht gewagt hatte, etwas zu unternehmen. Und er war selbst auch zum Mörder geworden. Er hatte die Sache erst ins Rollen gebracht. Das durfte ich nicht vergessen.

Ich stand auf und stellte meine Tasse in die Spüle, als ich mich umwandte, ruhte Adams Blick auf mir. »Die Sachen sind viel zu groß, aber ich hatte nichts anderes. Wenigstens hat die Hose ein Zugband, nicht auszudenken, wenn sie dir ständig von den Hüften rutschen würde.« Er grinste jungenhaft und mir wurde ganz warm bei diesem Anblick. »Ich fahre dich nach London«, sagte er so unerwartet, dass ich verwirrt blinzelte. Er stieß sich ab und ging an mir vorbei. Dieser Mann litt eindeutig unter Stimmungsschwankungen. Eben hatte er noch gescherzt, aber schon eine Sekunde später ist sämtliche Freundlichkeit aus seinem Gesicht gewichen und durch zornige Entschlossenheit ersetzt worden.

»Jetzt gleich?«, fragte ich erstaunt und fühlte mich regelrecht überfahren. Nicht, dass ich nicht froh gewesen wäre, dieses Höllenhaus zu verlassen – in jeder Sekunde, die ich hier verbrachte, hatte ich ein Gefühl des Grauens, weil ich einfach nicht vergessen konnte, dass im Keller dieses Hauses Frauen ermordet worden waren.

»Ja, das Auto steht schon vor der Tür.«

Auf der Fahrt hatte Adam sich wieder für das Schweigen entschieden, was wahnsinnig an mir nagte. Aber noch mehr ärgerte mich diese Abwehrhaltung, die er mir gegenüber eingenommen hatte, seit wir miteinander geschlafen hatten. Warum machte er das? Besonders da er wusste, dass Aidan mit mir das Gleiche gemacht hatte. Aber bei Aidan war ich mir sicher, dass er nie etwas für mich empfunden hatte. Er hatte mich die ganze Zeit über belogen. Bei Adam wusste ich, dass es anders war, die Lügen gegenüber Molly und dem Porträt seines Vaters mal außer Acht gelassen.

»Ich habe gehört, was du zu Molly gesagt hast.«

»Was habe ich denn gesagt?« Er sah kurz zu mir und dann wieder auf die Straße.

»Dass du dich zu mir hingezogen fühlst. Du hast mich nur zurück nach London gehen lassen, weil du nicht wolltest, dass ich diesem Irren in die Arme laufe«, sagte ich, gespannt auf seine Reaktion.

Adams Griff verkrampfte sich um das Lenkrad. »Ich wollte Molly damit einen Gefallen tun, weil ich das Gefühl hatte, dass es das war, was sie hören wollte.«

Ich schnaubte verächtlich. »Ich habe auch gehört, dass du dem Porträt deines Vaters gestanden hast, dass er recht hatte«, versuchte ich es noch einmal.

»Davon weiß ich nichts.«

Irrte ich mich oder wollte er sich seine Gefühle nicht eingestehen? Ich war mir nicht sicher, aber seine Abweisung verletzte mich. »Wenigstens hast du unsere Wette gewonnen. Wir hatten genau einmal Sex. Du hast deine eigenen Regeln also nicht gebrochen. Ich meine schon. Aber weißt du was, ich bin ehrlich genug zu mir selbst, um mir einzugestehen, dass ich nicht bereue, was zwischen uns war. Wir hatten Spaß, mehr nicht.«

Adam knurrte etwas, das ich nicht verstand und starrte weiter zur Frontscheibe heraus, ohne mich nur für einen winzigen Moment anzusehen. Ich wollte ihn am liebsten schütteln oder schlagen oder beides. Und ich wollte ihm nahe sein. Wollte meine Arme um seinen Nacken schlingen, mich auf seinen Schoß setzen und ihn noch einmal tief in mich aufnehmen. Und das, obwohl ich wusste, dass er mich in wenigen Stunden zuhause absetzen würde und ich ihn dann nie wieder sehen würde. Okay, soweit waren wir schon einmal, aber diesmal würde es wirklich so bleiben. Es gab keine Psychopaten mehr, die mich wieder zurück nach Schottland schleppen würden – in einem Kofferraum.

So neben ihm zu sitzen und ihn nicht berühren zu können, machte alles noch schlimmer. Mit jedem Kilometer, den wir hinter uns brachten, stieg mein Verlangen. Ich hätte ein Taxi nehmen sollen, dies hier war Folter. Und gefoltert worden bin ich in den letzten Tagen genug.

Ich konnte mich nicht erinnern, dass ein Mann jemals solche Sehnsucht in mir ausgelöst hatte. Mein Körper rief nach Adams und wurde nicht erhört. Nicht nur mein Körper rief ihn, auch mein Herz. Schon jetzt trauerte es um seinen Verlust. Ich verstand nicht, was mit mir los war, warum ich in solcher Heftigkeit auf Adam MacLeod reagierte und warum seine Abweisung mich nur noch mehr anzog. Oder war es die Verzweiflung darüber, dass ich wusste, dass, was auch immer zwischen uns war, in London enden würde? Wollte ich mich deswegen an ihn schmiegen, ihn in meine Arme ziehen und nie wieder loslassen?

»Willst du mich wirklich bis nach London anschweigen? Nicht, dass ich ein Problem mit dem Schweigen an sich hätte, aber dass du so da sitzt, in dich hineinknurrst, das macht mich etwas nervös.«

»Über was willst du denn reden?«, fragte er missmutig.

»Zum Beispiel über die Tatsache, dass ein Sexvideo von uns im Internet ist.«

Adam lachte freudlos. »Ja, das ist allerdings ein Problem. Einer der Beamten sagte, dass die Seite sofort gesperrt wurde und alle Videos entfernt werden würden, aber die Möglichkeit bestehen würde, dass sich Nutzer die Videos heruntergeladen hätten und sie früher oder später wieder auftauchen würden.«

»Was?«, stöhnte ich schockiert. Jeder, dem ich in Zukunft begegnen würde, könnte mich vielleicht beim Sex mit Adam gesehen haben. Diese Vorstellung allein reichte, um mich wünschen zu lassen, ich könnte vor Scham im Boden versinken. Und sie schürte meinen Hass auf Molly und Alfred nur noch mehr. Dieses Video machte mich zu jemand, an dem Männer oder Frauen sich aufheizen würden. Mich schüttelte es vor Ekel.

Adam musterte mich von der Seite und seine Mundwinkel zogen sich nach oben. »Schade, dass ich keins der Videos habe. Du auf meinem Schreibtisch, eine heiße Vorstellung.«

Ich boxte ihm in die Schulter. »Ich will gar nicht wissen, wie viele Frauen du schon über diesen Schreibtisch geschoben hast.« Trotz meiner Angst davor, dass unsere kleine Nummer wirklich bald auf einschlägigen Seiten zu sehen sein würde, erregte mich die Erinnerung an Adams Zunge zwischen meinen Schamlippen.

»Keine. Dieser Schreibtisch gehörte meinem Vater und bis zu dem Tag, als du gekommen bist, habe ich die Galerie nie benutzt.«

»Dann wolltest du mich überwachen?«, fragte ich entrüstet.

»Nein, rausfinden, warum mein Vater gerade dich ausgewählt hat.«

»Und? Hast du es rausgefunden?«

»Nein.«

»Ich auch nicht. Vielleicht war ich gar nicht seine Lieblingsschülerin und er wollte mich für irgendwas bestrafen.«

»Gut möglich. Oder es ist doch deine sanfte Natur und deine Offenheit. Vielleicht hat er in dir jemanden gesehen, von dem er glaubte, dass ich ihm vertrauen würde, oder könnte.«

»Dann kannst du das Thema jetzt abhaken und wieder Touristinnen verführen. Zumindest hast du jetzt ein spannendes Motto für den nächsten Maskenball. Oder du machst Touristenführungen und zeigst allen den Keller. Und wenn der Gruseleffekt sie nicht in dein Bett treibt, dann die Sexvideos.«

»Wahrscheinlich. Ich fange gleich morgen damit an. Oder ich lasse es und lebe künftig in einem Kloster. Noch besser, ich mache aus dem Haus ein Kloster.«

»Vielleicht ist es ganz gut, dass der Plan deines Vaters nicht funktioniert hat«, sagte ich zähneknirschend.

»Warum, bin ich dir nicht gut genug? Ach ja, mit einem Mann wie mir willst du nichts zu tun haben. Aber vergiss nicht, dass du für mich deine Schenkel weit geöffnet hast. So schlimm kann ich dann wohl nicht sein«, brüllte er fast und ich befürchtete, dass er das Lenkrad gleich abreißen würde.

Erschrocken starrte ich ihn an. Ich hatte ihn provozieren wollen, aber nicht so. Trotzdem war auch ich sauer. »Ich habe nie gesagt, du wärst nicht gut genug. Aber nett, dass du mich daran erinnerst.«

»Gern geschehen.«

Den Rest der Fahrt schwiegen wir uns wieder an. Ich startete auch keinen weiteren Versuch, Adam aus seiner Haltung zu locken. Es war wohl besser, es einfach dabei zu belassen, auch wenn ich mir am Ende unserer kleinen Reise gewünscht hätte, wir wären nicht streitend auseinandergegangen. Aber vielleicht lag das alles auch an der Anspannung der letzten Tage. Vielleicht hätte Professor MacLeod recht behalten, wenn Molly und Alfred nicht ihren Hang zum Mord entdeckt hätten. Es hatte zumindest Momente gegeben in denen Adam begonnen hatte, sich zu öffnen. Aber ich konnte ihn nicht zu etwas zwingen, von dem ich selbst nicht wusste, ob es für mich infrage kam.

Ich lotste Adam durch London. Er parkte das Auto vor dem Eingang meines Wohnhauses und als ich die Eingangstür sah, klopfte mein Herz schneller. Nicht aus Freude und Erleichterung endlich zu Hause zu sein, sondern weil ich hinter dieser Tür einen Schlag auf den Kopf bekommen hatte. Ob ich mich je wieder sicher fühlen würde in diesem Haus? Ich presste die Lippen aufeinander und sammelte mich.

»Es tut mir wirklich leid, dass du das durchmachen musstest. Ich hoffe, du kannst das schnell verarbeiten«, sagte Adam und legte eine Hand auf meinen Oberschenkel. Ich sah zu ihm auf und er wirkte aufrichtig mitleidig.

»Danke«, sagte ich. »Das wünsche ich dir auch.« Vielleicht hatten wir beide zu sehr an all dem zu knabbern. Alles war noch zu frisch, als das wir gemeinsam hätten darüber reden können. Wenn wir schon nicht über die schlimmen Dinge, die uns verbanden sprechen konnten, wie sollten wir dann über unsere Gefühle füreinander sprechen. Wir waren an einem Punkt angekommen, der wohl keinen anderen Ausweg zuließ, als getrennte Wege zu gehen.

Er warf mir einen traurigen Blick zu. »Also, vielleicht bis irgendwann.«

»Ja.«

Er lehnte sich zu mir rüber und hauchte mir einen zarten Kuss auf die Lippen. Eigentlich war es kein Kuss, vielmehr ein Streichen seiner

Lippen über meine. Aber es reichte, um ein wohliges Ziehen in meinen tiefer gelegenen Regionen auszulösen.

Ich öffnete die Tür und stieg aus, ohne mich noch einmal umzusehen, aber ich konnte seinen Blick auf mir spüren. Er fuhr erst fort, als ich im Haus war. Das Auto um die Ecke biegen zu sehen, ließ einen tonnenschweren Stein auf meine Brust fallen. Ich konnte kaum Atmen. Und noch bevor ich meine Wohnung in der zweiten Etage erreicht hatte, war aus dem Stich in meinem Herzen ein Brennen geworden, das sich bis in meine Kehle ausbreitete und mir die Tränen in die Augen trieb.

Erschöpft ließ ich mich auf mein Sofa fallen. Auf dem Tisch lag noch immer die Schere, mit der ich das Klebeband des Päckchens aufgeschnitten hatte. In meinen Gedanken kickte ich sie wütend vom Tisch, aber eigentlich war ich zu müde dafür.

Das Licht meines Anrufbeantworters blinkte, aber auch das ignorierte ich. Ich rollte mich auf der Seite zusammen und weinte mich in den Schlaf.

20. Kapitel

Um nicht andauernd an Adam denken zu müssen, verabredete ich mich mit meiner Großmutter zum Kaffeetrinken. Sie hatte mir mehrere aufgeregte Nachrichten auf meinem Anrufbeantworter hinterlassen. Aufgeregt war ziemlich ungewöhnlich für diese Frau, also hatte ich sie gleich am Morgen angerufen, nur um zu erfahren, dass ich eine Schlagzeile in den Nachrichten geworden war. Eine, die im Zusammenhang mit dem Wort Sexvideos gefallen war. Ich war nur froh, dass zwar mein Gesicht gezeigt worden war, aber nicht mein Name genannt wurde. Aber zumindest verstand ich jetzt, warum meine noch einzige lebende Verwandte sich hatte zu Emotionen hinreißen lassen. Ich war ihr peinlich.

Es war mir egal, was Alice darüber dachte und ob sie glaubte, dass nur ich allein an all dem Schuld war, was mir zugestoßen war. Ich freute mich darüber, dass ich das bereits jetzt so gelassen sehen konnte, obwohl ich bisher meine Therapeutin noch nicht aufgesucht hatte. Trotzdem hatte ich irgendwie den Wunsch mit jemandem zu reden. Und sie war die Einzige, die mir dazu einfiel, also ließ ich es zu, dass sie heute, nachdem ich nun schon zwei Jahre in dieser Wohnung lebte, zum ersten Mal zu Besuch kam.

Missmutig sah ich mich in meiner kleinen Wohnung um. Es wirkte nicht besonders aufgeräumt. Irgendwie hatte mir in den letzten Tagen die Zeit zum Putzen gefehlt. Woran das nur lag?, dachte ich sarkastisch. Ich räumte wenigstens das benutzte Geschirr in den Geschirrspüler und brachte etwas Ordnung auf den Wohnzimmertisch. Meine Koffer standen noch immer ungeöffnet im Flur, die schleppte ich in mein Schlafzimmer, wo ich sie vor meinem Kleiderschrank abstellte. Kaum erledigt, klingelte es auch schon. Ich ging zur Tür und öffnete. Im nächsten Moment konnte ich meine Großmutter nur sprachlos anstarren, denn sie hatte mich in ihre Arme gezogen und minutenlang nicht mehr losgelassen.

»Bin ich froh, dass es dir gut geht«, sagte sie unter Tränen, was mich fast schon wieder in einen Schockzustand versetzte. Was war mit dieser Frau passiert? Ich hatte, seit ich bei ihr gelebt hatte, einige schwere Zeiten durchgemacht, sie war nie für mich da gewesen. Ich hatte noch so leiden können, sie hatte immer getan, als würde sie nichts bemerken.

Verdutzt runzelte ich die Stirn und wusste gar nicht so recht, wie ich mit so viel unerwarteter Herzlichkeit in ihrem Gesicht umgehen sollte. »Komm erst mal rein!«, sagte ich und zeigte auf mein winziges Wohnzimmer. Sie schniefte und wischte sich mit einem Stofftaschentuch das Gesicht trocken.

Sie versuchte beim Anblick meines schlecht geführten Haushaltes nicht zu stöhnen oder sich sonst irgendwie zu brüskieren, das musste ich ihr hoch anrechnen, denn ich wusste, dass sie das eine Menge Überwindung kostete. Vorsichtig setzte sie sich auf das Sofa und ich ging kopfschüttelnd in die Küche und holte den Kaffee.

Eine Weile saßen wir schweigend da, keiner wagte den anderen anzusehen, dann meinte sie: »Wie geht es dir?«

»Ganz gut«, sagte ich. »Dafür, dass ich jetzt ein Pornostar bin.«

Sie schnaubte verächtlich und stellte zitternd ihre Tasse auf dem niedrigen Tisch ab. »Ich weiß, unsere Beziehung war nie die beste. Und ich weiß auch, dass das meine Schuld ist.«

»So direkt hätte ich das nicht gesagt, aber ja.«

Sie lächelte wehmütig und in ihre Augen trat eine Traurigkeit, die dann doch Mitleid in mir weckte. Sie sah älter aus, als bei unserem letzten Treffen. Jetzt fiel mir auch auf, dass ihr grauer Dutt heute nicht so perfekt war wie sonst. Sie schien ihr Haar nur lustlos aufgesteckt zu haben. Sie legte ihre Hände in ihren Schoß und zupfte nervös ein paar unsichtbare Fusseln von ihrem schwarzen Rock.

»Es tut mir leid. Ich weiß, ich war kein guter Ersatz für deine Mutter. Die meiste Zeit habe ich dich ignoriert oder zu noch mehr Leistung angetrieben.« Sie seufzte und ich wartete unsicher darüber, was hier gerade passierte. »Deine Mutter wäre wahrscheinlich enttäuscht von mir. Aber es ist mir so schwer gefallen, dich jeden Tag anzusehen. Du siehst nicht nur aus wie sie, du bewegst dich wie sie, du sprichst sogar wie sie. Ich weiß, ich hätte dich auch genauso lieben sollen wie sie.«

»Du musst nichts weiter sagen, ich weiß, warum du dich mir gegenüber so abweisend verhalten hast«, sagte ich erstaunt und auch erleichtert darüber, dass sie sich mir plötzlich öffnete. Meine Finger zitterten, als ich sie auf ihre Hände legte und sie beruhigend streichelte. In unser beider Augen schwammen Tränen, als wir uns ansahen.

»Ich habe dich immer geliebt. Es brauchte nur ein Ereignis, dass dich mir fast entrissen hätte, damit mir das klar wurde«, sagte sie heiser. »Als ich dich in den Nachrichten gesehen habe, kam das Zugunglück und all das Leid wieder hoch. Ich hatte das Gefühl, als würde alles noch mal passieren. Ich kann dir nicht sagen, wie erleichtert ich bin, dass es dir gut geht. Kannst du einer dummen alten Frau verzeihen?«

Ich war wie gelähmt. Ich hatte mit Vorwürfen und noch mehr Abweisung gerechnet, aber nicht damit. Diese Wendung kam völlig unerwartet für mich. Ich nahm meine Großmutter in die Arme und war erstaunt, über die Wärme, die sich in mir ausbreitete. »Danke«, sagte ich zu ihr. »Das habe ich wirklich gebraucht.«

Nachdem wir noch einige Minuten zusammen geheult hatten und Alice mir immer wieder beteuert hatte, wie sehr sie ihr Verhalten bereute, und dass sie immer sehr stolz auf mich gewesen war, sollte ich ihr erzählen, was passiert war.

Ich ließ die genaueren Details zu Adam aus und sie merkte wohl, dass ich das tat, weil ich Adam noch nicht verarbeitet hatte, deswegen fragte sie auch nicht weiter nach. Alles andere schilderte ich so gut es mir möglich war und ich errichtete dabei nicht einmal meinen emotionalen Schutzwall, von dem ich sonst immer Gebrauch machte. Es war schmerzhaft, alles, was ich erlebt hatte, noch einmal durchzugehen, aber auch befreiend, es mit jemandem teilen zu können, der mir aufmerksam zuhörte, mir Trost spendete und nicht mit grimmiger, abweisender Miene neben mir saß. Genau das hätte ich mir von Adam gewünscht. Aber vielleicht war Adam zu nahe an den Geschehnissen dran gewesen, um ein guter Zuhörer zu sein. Ich hoffte für ihn, dass er das Erlebte nicht in sich verschloss, sondern einen Weg fand, es zu verarbeiten.

In den nächsten Wochen hatte ich mehrere Termine bei meiner Therapeutin. Anfangs fühlte ich mich ständig verfolgt. Überall wo ich hinging, hatte ich das Gefühl, beobachtet zu werden.

Ständig musste ich mich umdrehen und mich davon überzeugen, dass weder Alfred noch Molly in der Nähe waren. Mit der Zeit ließ dieses Gefühl nach und irgendwann konnte ich sogar wieder ohne Festbeleuchtung in meiner Wohnung einschlafen. Meine Großmutter hatte mir angeboten, einige Zeit bei ihr einzuziehen, aber ich hielt es für das Beste, von Anfang an zu versuchen, alleine zurechtzukommen.

Ein Gefühl, das nicht nachließ, war die Sehnsucht nach Adam. Auch wenn ich noch so sehr versuchte, nicht an ihn zu denken. Die Erinnerungen an seine Küsse, kamen unkontrolliert und ließen meinen Magen flattern oder verwandelten mein Höschen wie von Zauberhand in ein Feuchtbiotop. Ich vermisste ihn und wünschte mir mehrmals täglich, er würde auftauchen und mich in seine starken Arme reißen.

Auf diese Sehnsucht folgte dann die Wut auf ihn, weil er sich nicht einmal gemeldet hatte. Nicht einmal, um zu erfahren, wie es mir ging. Mittlerweile, war ich mir aber sicher, dass er nicht gelogen hatte, als er gesagt hatte, dass er Molly belogen hatte, was seine Gefühle für mich betraf. Wenn er wirklich etwas für mich empfunden hätte, dann hätte er sich nach mir erkundigt. Wahrscheinlich war es sogar besser so. Es würde mir helfen, ihn schneller zu vergessen.

Mein Verhältnis zu meiner Großmutter hatte sich deutlich verbessert seit unserem Gespräch.

Wir verabredeten uns regelmäßig zum Shoppen oder in ein Café. Es war schön, jemand zu haben, mit dem ich über all die Dinge sprechen konnte, die passiert waren. Ich hatte ihr irgendwann auch alles von Adam erzählt. Und sie gestand, sie wäre schon neugierig auf den Mann gewesen, der mich aus meinem Schneckenhaus gelockt hätte. Ich hatte das Gefühl, dass auch ihr unsere Gespräche guttaten.

Einen Monat nach den Vorfällen auf der Isle of Skye trat ich meine neue Arbeitsstelle an. Ich empfand es gar nicht mehr als so schlimm, dass das Museum nur ein kleines unbedeutendes war. Meine Kollegen waren alle sehr freundlich und das Klima war familiär. Entspannteres Arbeiten konnte man sich nicht wünschen. Auch heute Morgen befand ich mich wieder auf dem Weg ins Museum. Die neue Ausstellung zum Thema »Darstellung von Engeln im Wandel der Jahrhunderte« war bei den Besuchern sehr beliebt, weil die Gemälde so vielfältig waren.

»Guten Morgen, Engelchen«, begrüßte mich Tom mit einem Feixen im Gesicht, das von einem seiner Ohren bis zum anderen reichte. Engelchen war sein neuer Spitzname für mich, weil er fand, ich sehe einem rothaarigen Engel auf einem Gemälde von Melozzo da Forli ähnlich. Ich selbst sah diese Ähnlichkeit nicht.

»Guten Morgen, Tom. Heute ist wieder Waschtag?« Tom brachte jeden Mittwoch seine schmutzige Wäsche zu seiner Mutter. Er nannte das seine Mittwochsverabredung.

»Ja, außer du magst meine Wäsche waschen. Ich hätte nichts dagegen, bei dir einzuziehen.«

Ich lachte und winkte ab. »Meine Wohnung ist noch immer viel zu klein.« Das war meine Ausrede, die ich ihm immer entgegenbrachte. »Und deine WG, du weißt ja: zu viele Männer.« Tom wohnte mit drei jungen Männern in einem großen Apartment.

»Ach Engelchen«, rief er mir hinterher, als ich an seiner Leiter vorbeihuschte, auf der er gerade stand, um eine Birne in einem der Notausgangsignale auszutauschen. »Mein Angebot gilt immer noch. Du und ich, ein Vollbad bei einem Glas gekühltem Sekt.«

»Ich komme darauf zurück«, sagte ich und ging direkt in das Lager des Museums. Im hinteren Bereich hatte ich ein eigenes kleines Abteil. Gerade arbeitete ich an einem alten Fresko, das das Porträt eines jungen Mannes zeigte. Das Bild wurde dem Museum geschenkt. Jemand hatte es auf dem Dachboden eines alten Hauses gefunden. Der Künstler war unbekannt. Vielleicht war es sogar ein Selbstporträt. Es musste ungefähr aus dem 15. Jahrhundert stammen. Ich machte mich gleich an die Arbeit, dabei konnte ich entspannen und auch Adams heiße Küsse konnten mich nicht ablenken.

»Hey, hast du unser Mittagessen vergessen?« Ich zuckte erschrocken zusammen, als Tom hinter mir auftauchte. Erstaunt sah ich auf die Uhr. Ich war doch gerade erst gekommen? Waren wirklich schon drei Stunden vergangen?

»Tut mir leid«, sagte ich mit entschuldigendem Lächeln. »Ich habe die Zeit total aus den Augen verloren.«

»Das habe ich gemerkt.« Tom hakte sich bei mir ein und zog mich aus dem Museum. »Eigentlich sollte ich beleidigt sein. Ich vergesse unsere gemeinsamen Essen nie. Das heißt dann wohl, dass mir mehr daran liegt als dir.« Tom zwinkerte mir zu und hielt mir die Tür zum Bistro gegenüber auf.

Wir nahmen an einem Tisch für zwei Platz. Genau genommen saßen wir jeden Tag an diesem Tisch direkt am Fenster, mit Blick auf den Eingang des Museums. Tom strich sein dunkles Haar zurück und sah mich liebevoll aus seinen grünen Augen an. Ich seufzte innerlich. Einen so eindeutig warmen und herzlichen Blick hätte ich mir von Adam gewünscht. Aber das war jetzt vorbei, erinnerte ich mich. Es war jetzt mehr als einen Monat her, seit er mich zurück nach London gefahren hatte und aus meinem Leben verschwunden war. Vielleicht wurde es Zeit, nach vorne zu blicken? Wenn ich Adam vergessen wollte, sollte ich mich auf jemand anders konzentrieren. Ich wollte nicht mehr länger allein sein. Die Linda, die jeden Abend in ein leeres Heim gekommen war und sich nur auf ihre Karriere konzentriert hatte, die gab es nicht mehr. In Schottland war ich fast gestorben, und das, ohne dass ich wirklich gelebt hatte. Und mit Adam auszugehen, hatte sich gut angefühlt. Ich war an diesem Abend frei gewesen.

Ich musterte Tom. Er war attraktiv und warmherzig, immer fröhlich und ich mochte ihn. Ich sollte ihm eine Chance geben, dachte ich und biss auf meine Unterlippe.

»Du isst deinen Salat heute wohl nicht?«, wollte Tom wissen und sah mich mit hochgezogener Augenbraue grinsend an. »Ich könnte mich erbarmen. Muss ja nicht weggeworfen werden.«

Ich blinzelte und sah auf meinen Teller, der noch immer unberührt war, während Tom seinen Burger und die Chips schon verdrückt hatte. »Tut mir leid, ich war in Gedanken.«

»Welcher Mann hat dich so abgelenkt? Sag es mir, ich werde ihn in die Themse werfen«, scherzte er.

Mit einem koketten Lächeln schob ich mir die Gabel in den Mund und murmelte: »Du.«

»Ich? Womit hab ich denn das verdient? Seit Wochen versuche ich, deine Aufmerksamkeit zu gewinnen.«

Ich kaute und sammelte währenddessen meinen ganzen Mut. Bis jetzt hatte ich noch nie einen Mann um ein Date gebeten. »Wir könnten ja mal ins Kino gehen. Was denkst du?«

Tom klappte der Mund auf. »Ist das dein ernst? Du willst wirklich mit mir ausgehen?«

Ob ich wollte, da war ich mir nicht sicher. Aber ich hatte nun mal die Hoffnung, dass ein anderer Mann mich von Adam ablenken würde. Noch dachte ich viel zu häufig an den Mann, der in Kilts und in Jeans so unglaublich heiß aussah, dass ich bei dem Anblick jedes Mal hatte sabbern müssen. Adam hatte mich enttäuscht und im Stich gelassen.

»Ja, lass uns was unternehmen.« Irgendwie fühlte sich dieses Ja sogar gut an. So, als hätte ich zu Adam gesagt: »Siehst du, ich kann auch ohne dich glücklich sein.«

Nach der Arbeit fuhr Tom mich wie jeden Tag mit seinem Skoda nach Hause. Schon am ersten Arbeitstag hatte er mir das angeboten, weil er ganz in der Nähe wohnte und ich so nicht mit dem Bus fahren musste.

»Dann also am Samstag?«, vergewisserte er sich noch einmal. »Ich kann es noch immer nicht glauben, dass du nach all der Baggerarbeit endlich Ja gesagt hast.«

Peinlich berührt sah ich zum Seitenfenster raus. »Samstag, ja.«

Tom bog in meine Straße ein. Im Parkverbot vor meinem Haus stand ein Porsche. Ich blinzelte ungläubig, dieses Auto kannte ich. Mein Herzschlag beschleunigte sich und mein Magen schlug Saltos, als Tom hinter dem Auto hielt und ich zögernd ausstieg.

»Samstag«, sagte Tom noch einmal. Wahrscheinlich würde er das die nächsten Tage ständig wiederholen. Wäre ich gerade nicht so nervös gewesen, hätte ich es sogar süß gefunden. Aber ich konnte nur an den Porsche denken, weswegen ich nur nickte, nach meiner Handtasche angelte, die auf dem Rücksitz lag, und die Autotür zuschlug. Ich blieb auf dem Fußweg stehen, bis Toms Skoda außer Sicht war, dann wandte ich mich dem gut aussehenden, dunkelhaarigen Mann zu, der im Eingang des Hauses stand, in dem ich wohnte.

»Was machst du hier«, krächzte ich und schluckte den fetten Kloß herunter, der meine Kehle blockierte.

Adam trat auf mich zu. Er sah missmutig aus. Statt einer Begrüßung senkte er sich zu mir herunter und gab mir einen Kuss auf die Wange. Sein männlicher Geruch schlug mir entgegen und entflammte augenblicklich meinen ganzen Körper. Nervös trat ich einen Schritt zurück, um aus seiner verwirrenden Nähe zu kommen.

»Ich muss mit dir reden.« Etwas an der brummigen Art, in der er das sagte, verunsicherte mich. Ich kramte in meiner Handtasche nach dem Schlüssel und steckte ihn in das Schloss.

»Dein Auto steht im Parkverbot«, informierte ich ihn.

»Ich weiß.« Da er keine Anstalten machte, es wegzufahren, ging ich davon aus, dass es ihn nicht interessieren würde, wenn es abgeschleppt werden würde. Schulterzuckend schloss ich auf und ließ ihn an mir vorbei in das Haus treten.

Da ich jetzt nicht allein war, wagte ich es sogar, meinen Briefkasten zu leeren. Sonst befürchtete ich immer, dass er etwas enthalten könnte, das Ähnlichkeit mit dem Päckchen hatte, das Molly mir geschickt hatte. Aber außer der Stromrechnung, der Telefonrechnung und mit großer Wahrscheinlichkeit einer Absage der National Portrait Gallery of Scotland in Edinburgh, bei der ich mich nach meinem Studium beworben hatte, war der Briefkasten leer. Ich ließ alle Briefe verschlossen und ging vor Adam die Stufen in meine kleine Wohnung hoch.

Obwohl ich aufgeräumt hatte, machte ich mir Gedanken, wie Adam mein Zuhause finden würde. Es war so viel gewöhnlicher als Glenoak Hall, das er bewohnte. Ich schickte Adam direkt in das Wohnzimmer, wo er es sich auf meinem Sofa bequem machte. Ich hatte auf dem winzigen Teil bequem Platz mit meiner Oma gehabt. Aber Adam war so groß und breitschultrig, dass er fast den ganzen Zweisitzer einnahm, was ihn noch einschüchternder wirken ließ.

Ich war neugierig, was er wohl von mir wollte, wir waren nicht gerade freundschaftlich auseinandergegangen. Wollte die Polizei noch mehr von mir wissen, oder hatte Adam Fragen? Aber wenn ich noch eine offizielle Aussage machen sollte, dann hätte man mir bestimmt geschrieben. Außerdem hieß es, dass sie soweit alles von mir hatten, was sie benötigten. Aber ich war nicht nur neugierig, warum er gekommen war, sondern auch wütend, weil er gerade jetzt auftauchte, wo mein Leben wieder in geraden Bahnen zu verlaufen schien. Und als hätte er mich nicht einen Monat ignoriert, hämmerte mein Puls, meine Brustwarzen hatten sich aufgerichtet, beim ersten Blick auf diesen Mann und mein Bauch schlug Purzelbäume. Er hatte nichts weiter getan, als völlig unerwartet im Eingang des Hauses zu stehen und damit in mir ein heftiges Verlangen und Nervosität entfacht.

Ich konzentrierte mich darauf, den Pulverkaffee in den Filter zu bekommen und die Kaffeemaschine richtig zu betätigen. Dabei zitterten meine Hände, weil ich mir Adams Anwesenheit nur allzu bewusst war. Ich durfte nicht zulassen, dass er mich wieder in seinen Bann zog.

»Also, was willst du hier?«, fragte ich und war stolz auf meine kontrolliert eisige Stimme. Ich stellte das Tablett mit den Kaffeetassen auf den Wohnzimmertisch und blieb mit meiner Tasse in der Hand mitten im Raum stehen. Ich sog tief die Luft ein. Ja, er war sehr präsent in diesem kleinen Raum auf diesem winzigen Sofa. Verdammt, dieser Blick, den er mir zuwarf, schoss mir direkt zwischen die Beine.

»Wie geht es dir?«, fragte er ruhig.

»Gut, danke der Nachfrage. Seit wann interessiert dich das? Bisher war ich dir auch egal.«

Adam verkrampfte sich sichtbar. »Es tut mir leid.«

»Ja, das hör ich in letzter Zeit öfters.«

»Willst du dich nicht setzen?«

Und in deiner Nähe deiner erotischen Anziehung erliegen? »Nein.«

»Du machst mich nervös, wenn du da so stehst.«

»Dann schau mich nicht an!« Vor allem nicht so. Seine Augen brannten sich richtig in meine. Er sah flehend und verzweifelt aus. Rasiert hatte er sich scheinbar auch schon einige Tage nicht mehr. Aber das machte ihn nur noch aufregender, und mich wütender. Aber wegsehen kam auch nicht infrage, er sollte nicht mitbekommen, dass mein Körper seinen schon wieder anlechzte. Also starrte ich ihn bemüht hasserfüllt an.

»Ich wollte mich bei dir entschuldigen. Ich hätte dich nicht einfach so abfertigen dürfen. Aber ich war so durcheinander.«

Ich schnaubte wütend. »Frag mich mal! Ich war diejenige, die entführt, gefesselt und mit Pornos am laufenden Band gefoltert wurde.«

»So meinte ich das nicht. Ich war wegen meiner Gefühle für dich durcheinander.«

»Wie bitte?«, entfuhr es mir und ich ließ fast meine Tasse fallen.

Adam stand auf und kam auf mich zu. Er legte seine Finger um meine Oberarme und sah mich wehmütig an. »Es ist wahr, was ich Molly gesagt habe. Und dem Gemälde von meinem Vater«, fügte er an.

Bei dem Namen Molly zuckte ich zusammen. Aber stopp. Hatte er gerade gestanden, dass ich ihm doch etwas bedeutete?

»Ich hab versucht, meine Gefühle für dich zu verdrängen. Aber je mehr ich das versucht habe, desto mehr habe ich mich danach gesehnt, dich berühren zu können. Du fehlst mir, Linda!«

Ich machte mich von ihm los und wich rückwärts in den Flur aus. »Und wie vielen Touristinnen hast du das im letzten Monat gesagt?« Meine Stimme zitterte, als ich das sagte. Adam MacLeod stand wirklich in meinem Wohnzimmer und flehte mich an, ihm zu vergeben, weil er mich vermisst hätte. Ich wusste nicht, was ich davon halten sollte. Aber mein Herz flatterte in meiner Brust.

»Keiner. Ich habe das nie zu einer Touristin gesagt. Diese Frauen haben mir nichts bedeutet, das weißt du.«

»Aber bei mir ist das anders?«, ich betonte jedes Wort sarkastisch, damit er hören konnte, dass ich ihm kein Wort glaubte.

»Du musst mir glauben! Ich muss ständig an dich denken. Es fühlt sich an, als würde es mich von innen heraus auffressen. Ich habe so was noch nie empfunden. Für niemanden. Es hat nur eine Weile gedauert, bis mir das klar geworden ist.«

Ich schüttelte energisch den Kopf. Adam MacLeod konnte so nicht empfinden. Vielleicht doch. Er konnte so empfinden, aber er würde das nie zugeben. Er würde dagegen ankämpfen, bis es ihn umbrachte. Weil er mir niemals vertrauen könnte.

»Was ist mit Vertrauen? Hast du keine Angst davor, ich könnte dich genauso belügen wie deine Exfrau?« Was war mit meinem Vertrauen? Konnte ich Adam vertrauen? Ich sah ihn an und dachte über die Dinge nach, die er gesagt hatte und über die Tatsache, dass er in London war. Hatte ich irgend einen Grund ihm zu vertrauen?

»Vertrauen ist etwas, das sich langsam in einer Beziehung entwickelt. Wenn du mich fragst, ob ich dir genug vertrauen könnte, um eine Beziehung mit dir einzugehen, dann ja.«

Das war ein Argument, dem ich nichts entgegenzusetzen hatte, weil es stimmte. Trotzdem hatte er mich im Stich gelassen, als ich ihn gebraucht hätte. Ich sah ihn bedauernd an. »Du hast mich einfach im Stich gelassen.«

»Ich weiß«, sagte er. Und es tut mir leid. Ich war noch nie gut in solchen Dingen. Aber vielleicht kannst du es mir ja beibringen?«

Er kam auf mich zu und ich wich wieder zurück und schüttelte noch heftiger den Kopf. »Nein. Bleib da!«, sagte ich und hob abwehrend eine Hand. »So läuft das nicht. Hast du geglaubt, du kommst nach all der Zeit angekrochen, wirfst mir ein paar nette Worte vor die Füße und ich würde mich in deine Arme werfen?«

Adam kam noch näher und diesmal konnte ich nicht weiter ausweichen, weil ich gegen eine Wand stieß. Ich drückte mit beiden Händen gegen seine Brust, doch er rührte sich nicht. Stattdessen warf er mir dieses breite Grinsen zu, dass mich immer sofort feucht werden ließ. Die sexuelle Energie, die zwischen uns knisterte, wurde unermesslich stark und ich verfluchte meine Brustwarzen, die sich bettelnd aufrichteten.

Ja, es verlangte mich nach diesem Mann. Ich wollte jeden Zentimeter dieses unglaublich erotischen Körpers mit meiner Zunge erkunden, wollte, dass er dieses drängende Pochen zwischen meinen Beinen zum Schweigen brachte, aber ich durfte es nicht zulassen. Und ich konnte ihm nicht glauben. Wieso sollte dieser Mann plötzlich ernsthaftes Interesse an einer Frau haben und dann ausgerechnet an mir?

»Genau das habe ich gedacht, aye.« Seine Mundwinkel verzogen sich zu einem schelmischen Grinsen.

»Ich habe weitergemacht, Adam. Du solltest jetzt gehen!«

Adam ging auf Abstand und runzelte zornig die Stirn. »Du hast weitergemacht? Was heißt das?«

»Dass es einen anderen Mann gibt.«

Er ballte seine Fäuste und in seinen Augen spiegelte sich eine Mischung aus Enttäuschung, Verzweiflung und Hass. Ich drängte mich noch enger gegen die Wand in meinem Rücken. »Das glaube ich dir nicht.« Er klang fast bedrohlich.

»Er heißt Tom und wir arbeiten zusammen«, warf ich verteidigend ein. Er musste ja nicht wissen, dass Tom und ich uns gerade eben für ein erstes Date verabredet hatten. Aber ich musste Adam irgendwie loswerden. Die Angst davor, dass er mich wieder enttäuschen würde, war zu groß. Trotzdem hatte mir noch nie eine Lüge so weh getan wie diese. Ich rang mit mir selbst, weil ich mich so gerne an Adam schmiegen würde und das wenige, das er mir bieten konnte, einfach genießen wollte. Aber die Angst war mächtiger.

Adam machte wieder einen Schritt auf mich zu. In seinem Blick war eiskalte Wut, die mich erschaudern ließ, und brennendes Verlangen, das mich vor Begierde erzittern ließ. Er legte beide Hände rechts und links neben meinen Kopf und hielt mich so gefangen. Sein warmer Atem wehte mir ins Gesicht und sein Aftershave umhüllte mich. Verzweifelt schloss ich die Augen. Wenn ich jetzt noch in diesen blauen Tiefen versinken würde, dann wäre ich verloren.

»Adam, bitte«, flehte ich leise.

»Löst er die selben Dinge in dir aus wie ich?«, fragte er mit gefährlichem Unterton. Seine Nase strich über die empfindliche Haut meines Halses und in meinem Unterleib zog sich alles zusammen. Ich konnte den Schwall Feuchtigkeit spüren, der mein Höschen durchtränkte. Adams Lippen legten sich auf meinen wild hämmernden Puls. »Ich kann spüren, wie dein Puls rast, wenn ich dich berühre.« Er nahm meine Hand und legte sie auf seine Brust, in der sein Herz so heftig und schnell schlug, dass mir nichts anderes blieb, als ihm jedes seiner Worte zu glauben. Dieser Mann empfand wirklich was für mich.

Mit einem letzten aufbäumendem Keuchen stieß ich seinen Namen aus. »Adam ...« Ich wollte sagen: geh! Lass mich allein! Ich habe viel zu viel Angst vor den Gefühlen, die du in mir weckst. Aber ich konnte nicht. Ich verzehrte mich nach diesem Mann wie nach der Luft zum Atmen. Ich liebte Adam MacLeod. So war es vom ersten Augenblick an gewesen.

Adams volle weiche Lippen schwebten über meinen. »Küsst er dich, wie ich es tue? Bringt er dich zum Beben?«

Mein Atem beschleunigte sich und jede Zelle in mir reagierte auf Adam und das, was er sagte. In seinen Augen loderte ein Verlangen, das meinem in nichts nachstand. Adams Blick richtete sich auf meine Lippen, dann auf das hektische Heben und Senken meines Brustkorbes.

»Linda Sands, ich kann nicht eine Sekunde länger ohne dich sein. Ich war mir noch nie so sicher, wie in diesem Augenblick. Ich liebe dich«, flüsterte er heiser vor Erregung.

Meine Knie knickten ein und Adam fing mich auf. Ich war verloren. Mein Widerstand war restlos dahin. »Küss mich schon, du Idiot«, wimmerte ich und schlang meine Arme um seinen Nacken.

Das ließ Adam sich nicht zweimal sagen. Verlangend presste er seinen Mund auf meinen. Er saugte sich regelrecht an mir fest und löste damit einen Feuersturm in mir aus. Unsere Zungen tanzten einen erotischen Tango. Adams Geschmack flutete meine Sinne und ich stöhnte. Mit einem leisen Seufzen löste sich Adam von mir. Auf seiner Stirn perlte Schweiß.

»Süße, das wird keine sanfte Sache. Ich hoffe, das ist in Ordnung, aber ich hab mich kaum noch unter Kontrolle.« Mit diesen Worten zerrte er mir meine Bluse über den Kopf und öffnete meinen BH. Als sein Blick auf meine Brüste fiel, stöhnte Adam gequält auf. »Verdammt, ich hatte ganz vergessen, wie unglaublich heiß die sind.«

»Ich bin enttäuscht«, keuchte ich und reckte ihm meine schweren schmerzenden Brüste entgegen. »Wie kann man die vergessen?«

»Das konnte nur passieren, weil ich andauernd nur an diese wundervollen Lippen gedacht habe.« Er küsste mich und knabberte an meiner Unterlippe.

Ich zerrte ihm sein Shirt über den Kopf und machte mich an seinem Gürtel zu schaffen. »So, so, meine Lippen.«

»Ich muss zugeben«, keuchte er und stieß mich in Richtung offener Schlafzimmertür, »es waren die rotgoldenen Löckchen, die du unter diesem Rock versteckst. Er riss ungeduldig am Reißverschluss meines Bleistiftrockes. Ich stieg aus dem Stoff und schrie erschrocken auf, als er mich unsanft auf mein Bett warf.

»Schönes Schlafzimmer, übrigens«, meinte er beiläufig.

»Du hast es gar nicht angesehen.«

»Stimmt«, sagte er lachend und befreite sich von seiner Jeans. »Genug Smaltalk.«

Adam riss mir auch noch mein Höschen von den Hüften und warf es achtlos weg. Die kühle Luft, die meine nasse Scham traf, ließ mich zischend einatmen. Adams Augen verdunkelten sich, als er mich nackt vor sich liegen sah. »Ich bin im Himmel.«

Ich kicherte haltlos und zog ihn an seinen Schultern zu mir nach unten. Wir küssten uns lange und ausgiebig und jeder Kuss heizte das Verlangen zwischen uns noch mehr auf. Meine Hände streichelten fordernd über seine muskulösen Schultern seinen Rücken hinunter und kneteten seinen harten Hintern. Ich hob meine Hüften seinen entgegen und presste meine pulsierende Scham gegen Adams Schaft. »Tragt ihr Schotten niemals Unterwäsche?«

»Niemals«, knurrte Adam dunkel. Er küsste sich einen heißen Pfad meinen Hals hinunter, verweilte einen Augenblick auf dem Ansatz meiner Brüste und leckte dann die schweißnasse Haut zwischen meinen Hügeln. Ich bäumte mich seinen Liebkosungen entgegen. Seine Hände kneteten meine Brüste. Er rieb mit den Daumen über die harten Spitzen und drückte sie dann sanft zusammen. Ein süßer Schmerz breitete sich von dort aus und schoss in meinen Unterleib, der sich ganz von allein hob und an Adams Härte drängte.

»Mädchen, du machst mich wahnsinnig«, stöhnte er. Er nahm eine meiner Brustwarzen in seine feuchte Mundhöhle und saugte so fest, dass Blitze durch meinen Körper schossen und meine Klitoris zucken ließen. Adams Becken nahm den Rhythmus auf, in dem ich mich an ihm rieb und reizte meine Perle weiter.

Die Spannung baute sich in mir auf. Ein süßes Sehnen, das danach schrie, von Adam gestillt zu werden. Adam ließ von meinen Brüsten ab und strich zärtlich über meine Hüften, küsste meinen Bauch und leckte meinen Bauchnabel aus.

Seine Finger spielten mit dem schmalen Streifen roter Löckchen, dann sah er mit brennenden Augen zu mir auf. »Ich hoffe, du hast nicht vergessen, wie gut ich küssen kann.«

Dieser Satz reichte aus, um mir einen leisen Schrei zu entlocken.

Wie konnte ich das vergessen? Meine Klitoris pulsierte in heller Vorfreude. Adam drückte meine Schenkel weit auseinander, legte sich meine Beine auf seine Schultern und verschwand mit seinem Gesicht in meiner vibrierenden Hitze.

Seine Zunge teilte meine Schamlippen. Ein Finger glitt in mich hinein, stieß mehrmals kräftig zu. Ein zweiter folgte und ich stöhnte laut auf. Ich wollte mich winden, näher an Adam drängen, aber er hielt mich unerbittlich fest. »Adam ich halte das nicht länger aus«, flehte ich.

Adam lachte zwischen meinen Beinen und dieses Lachen vibrierte durch mich hindurch. Mein Unterleib zuckte begierig und ich wollte ihn gerade anschreien, wann er mich denn nun endlich küssen wollte, als seine Zunge auf meine empfindliche Hitze traf und ihren unheilvollen Tanz begann. Er umkreiste meine Perle und die Wellen der Lust schaukelten sich in meinem Körper immer weiter auf. Ich schwebte auf einer Wolke der Erregung, die mich laut schreien ließ. Ich konnte nicht mehr klar denken, alles um mich herum verschwand im Nebel und nichts zählte mehr, nur noch die Wunder, die Adam mit seinem Mund in mir auslösen konnte. Wie hatte ich nur all die Jahre ohne das hier auskommen können?

Gerade in dem Moment, wo die Welle der Lust mich erfassen und hinwegtragen wollte, ließ Adam von mir ab und ich starrte ihn geradezu entrüstet an. »Ich will, dass wir zusammen kommen«, sagte er grinsend und schob sich wieder über mich. Als ich die Spitze seines Penis an meinem Eingang spürte, zogen sich meine inneren Muskeln erwartungsvoll zusammen.

Aufreibend langsam schob Adam sich in mich hinein, dehnte mich Zentimeter für Zentimeter, bis er mich vollkommen ausfüllte. Als er völlig in mir drin war, seufzte er und sah mit verhangenem Blick in mein Gesicht.

»Ja, der Himmel. Du bist unglaublich eng und weich. Und so feucht für mich. Ich möchte das nie wieder vermissen.« Er zog sich aus mir zurück und rammte sich kraftvoll wieder in mich hinein. Ich schrie auf, als der Schmerz mich durchflutete und drängte mich seinen Stößen entgegen, die das Verlangen von Neuem in mir entfachten. Die Wellen spülten wieder über mich hinweg. Ich trieb meine Nägel tief in seine Schultern und schrie laut auf, als Beben um Beben mich der Orgasmus hinwegspülte. Meine Muskeln umschlossen Adams Härte er stieß noch einmal kräftig in mich hinein und verströmte zuckend sein Sperma in mich.

Erschöpft und herrlich ermattet sank ich in die Matratze. Jeder Muskel meines Körpers vibrierte. Adam ließ sich auf mich fallen, rollte sich dann von mir herunter und zog mich auf seine Brust. »Das war wirklich unglaublich.«

Ich nickte und die Bewegung ließ Feuchtigkeit aus mir herauslaufen. Erschrocken starrte ich Adam an. »Wir haben nicht verhütet.«

Er runzelte die Stirn, dann zuckte er mit den Schultern. »Wenn es dir nichts ausmacht ...«

Ich rechnete kurz nach. »Nein, macht es nicht.«

Adam küsste mich auf meinen Haaransatz, dann kroch er aus dem Bett und trug mich in mein Badezimmer. »Auch wenn es mich unheimlich erregt, zu wissen, dass du mein Sperma in dir trägst, wir müssen ja keine Flecken in deinem Bett hinterlassen«, sagte er seufzend. »Und mir schweben da so einige Ideen durch den Kopf, wie ich diesen heißen Körper unter der Dusche verwöhnen könnte.«

Adam verwöhnte meinen Körper in dieser Nacht noch zwei weitere Male. Am Morgen war ich so wund, dass ich jede Bewegung spürte. Und jede Bewegung erinnerte mich automatisch daran, was er mit mir gemacht hatte. Adam schlief noch immer fest, aber ich konnte nicht mehr schlafen. Also war ich kopflos durch meine Wohnung gerannt und hatte versucht, mir klar über uns zu werden.

Er hatte mir in der Nacht immer und immer wieder gesagt, wie sehr er mich lieben würde. Und er hatte es nicht nur gesagt, er hatte es mir auch gezeigt. Und wenn ich es trotz dessen immer noch nicht geglaubt hätte, dann hätten mich seine Augen überzeugen müssen, denn die hatten eine verzweifelte Liebe widergespiegelt, die ein Echo von meinen Gefühlen für Adam gewesen sein könnten.

Trotzdem nagten noch Zweifel an mir. Und was ich auch nicht vergessen durfte, sein Leben war in Dunvegan und meins hier in London. Er hatte seine Brennerei, die er niemals aufgeben würde, dafür liebte er sie viel zu sehr. Und ich würde zumindest nicht in nächster Zeit nach Dunvegan zurückkehren können. Die Erinnerungen waren noch zu frisch.

Vielleicht würde ich das nie können. Was in diesem Haus passiert war, würde mich ein Leben lang verfolgen. Dort zu leben, war undenkbar für mich. Ob unsere junge Liebe eine Fernbeziehung überstehen würde? Könnte ich Adam bei seinem Vorleben genug vertrauen? Bestimmt nicht.

Seufzend zog ich meinen Morgenmantel enger um meinen Körper und setzte mich. Ich nahm die Briefe vom Wohnzimmertisch und öffnete erst die Rechnungen. Dank des Geldes, das Adams Vater mir hatte zukommen lassen, musste ich mir wegen der Rechnungen keine Gedanken machen. Die Ablehnung würde mich vielleicht nicht mehr so sehr treffen, ich hatte ja mittlerweile eine Stelle, aber Ablehnungen taten immer weh.

Ich öffnete also das Schreiben der National Portrait Gallery of Scotland in Edinburgh und erstarrte zitternd. Eine Zusage! Sie würden sich freuen, mich in ihrem Team begrüßen zu dürfen, stand da. Mein Herz machte mehrere Sprünge. Ich konnte es nicht glauben. Edinburgh war schon immer ein Traum von mir. Eine so wundervolle Stadt und sie rief nach mir. Mir! Mit hämmerndem Herzen las ich die Nachricht noch einmal.

Edinburgh würde mich einige Stunden näher an Adam bringen, dachte ich erfreut. Vielleicht gab es doch eine Chance für uns? Mit einem Jubeln in meiner Brust hüpfte ich zurück ins Schlafzimmer, wo Adam noch immer schlief. Am liebsten hätte ich Adam sofort geweckt. Aber dann stockte ich.

Ich wusste gar nicht, wie er unsere Zukunft sah. Gut möglich, dass er nach dieser Nacht einfach wieder nach Dunvegan fahren wollte. Was, wenn er gar keine gemeinsame Zukunft für uns geplant hatte? Ich beschloss, mich vorsichtig an die Antworten auf meine Fragen heranzutasten.

Ich kroch neben Adam und streichelte seine Brust, küsste sie und ließ meine Zunge mit seinem Piercing spielen. Er stöhnte leise, schlief aber weiter. Ich musste mich also mehr anstrengen, um diesen Mann wach zu bekommen. Meine Zunge leckte sich einen Weg zu seinem Unterleib. Sein Penis schlief auch noch, aber der Anblick, wie er da lag, nackt und wartend, erregte mich sehr. Ich hauchte einen vorsichtigen Kuss auf seine Spitze und leckte dann über die ganze Länge. Der Mann regte sich noch immer nicht, aber sein Schaft erwachte langsam, um den neuen Tag zu begrüßen.

Ich schloss eine Hand um ihn und rieb ihn vorsichtig. Adam stöhnte wieder leise und sein Unterleib zuckte. Sein Penis erwachte zu vollem Leben. Ich schloss meine Lippen darum und war über meinen Mut erstaunt. Ich genoss den Geschmack von Adams Männlichkeit. Feuchtigkeit sammelte sich zwischen meinen Beinen. Ich nahm Adam ganz in den Mund und saugte. Der Mann erwachte keuchend und seine Finger vergruben sich in meinem Haar.

»Meine Güte, Linda.«

Ich ließ meine Lippen an ihm auf und ab gleiten und leckte einen Tropfen salziger Feuchtigkeit von seiner prallen Eichel. Saugend bearbeitete ich Adams Penis weiter. Adam hob seine Hüften und stieß in mich und schürte damit mein eigenes Verlangen. Ich hätte nicht gedacht, dass das so erotisch sein könnte. Ich nahm eine Hand hinzu und rieb und leckte und saugte weiter. Meine inneren Muskeln zogen sich zusammen und meine Brüste wurden schwer.

»Baby, das machst du gut«, stöhnte Adam rau. Ich ließ ihn aus meinem Mund gleiten und sah zu ihm auf. Sein Blick war verhangen und wild. Er packte mich an den Unterarmen und zog mich über sich.

»Ich muss in dir sein. Glaubst du, du bist noch nicht zu wund?«

Ich richtete mich über ihm aus und führte seinen Penis an meinen Eingang. Adam hob die Hüften und drang in mich ein. »Ich nehme das als ja«, sagte er.

Seine Finger gruben sich in meine Hüften und er dirigierte uns beide in einen erregenden Rhythmus. Ich warf meinen Kopf in den Nacken und keuchte. Adam umfasste mit einer Hand eine meiner Brüste, die andere schob er zwischen unsere Körper und rieb meine Klitoris. Der entzückende Schmerz baute sich wieder in mir auf und ich begann mich schneller auf Adam zu bewegen. Gewitter durchzuckten meinen Leib und ein Erdbeben zerriss mich, als ich in heftigen Zuckungen kam. Auch Adam erstarrte unter mir und hielt mich fest, während er sein Sperma in mich pumpte.

»Es wird zur Gewohnheit, dass wir nicht verhüten«, sagte er mit einem Leuchten in seinen Augen.

Ich ließ mich auf ihn sinken und holte tief Luft. Wir hatten etwas zu klären. »Wie soll es weitergehen?«, setzte ich an. »Ich habe darüber nachgedacht. Und ich kann nicht nach Dunvegan und bei dir leben.«

Adam zog meinen Kopf auf seine Brust und ich lauschte seinem Herzschlag. »Ich weiß. Das wäre zu viel verlangt.«

Mit hochgezogenen Augenbrauen sah ich zu ihm auf. Hatte er keine Meinung dazu oder traute er sich nur nicht, mir zu sagen, dass die Sache zwischen uns hier endete.

»Also nichts? Das war es? Adam, ich liebe dich und du hast gesagt, dass du mich liebst. Da muss doch noch etwas sein.«

Adam sah mich traurig an und streichelte mir über die Wange. »Da ist die Brennerei. Du weißt, sie ist mir wichtig. Um das Glenoak Hall geht es mir gar nicht.«

In meinem Magen bildete sich ein Knoten. Ich hatte geahnt, dass die Whiskybrennerei ihm wichtiger als ich wäre. Aber es von ihm ausgesprochen zu hören, tat höllisch weh. Ich setzte mich auf und wandte den Blick ab, damit er die Tränen nicht sehen konnte, die über meine Wangen liefen. Ich schluckte den Kloß herunter, damit er auch nicht an meiner Stimme den Schmerz erkennen konnte. »Dann endet es hier.«

Ohne Vorwarnung packte Adam mich und drückte mich in die Matratze. Sein Mund verschloss brutal meinen und er knurrte. Seine Zunge suchte nach meiner und strich zärtlich darüber und entfachte das Feuer in mir von Neuem. Verzweifelt schüttelte ich das Verlangen ab. Er liebte mich nicht genug, um seine Brennerei aufzugeben!

»Nein, es endet nicht«, sagte er und lachte auf mich herunter. »Ich liebe die Brennerei und meinen Whisky, aber du bist mir wichtiger. Ich habe schon längst vorgesorgt. Connor hat jetzt die Verantwortung. Für das Haus habe ich einen Verwalter eingestellt, der sich um das Anwesen kümmert.« Adam setzte sich auf und warf einen Blick auf seine Uhr. »Und in einer Stunde habe ich einen Besichtigungstermin für ein Haus hier in London.«

»Was?«, fragte ich sprachlos. »Du gibst deine Brennerei an Connor, für mich?«

»Du bist es wert«, sagte er und zog mich an sich. »Ich kann noch immer nicht glauben, dass mein Vater mit dir so richtig lag.«

»Er kannte dich eben doch ganz gut.« Ich küsste ihn und er seufzte wohlig. »Bevor du ein Haus in London kaufst, was denkst du über Edinburgh?«

Adam sah mich verständnislos an. »Edinburgh?«

»Ich habe eine Zusage von der National Portrait Gallery of Scotland in Edinburgh bekommen.«

Adam schob sich wieder über mich und bedeckte meinen Körper mit seinem. Mein Magen flatterte, bei dem Glanz, der auf seinen Augen lag. »Ganz egal wo, Hauptsache mit dir.« Er grinste schief. »Aber Edinburgh ist mir natürlich viel lieber. Ich bin nun mal durch und durch ein Schotte. Und wenn dich das weit weg von diesem anderen Kerl bringt, dann ist mir das noch viel lieber.«

Epilog

Nicht nur Tom war von meiner Kündigung enttäuscht, auch der Direktor und meine anderen Kollegen. Aber ich vergaß das schlechte Gewissen recht schnell, als ich das wundervolle alte Stadthaus in der Maryfield Straße sah, das Adam gekauft hatte. Der Charme dieses Altbaus nahm mich sofort gefangen. Hohe Stuckdecken, dunkler Dielenboden und große Fenster.

Die Einrichtung hatte er einem Innenarchitekten überlassen, der wirklich keine Wünsche offengelassen hatte. Bis zu meinem ersten Arbeitstag hatte ich noch etwas Zeit, die wir mit der Erkundung Edinburghs verbrachten. Adam zeigte mir die Royal Mile, den Zoo, den Hafen und eine endlose Anzahl an Museen und Galerien.

Zwischenzeitlich hatte ich einen Frauenarzt aufgesucht und mir die Pille verschreiben lassen, weil mir der ungeschützte Verkehr doch etwas zu heikel geworden war. Mein Zyklus war zwar immer schon recht zuverlässig, aber darauf wollte ich mich nicht verlassen. Adam hätte sich zwar gefreut, Vater zu werden, aber ich fühlte mich noch nicht bereit dazu.

Ich wollte mich erst einmal in meinem neuen Job und in meiner neuen Heimatstadt einleben. Adam und ich waren jetzt vier Monate zusammen. Die Galerie hatte mir glücklicherweise genügend Zeit eingeräumt um die alte Arbeit zu kündigen, in Edinburgh eine neue Bleibe zu finden und auch sonst alles zu klären, was noch zu klären war. Meine Großmutter freute sich sehr über meine Entscheidung, nach Edinburgh zu gehen. So sehr, dass sie kurzerhand beschloss, mitzukommen. Es würde sie ja nichts mehr in London halten, hatte sie gemeint. Und ehrlich gesagt, ich war froh, dass sie sich so entschieden hatte. Sie ganz allein zurückzulassen, jetzt, wo wir uns so gut verstanden, das hätte mir schwer zu schaffen gemacht.

Die Wochen bis zu unserem Umzug hatten Adam und ich in meiner winzigen Wohnung in London gemeinsam verbracht. Ich glaube, diese Enge hatte uns noch näher zusammengebracht. Jedenfalls hatte es uns auf unser zukünftiges Leben gut vorbereitet.

Vor zwei Tagen war Adam nach Dunvegan gereist, um von dort einige Dinge zu holen und nach dem Rechten zu sehen. Ich war mir sicher, dass er öfters nach seiner Brennerei sehen würde, aber das machte mir nichts aus. Er plante, hier in Edinburgh eine Bar zu eröffnen. Ganz ohne eine Beschäftigung wollte er nicht sein und der Gedanke, eine eigene Bar zu betreiben, hatte ihn wohl schon immer gereizt.

Voll bepackt mit Einkäufen für unser neues Heim, die ich auf der Princess Street besorgt hatte, kam ich nach Hause. Adam empfing mich mit einem nervösen Lächeln.

»Ist dein Whiskylager hochgegangen?«, fragte ich und musterte ihn mit schiefgelegtem Kopf.

»Nein. Sag so was nicht! Nicht, dass es noch wahr wird.« Er nahm mir die Einkäufe ab und stellte sie auf die Anrichte in der modern eingerichteten Küche. Ich hatte mich für lackschwarze Schränke entschieden. Ich weiß, die Fingerabdrücke ...

Adam zog mich an seine Brust und küsste mich. »Ich habe dich vermisst.«

»Ach wirklich?«, sagte ich verschmitzt. »Ich dich nicht, ich war Shoppen.«

»Ja, das mit dem Shoppen. Ihr Frauen werdet immer ganz treulos, wenn es um Schuhe geht.«

Ich boxte gegen seine Brust. »Ich habe keine Schuhe gekauft. Nur Deko.«

»Genauso schlimm.« Er küsste mich noch einmal, diesmal intensiver. »Ich muss dir was zeigen«, sagte er und nahm mich an der Hand. Er führte mich bis ganz nach oben unter das Dach unseres Hauses. Als ich das letzte Mal hier oben war, war es ein typischer Dachboden. Und eigentlich war ich davon überzeugt, dass er das noch immer wäre. Aber als Adam die Tür aufstieß, verschlug es mir den Atem.

Er hatte den Dachboden ausbauen lassen. An den Wänden hingen die Gemälde aus der Galerie des Anwesens in Dunvegan. Die Porträts seiner Eltern hatte er auf der Stirnseite angebracht. Er führte mich in die neue Galerie.

»Hier hast du dein eigenes Studio«, sagte er stolz. »Deine Großmutter hat mir erzählt, dass du früher viel gemalt hast.«

Mein Herz schwoll über vor Liebe für diesen Mann. Wie hatte ich je denken können, dass die Schwärmerei für Aidan Liebe war? Aidan war längst nur noch eine verschwommene Erinnerung in weiter Ferne für mich. Alles, was ich glaubte, dass dieser Mann mir angetan hatte, hatte Adam mit seiner Liebe und Zuneigung für mich weggewischt. Er hatte in den letzten Wochen immer wieder bewiesen, dass er mich wirklich liebte. Wir hatten stundenlang über die Ereignisse in Glenoak Hall gesprochen. Er war mit mir gemeinsam zu meiner Therapeutin gegangen. Wir hatten dieses Haus gekauft und er hatte sich rührend um meine Großmutter gekümmert und ihr in der unteren Etage des Hauses ein eigenes kleines Reich eingerichtet. Und er hatte sein altes Leben in Dunvegan für mich aufgegeben. Und jetzt hatte er auch noch alle Gemälde hier hergeholt und den Schreibtisch, auf dem wir uns das erste Mal geliebt hatten noch dazu. Wenn das nicht romantisch war?

Der einzige Mann, den ich je wirklich geliebt hatte, führte mich auf eine Staffelei zu, die er besorgt hatte. Sie stand vor dem einzigen Fenster hier oben. Vor der Staffelei blieb er stehen, nahm meine Hände und sah mich liebevoll an. »Und, gefällt es dir?«

»Und wie«, rief ich und warf mich in seine Arme.

Adam schob mich von sich und hatte wieder diesen nervösen Blick im Gesicht. Er griff nach dem Tuch, das über die Staffelei gehängt war und zog es mit einem Ruck herunter.

Ich stolperte rückwärts. Das Tuch hatte eine Leinwand verdeckt, auf die zwei ineinander verschlungene Ringe gemalt waren. Adam kniete sich vor mich hin und ich sah ihn panisch und ungläubig an. In meinen Ohren rauschte mein Blut und ich hatte das Gefühl, zu ersticken. Er wollte doch wohl nicht ...?

»Linda Sands. Du hast mein Leben verändert. Du hast mich verändert. Du hast mich gelehrt, wieder zu vertrauen. Ich kenne keinen anderen Menschen, der so ehrlich, herzlich und bedingungslos lieben kann. Du hast Gefühle in mir geweckt, die ich vorher nie empfunden habe. Ich kann nicht eine Sekunde mehr ohne dich leben. Bitte werde meine Frau!« Es war die pure Liebe, die mich aus Adams Augen ansah, die mich erzittern ließ und auch meine letzten Zweifel, die ich vielleicht noch irgendwo tief in mir drin gespürt hatte, auslöschte.

Ich starrte atemlos auf Adam und auf das Bild mit den goldenen Ringen. Mein Herz sprang in meiner Brust, weil mein neues Leben mit so vielen Wundern begann.

Ende

Nachwort

Liebe Leserinnen, liebe Leser,

beim Schreiben dieses Buches habe ich mir alle Mühe gegeben, die Schauplätze weitestgehend originalgetreu zu beschreiben. Leider klappt das nicht immer, weswegen ich ein klein wenig flunkern musste.

Wer also gerne die Glenoak Distillery besuchen möchte, den muss ich leider enttäuschen, aber sicherlich findet ihr auf der Isle of Skye eine der anderen zahlreichen Whiskybrennereien genauso interessant.

Liebe Frauen, ich muss euch leider auch enttäuschen, wenn ihr geplant hattet, einen der heißen Maskenbälle zu besuchen, auch die sind eine Erfindung von mir. Ihr werdet Adam auch nicht auf Glenoak Hall antreffen, denn das Anwesen existiert nicht.

Dafür gibt es sämtliche Schauplätze, die in Edinburgh spielen. Ich kann euch die Royal Mile nur wärmstens empfehlen. Auch Shopping auf der Princess Street solltet ihr euch auf gar keinen Fall entgehen lassen.

Oh, und wenn ihr schon mal da seid, vergesst nicht, einen Blick in die Portrait Gallery of Scotland in Edinburgh zu werfen!

Liebe Grüße
Elena MacKenzie